MALECONAZO

Mientras la dama duerme

ALEAGA PESANT

www.iliadaediciones.com

ILIADA EDICIONES
Heidebrinker Str.15
13357 Berlín
Alemania

Maquetación: Tobías S. Hirsch
Edición/Corrección: Lauren T. Hope.
Logo Ilíada Ediciones: Maikel García
Diseño: MJA —AV Kreativhaus UG

MALECONAZO

Mientras la dama duerme

Este libro es resultado de una investigación histórico-periodística. Se suma la memoria de una época, de amigos y enemigos.

Como existen zonas grises en ese polémico período de nuestra genealogía, este libro puede ser leído como una pieza de ficción sobre seis años de la historia de Cuba.

La relación entre ficción y realidad queda en manos de los lectores

EL AUTOR

I
Octubre 3, del 96

1

Cuando sale a la autopista, nadie lo espera. Detrás, siente el chirriar de las cadenas del portón de la prisión Valle Grande, al cerrarse. El pulóver verde, está ahora más grande que nunca, y su rostro refleja el cansancio de los últimos seis meses. Pelo pajizo, barba a medio crecer, fetidez a humedad y sudor, son síntesis de su imagen. Camina hacia la parada del autobús, a unos 50 metros, frente a la comunidad que da nombre a la penitenciaría.

A las diez de la mañana, el reeducador se para frente a la galera. Lo llama por su nombre y apellidos, y grita: ¡Dale, te vas! Un rato después, a la hora que el perro abandona al amo, retoma la libertad. La parada desierta, le da mala señal, pero un camión adaptado para transportar personas se acerca y detiene ante él. Una mujer negra con dos niños negros como ella, y unas bolsas enormes descienden por la escalera, mientras él se acerca. Sin mirar atrás, esa familia desanda el camino que acaba de recorrer. En la plataforma del camión travesti, largos angulares pegados a las barandas sirven de asiento. No van muchos pasajeros hacia Marianao, y escoge donde sentarse. El aire bate el rostro y revive la sensación de libertad, en lo que el camión ronronea por el autocine Novia del Mediodía, próximo al poblado de Arroyo Arenas…

2

Con su uniforme blanco, impecable, se acerca al Mayor Alejandro Mateo y prende en el pecho la medalla al Servicio Distinguido. ¡Sirvo a la Revolución socialista! Grita el condecorado, mientras su mano derecha se sostiene en la visera de la gorra de su uniforme de gala.

Al terminar el acto de reconocimiento. Se reúne con sus compañeros, su esposa e hijos y sonriente recibe el afecto de los reunidos. El Mayor García Alvares le estrecha la mano sonriente, y se retira ante la atenta mirada del Capitán Reymundo Taladrid. Los demás desaparecen poco a poco. Alejandro va de gancho con su esposa, una mujer alta, vistosa, sensible, mientras sus hijos los acompañan silenciosos. Ya en el portón, le espera el hombre vestido de blanco, quien le estrecha la mano.

—Felicidades, soldado. Para usted y su familia. Veo, crece poco a poco.

—Gracias. Es usted amable. ¿Cómo está su esposa?

—Bien, soldado…, bien.

—Me comentaron, que los compañeros de Recursos Humanos tienen mi expediente por la posibilidad de ascenso para el dos de diciembre.

—No tengo información sobre el tema, Mayor. No obstante, su jefe de grupo evalúa de positivo su trabajo, al igual que el Ministro en sus recientes visitas a Angola. Le puedo decir: a mi despacho no llega nada aún. Responde severo.

—Ah, siento mi impertinencia. Alejandro da un paso atrás, y es imitado de forma automática por su familia.

-No pasa nada, soldado. Entréguese hoy a su familia y disfrute. Es lo importante. Mañana deberemos seguir con el trabajo.

—Permiso para retirarme compañero Vicealmirante.

—Vaya soldado…, vaya…

II
Octubre 3, del 91

1

El hombre del pulóver verde se levanta incómodo. Mira a Leonel Morejón, que guarda los papeles del juicio en su maleta de piel, y le hace una señal para que le acompañe al exterior. En el mismo recinto, cuatro mujeres uniformadas esposan a María Elena Cruz Varela y a Bienvenida Cúcalo Santana. Leonel está molesto. Ya sin toga, y con su camisa yumurí de cuadros azules, convertida en uniforme, es consciente de las pocas posibilidades que tuvo de ganar el juicio. Es tan amañado todo. Hierve su sangre de indignación.

Salen del palacete eclético del Tribunal Municipal del Vedado, en la intersección de la Avenida de los Presidentes y Calle 9. Pasan el cordón de seguridad, compuesto por policías de civil, militares, y otras personas vestidas con pulóveres con textos de "31 y palánte". La turba gritó "¡pin-pon fuera, abajo la gusanera!", durante todo el juicio, pero ya se retira hacia donde mujeres de uniforme reparten bocaditos de pan con una pasta indefinida, además de un vaso de refresco. Las guaguas que los sacaran de allí encienden sus motores.

Leonel y su amigo se sientan en uno de los bancos de la avenida, a la sombra de unas altas y frescas casuarinas, espanto de la canícula meridiana. La calle permanece desierta. Sin automóviles, autobuses o cualquier otro carro de motor. Solo personas en bicicleta llegan hasta el semáforo de Avenida Línea, apagado por el corte del fluido eléctrico, para seguir a su destino. Frente a ellos el monumental Hospital América Arias, levantado en la década del 40.

—No podemos seguir desamparados. Leonel mira al frente, a los altos almendros que bordean al hospital. Conozco decenas de pequeños grupos de gente que apoyan la idea del cambio. ¿Por qué no unirnos? Hacer una plataforma, que permita modernizar este país.

—¿Y cómo lo vas a hacer? responde el aludido, escéptico, pero esperanzado con la idea.

-Tú conoces a Lázaro Gonzáles. Él tiene contacto con las mujeres del Frente Femenino Humanitario Cubano, con los maceistas y los del 30 de noviembre. Además, tiene buenas relaciones con Elizardo Sánchez y su hermano Gerardo, de la Comisión Cubana de Derechos Humanos y Reconciliación Nacional. La idea, es hacer coincidir a la oposición en un punto.

III
Octubre 3, del 92

1

La British Land Company, es una empresa que en el siglo XIX, hace los mapas cartográficos de los Estados Unidos. Asentada en Londres, sus ejecutivos envían a Franz Antón Leopold Lafontaine, "Comandante Kendall", el mejor de sus cartógrafos, a levantar los mapas del complejo territorio de la Florida. Kendall, un ambicioso hombre de negocios, interesado en "hacer las américas", conoció en una taberna de mala muerte en el poblado costero de San Agustín, a Henry Morrinson Flagler, un visionario ingeniero, interesado en invertir en ferrocarriles. Con putas sentadas sobre las piernas, y luego de dos garrafas de vino, convinieron que podían hacer negocios.

Así, gracias a la amistosa relación con Kendall, Flagler contó con información, digamos privilegiada, para el desarrollo en el temprano siglo XX de la línea férrea que comunica al sur de la Florida con Cayo Hueso, el último islote habitado al sur de la península, y a 151 kilómetros de la isla de Cuba. Como se sabe, el nombre de Cayo Hueso es una castellanización de *Key West*, o Cayo Oeste, nombre oficial en inglés, de esa porción de tierra.

En honor al ferroviario, la más importante calle del sur de la Florida lleva su apellido. Para no ser menos, al cartógrafo se le honra nombrando a una comunidad del Condado de Miami-Dade, con su apellido, Kendall. En un principio el barrio estuvo habitado por anglosajones. Con el tiempo, los cubanos huidos del paraíso comunista hicieron del lugar su espacio nacional.

Hasta Kendall, ese distante punto geográfico llegó Santiago de Juan, esforzado y trabajador. Huyó de Cuba en 1968, por el puente aéreo de Camarioca. Lo dejo todo atrás, gracias a que los comunistas se lo quitaron todo. Antes lo condenaron a tres años de trabajos forzados, en la remota Península de Guanahacabibes. En América, Santiago se afianzó en el amor a su tierra, y posaron en su pecho los versos de Heredia, y *su "Himno del Desterrado"*. Creció como hombre y profesional, como contratista de la construcción, en la ciudad de Orlando. La destrucción dejada por el Huracán Andrew, en agosto, fue el motivo para llegar al desolado lugar...

Hombre de costumbres, establece en el restaurante El Archipiélago, de milagro en pie tras el ciclón, su salón de reuniones. La comida y el familiar servicio, lo invitan a pasar tiempo en el lugar. Hoy es uno de esos días. La sobremesa durante la cena pone a flote una idea sobre los comensales. Un compañero de trabajo comentó tener una lista con 300 direcciones electrónicas en Cuba. El operario, se dedica a enviar información al archipiélago. Fascinado por la idea, el Santi pactó con su compañero la idea de enviar todas las noches una selección de noticias. La regla es enviar información no ofensiva, ni política. Solo noticiosa. Claro, entre col y col, colaría una lechuguita. American On Line, la empresa pionera se ajusta bien al desarrollo de internet y cobra por hora de servicio. Esto trae unos costos de más menos 300 dólares al mes, y entre varios cubrirán el gasto.

IV
DICIEMBRE 11, DEL 92

1

-**E**l connotado contrarrevolucionario Elizardo Sánchez fue detenido en abril de 1980 y condenado a seis años de cárcel, por propaganda enemiga. Liberado en diciembre de 1985, se le volvió a encarcelar en 1986, bajo investigación hasta mayo del 87. En agosto de 1989, a este sujeto, y como medida profiláctica se le rodea la casa con menos de treinta efectivos, además de la colaboración de los compañeros de las Brigadas de Respuesta Rápida, en un acto de reafirmación revolucionaria. En esa oportunidad, se le realiza un minucioso registro. Esta requisa, permitió ocupar información importante acumulada por este connotado contrarrevolucionario. Él, da opiniones no autorizadas a la prensa internacional acreditada en el país. Opiniones que desacreditan al gobierno y justicia revolucionaria. Elizardo Sánchez difunde noticias falsas con el propósito de poner en peligro el prestigio del estado cubano y su Revolución. A partir de la información generada por este sujeto, organizaciones contrarrevolucionarias y anticubanas, como Amnistía Internacional, lo considera preso de conciencia. Tras el registro y ocupación de propaganda enemiga en su casa, estuvo detenido en la prisión Combinado del Este. Luego se le trasladó a Agüica, cerca de Colón, Matanzas con un régimen disciplinario más severo. Como pueden leer en los documentos, frente a ustedes, los reportes hasta ahora indican su capacidad, de resistir la prisión más severa; pero la evaluación del grupo de psicólogos, indica que puede tener miedo por su vida. A partir de ese análisis, se consideró oportuno realizarle advertencias, durante encuentros casuales en la calle. La intención, disuadirlo de realizar sus actividades contrarrevolucionarias. Un ejemplo de ellas es la del 10 de diciembre, un día que la contrarrevolución celebra como el Día de los Derechos

Humanos. Con vista a esa fecha, un grupo de compañeros aplicó un grupo de medidas activas, para desalentar su actuación. Enterado el pueblo, así como las organizaciones de masa y los factores de la comunidad de la realización de una actividad contrarrevolucionaria, se congregó en el lugar para repudiar tal hecho y realizar un acto de reafirmacion revolucionaria.

Por hacer resistencia, resultó herido y se le llevó al Hospital Calixto García, por los compañeros de la Policía Revolucionaria, quienes intercedieron ante la indignación de nuestro pueblo. Del hospital, luego de aplicarle los primeros auxilios y constatar su buen estado de salud se le llevó a interrogatorio al Departamento Técnico de Investigaciones, en 100 y Aldabó, para investigar su participacion en la alteración del orden público. Esto es lo que puedo informar hasta el momento compañero Ministro. El Mayor Alejandro, saluda formal y se sienta en el puesto asignado al lado del Mayor Ernesto Samper. Su carrera es meteórica. Nadie entiende la razón. Solo una persona.

2

Sueña despierto con ella. La ve en todas partes. No puede separarse de su imagen. Imagina que un día bailaran *As Time Goes by*, en medio de una noche, en medio de una calle, mientras él se la tararea al oído. Pero son sueños. Pega su bicicleta al contén y desmonta. La toma por el manubrio, y llama al primer piso, al balcón de la derecha.

—¡Héctor! ¡Héctor! —Un hombre alto se asoma con una llave en la mano, la lanza a las manos y responde.

—Con los dientes hacia abajo y gira a la izquierda —Es una cantaleta que repite el anfitrión cada vez que alguien le llama desde la calle y es la forma concreta como se abre la puerta de los bajos del edificio, siempre cerrada.

El ciclista fildea la llave y acostumbrado a la mecánica, la ejecuta. Habilidoso en la manipulación de la bicicleta, la sube. No obstante, en el penúltimo escalón, el ciclo ahora en vertical choca su goma delantera contra la pared, y él se lleva un mameyaso en la frente. —¡Coño! Me cago en diez —refunfuña.

El anfitrión ya tiene la puerta y la reja abiertas y le pregunta sonriente al recién llegado: —¿Que te pasó, mi hermano?

—Nada, compadre, gajes del oficio de cargar el tareco este. Me he dado un golpe en la frente que le ronca al mango.

—Dale, no cojas lucha, hay cosas peores. Ayer detuvieron a Elizardo después de una paliza y lo tienen en 100 y Aldabó junto a otros hermanos.

—¿De qué lo acusan ahora?

—Por desorden público. Ellos forman el escándalo con cualquier pretexto. Para eso traen a una turba con lo peor de la sociedad. Ese lumpen, es el encargado de darle una paliza a la víctima, que luego va presa. Más tarde responsabilizan al "pueblo indignado" de lo ocurrido, y gracias a la participación de la policía revolucionaria, que protegió al gusano antisocial, de la ira popular, no pasó nada más grave. ¿Serán descarados? Lo mismo le hicieron a la poeta, María Elena Cruz Valera, tras firmar la Carta de los Diez. Subieron hasta su apartamento en Alamar, le rompieron la puerta, y le hicieron tragar los papeles manuscritos con sus poemas. No contentos con eso, en el noticiero de la noche, una de las sinvergüenzas participante en el asalto, contó la historia de lo hecho con desparpajo. Al final, en menos de una semana María Elena estaba condenada a dos años de prisión. Los comunistas no tienen límites en su desprecio a las personas. Mira, cuando era miembro del Movimiento 26 de julio, luchábamos por una patria nueva, más libre. Yo, durante la primera parte de la Revolución, creí que hacia bien. Llegué hasta viceministro de industria, con el sudor de mi frente y estudiando. Conversé en varias oportunidades con el Comandante, cuando visitó Cienfuegos. A ese territorio lo convertimos en un polo industrial. Pero llegó el ochenta, el Mariel, los mítines de repudio y no pude hacer silencio. Poco a poco, por mis planteamientos, me fueron sacando del sistema. Luego comprendí que así hicieron con muchas otras personas antes que yo. Les acusaban de cosas que no hicieron, como a mí. Ahí vino un gran desencanto. Un día rompes con todo, te dan un boleto sin regreso para el ostracismo y, como si nada, te conviertes en un "no persona". El mismo caso para todos, ahí tienes a Elizardo. Fue de la juventud socialista popular, profesor de filosofía en la Universidad, y de la revista *Pensamiento Crítico*, denunciados por Jesús Díaz y Juan Antonio Blanco, que se sabe son colaboradores de la policía política. Ahora está en un calabozo, golpeado y torturado por los esbirros de este gobierno malsano.

3

Al salir de la reunión de información, Alejandro se despide de sus homólogos Samper y García Álvarez. Le hace una seña imperceptible a Reymundo e intenta estrechar la mano al vestido de blanco, quien rechaza el saludo, y simula conversar con un oficial de planificación.

La diferencia entre Alejandro y algunos de los oficiales allí reunidos, está en lo que algunos llaman la "mística" del Ministerio del Interior, la época en que la mayoría de las acciones y actitudes de los oficiales de la represiva se hacían por convicción, por la necesidad de defender la Revolución, de mejorar la vida del pueblo y ubicar a su país al más alto nivel mundial, una visión parecida a la de otros gobiernos autodefinidos como revolucionarios. Para Alejandro, eso no importa. Es un pragmático y cruel oficial, lleno de ambición. Capaz de hacer casi cualquier cosa para ascender en la escala burocrática del aparato represivo. No tiene visión de país, ni le interesa. Los paradigmas ideológicos le justifican sus acciones radicales e intenciones, así como atacar a sus compañeros de ideas liberales. García Álvarez es uno de los objetivos preferidos de su atrincheramiento, entre muchas cosas, por la amplia biblioteca personal donde se pueden encontrar libros sobre Wilhelm Canaris, el jefe de la Abwehr; sobre Reuven Shiloah, el creador del Mossad. Así como de otros líderes de agencias de inteligencia occidentales. Eso lo sabe el vestido de blanco.

El Capitán Reymundo sale primero del salón. Es una *rara avis* en aquel lugar. Nunca lleva uniforme. Espera a Alejandro en la planta baja del edificio. Para matar el tiempo corteja a una joven teniente de unos escandalosos ojos azules, y observa de soslayo al apuesto oficial que controla los pases en la puerta de entrada.

—¿En qué Dirección me dijo que trabaja?

—Tú lo sabes —responde ella—. En la oficina de tu amigo, el alto, fuerte. ¿No me digas que no lo sabes? Pasas por allá a cada rato. Pero claro, estás tan concentrado en el trabajo cuando despachas con él, que no te fijas en nada más.

—Puede ser lo que dices. Pero ¿no me das tu número de teléfono?

—No tengo teléfono en la casa. Nosotros en logística no somos como ustedes, los operativos, que tienen teléfono y carro. Nosotras vamos en guagua y el teléfono es el de la oficina, y eso seguro lo sabes. Pero, dime a qué hora te vas y así conversamos y me adelantas. La guagua que nos recoge a nosotras está rota y me demoro más de una hora en llegar a Marianao.

—No sé —Ridiculiza su meditación—. Según me vaya en la conversación contigo. Saca tus propias conclusiones.

—¡Eres artista! Te pareces a Brad Pitt. Hollywood debiera contratarte. En ti se perdió una estrella. En cualquier momento te veo trabajando en la televisión, o de conductor de un programa.

—No exageres…, pero ahora te dejo. Ahí viene el compañero que espero.

Se acerca Alejandro al lugar de la pareja, saluda según el protocolo militar a la joven, quien se adelanta y lleva la palma de la mano a su ceja derecha.

—Con permiso. ¿Está listo, capitán?

—Listo, Mayor... —La joven se despide dándole un beso en el rostro a su contertulio, con cara de fastidio, pues no cogerá la botella que planeaba.

—¿De qué hablan? —pregunta.

—De nada. De las cosas de su Departamento.

—Hazte el gracioso, Rey. ¿En qué carro nos vamos?

—Mejor vamos cada uno en el suyo. Tengo que pasar cinco minutos por el Canal 6 de Televisión, y nos vemos donde tú sabes.

—Ok, pero no demores, tengo que darle seguimiento al asunto del contrarrevolucionario.

—Alejandro, ¿tú le sabes algo al viejo vestido de blanco? Él te evade, pero es evidente que ustedes se conocen "de atrás".

—Sí, estuvimos juntos en Angola en el 82, durante el cerco de Cuito por la Unita. Yo llevaba dos meses como personal de apoyo a la Contrainteligencia Militar del ejército angolano, o FAPLA, como le decíamos allá. En ese momento, él llegó. Y es como si lo esperaran. Para mí, la Unita tenía información. Doce horas después de irse el avión que lo llevó, comenzaron a caer morterazos por todos lados, durante una semana, y hasta que no salimos a romper el cerco, y los Olivos hicieron un contra cerco desde el oeste, con apoyo de la BDA y los helicópteros, no acabó.

—¿Qué son los Olivos?

—Los Olivos eran una tropa de contra guerrilleros. Así le decían durante la Limpia del Escambray, Lucha Contra Bandidos o LCB. Los Olivos es eso. Peine, cerco y emboscada. Por supuesto, el orden de los factores no altera el producto. Otro asunto, él también estuvo en Cassinga en el 78, cuando la masacre. Los surafricanos atacaron la base "suapo" en ese kimbo, a la vez un campo de refugiados. El problema es que también estuvo en el centro del asunto. Él llega a Huila el viernes. El sábado sale para Matala. El domingo, los paracaidistas surafricanos caen sobre Cassinga, y él mandó la columna cubana para apoyar a los "suapo". Pero… resulta que los envía sin cobertura antiaérea y los "mirache" partieron la columna en tres partes y, por supuesto, la pararon en seco. Los surafricanos mataron como a setecientos namibios, entre los que había mujeres y niños, cincuenta cubanos y no se sabe el número de angolanos. Eso creó tremenda raspadera entre los "suapo", los fapla y nosotros. Pero eso te lo cuento otro día.

—¿Seguro? —dijo, curioso—. Tengo dudas.

18

—¡Seguro!

—Sí, ¿pero eso no es todo?

—No sé a qué te refieres.

—Dos batallas perdidas, o mal planificadas. Eso no es récord. Tú sabes que el Comandante perdió el Moncada, naufragó en el Granma, abandonó a la gente en Alegría de Pío, llegó a Girón para la foto, dirigió la guerra de Angola desde el Vedado, y ahí está.

—¡Cállate la boca, cojones! La próxima vez que hables así del Jefe, yo mismo te hago el expediente. ¿Qué eres?, ¿un provocador? Esos temas son delicados y lo sabes. Así que, si no te molesta, cambia la conversación. Es más, olvida lo que hablamos. Yo comeré hoy en 100 y Aldabó, pues tengo que interrogar al comemierda ese.

4

Los anaqueles del supermercado se vacían poco a poco desde el fatídico 29 de agosto de 1990, cuando apareció en el diario oficial *Granma*, la frase maldita. Decretado el Período Especial en Tiempo de Paz, o sea La Gran Crisis. A partir de ese día, la sociedad comenzó a adelgazar. Desapareció la comida, la medicina, la electricidad, el combustible, el transporte. Todo o casi todo, que no es lo mismo, pero es igual. El Comandante ya había amenazado a sus subordinados sobre esto. Lo hizo desde su lugar preferido, además del paradisiaco cayo donde le gusta pescar: la tribuna pública. Cínico como pocos, les dijo a las mujeres en uno de sus congresos femenino-revolucionarios, *"guarden ropa, pues no habrá tela en veinte años"*. Y ellas aplaudieron hasta el delirio. A la par de sus palabras, ensayó escenarios donde no habría combustible para descargar las mercancías, llenó las ciudades de pozos, por no poder bombear agua, habló de la cazuela popular, pues no habría comida, y hasta manejó un plan, la cambodización del país, al estilo de los Khmer rojos. Ese régimen excepcional en lo económico y lo cultural se llama La Opción Cero del Período Especial en Tiempos de

Paz. Un eufemismo que esconde otro nombre: La Gran Crisis. Y todo cubano que conozca su significado tiembla al oír hablar de él.

5

La abraza con ternura. A diez mil kilómetros de distancia encontrar una mujer así es un milagro de Dios. ¿Si existe? Por eso volvió a ese pueblo lleno de polvo y "guachas", para encontrarse con ella. A la tenue luz del amanecer disfruta mirar sus nalgas y las caderas desnudas con su par de atractivos y equidistantes hoyuelos. Su hermosa y larga columna vertebral va techada con hombros estrechos y suaves, a su vez se coronan por una pasa acolchada y sedosa, que cubre su rostro. Treinta años de diferencia, dan más vigor, que las semillas de Maravilla, recomendada por el yerbero de Guanabacoa. Por eso la mira, y suena la diana del músculo primo, como tiempo atrás cuando se sobresaltaba con el olor a hembra. Roza las nalgas con las manos, hasta sentir en los vellos de la dama, electricidad y predisposición. Sus ojos embelesados, cansados, viejos no quieren mirar a otro lugar. Quiere recordar esa imagen y lo que representa. Su juventud, su fortaleza, su virilidad. A la mierda las guerras. Le sopla en el oído, suave, muy suave. Ella recula con un movimiento de caderas, mientras muje bajito, tierna, dulce. Lleno de valor introduce despacio la mano en la entrepierna de ella, llegando de atrás. Acaricia la húmeda vulva, y busca con el dedo del medio el clítoris ya henchido y acariciable. Retozón, el dedo vuelve atrás y se hunde en el blando terciopelo de carne, acompañado del índice y comienza la danza rítmica que precede el cambio de posición. Ella empuja los dedos hacia afuera. Se vira bocarriba con las piernas abiertas, y los hermosos muslos indican la pista de aterrizaje. Toma al hombre por el músculo ardiente y comienza a pasarlo por su clítoris. Los negros pechos hinchados, con los pezones como misiles, acompañan la necesidad de aire de los pulmones, con la custodia del jadeo.

—Métemela, papi. Pero suavecito. No quiero venirme todavía, ¡ay!, así, mi macho, mi temba —Toma aire y repite la operación de acariciar su clítoris—. ¡Ay!, qué rico está. ¿Quién es tu Cobra? ¿Quién es tu puta? ¿A quién le vas a coger el culo ahora? ¡Dímelo, maricón! —Y se vira de espaldas y sus hermosas y morenas nalgas, perdidas en su cintura, enfebrecen al hombre. La toma por las caderas y la penetra como si fuera la primera, y la última vez.

—¡Ay, sí! mi vida, más fuerte —Se vuelve a virar la mujer. Quiere sentir sobre su cuerpo el peso del macho, y los labios del hombre que ya disfrutaron de los pezones se sumergen ahora en las axilas—. ¡Ay, sí! mi vida, huéleme. Huéleme el grajo, yo soy tu hembra. Dale, mi macho, mi temba, dale que me vengo. Dale, shhh daale, shhh daale, shhh daale, dale, maricón, dale. ¡Ay singao!, shhh maricón. Me tienes loca, shhh maricón. ¡Aaaay, cooño, qué rico! —Toman aire como si acabaran de salir de un profundo pozo lleno de sexo. Ella saca la cabeza, por un lado, mientras él se desmorona de placer sobre ella. Extasiados, angustiados, exhaustos se miran con picardía—. ¡Ay, papi!, qué olor a leche más rico —Ríen. En ese momento comienzan a caer morterazos. ¿Recuerdos de guerra?

6

Nadie le desea a su enemigo amanecer bajo una lluvia de morterazos. Es una experiencia dramática, dura. La mayoría de los sobrevivientes no hablan de eso, ni tan siquiera lo recuerdan. Menos, si se extiende durante una semana. La tierra está removida por las explosiones y tienes que mantenerte en el refugio, mientras cae constante un polvillo sobre la ropa, la piel, los labios. El hermano del Comandante dio orden de romper el cerco que, desde Malange, Luena y Menonge, ejercen los rebeldes sobre Cuito y, además, la única vía de reaprovisionamiento, Cuito-Huambo. La del ferrocarril de Benguela.

Por esa ruta viene un contingente de apoyo. Para mañana se prepara la salida, será a las cero cuatrocientos. Los designados para romper el cerco no dormirán esa noche, aunque se caigan de sueño. Solo estarán en la modorra previa al combate. Al jefe del convoy le sudan las manos. Decide enviar a su ayudante a recoger a Regina, su joven amante, al albergue donde están acuartelados los profesores cubanos. Allí esperan el cese el bombardeo. Por su rango, él tiene un espacio en el refugio de la Plana Mayor donde espera estar a solas con ella. Pero a las once de la noche regresa Ruperto Isidoro, su ayudante. Dice, no pudo dar con ella. Se tira en el camastro. Se abre el zambran y el cinto. Desamarra las botas, y baja las ligas de los bajos del pantalón de campaña sobre el calzado. Todo lo que haga presión sobre la piel, debe liberarse para poder descansar.

A las tres de la mañana lo despierta el Oficial de Guardia. Se levanta, se arregla la ropa y va al pantry del refugio a tomar café con leche. Más café que leche. Sale al exterior y observa el cielo. La noche estrellada no permite interpretar qué sucederá en el día. Se ajusta el zambran. Revisa la pistola y le pide a su ayudante que ponga otras dos AK plegables en el carro de comando, con asignación completa de balas, ciento veinte, repartida en cuatro cargadores.

La columna de marcha se organiza. La encabezaban un viejo blindado T-34, con barreminas, dos carros de exploración y la BTR, con el Puesto de Mando del destacamento. La formación se organiza en la plazoleta de carga del Ferrocarril de Benguela en las afueras de la ciudad. A la BTR le sigue el pelotón de cañones de veintitrés milímetros, un pelotón de T-34, y una compañía de infantería, montada en blindados BMP. Cierra la formación el segundo pelotón de artillería antiaérea, el puesto médico y el cierre técnico o MTO. Aunque están lejos de los surafricanos, el jefe de la columna no quiere sorpresas como en el 78. Además, las antiaéreas aumentan el poder de fuego del convoy.

Los infantes, con los cargadores de sus fusiles de asalto a tope, comienzan a llenar los carros con todo lo que pueda servir. Los mecánicos hacen los últimos ajustes. Todos o casi todos, usan los sombreros fapla mucho más cómodos que las gorras del ejército cubano. El del pulóver verde robó un par de botellas de ron de la logística de los oficiales, la vertió en su cantimplora de resguardo y lo reparte entre sus socios, a discreción. Los civiles africanos miran desde lejos los preparativos, y a los cubanos no les extraña que entre ellos esté algún "guacha", que informe a los UNITA, luego de que salgan. El jefe de la columna, con gorra y gafas montadas en oro, Ray Ban, se seca las manos en el pantalón, mientras habla con los primeros oficiales.

—La UNITA tiró un cerco que nos cubre Norte-Este-Sur. Lo único que les falta es cerrar la carretera para Huambo. Ayer, por la tarde, los helicópteros divisaron movimiento de tropas, e interpretan que el interés es cerrar el camino. Nuestra misión es mantenerla abierta.

El General, al frente de las operaciones, indicó desde el primer día a los oficiales ponerse al frente de los batallones y desarrollar una defensa activa. La intención, asestar golpes al enemigo, que permitan disminuir la presión del cerco y restablecer el poder en esta zona, feudo del jefe de la UNITA, Jonás Sabimbi.

Con los espejuelos oscuros sobre la gorra, aún y apenas amanece, el jefe de la columna cita aparte a los oficiales bajo su mando. Según informes, sus hombres están cujeados en esta guerra. Son veteranos con un promedio de edad de veintiocho años. Predominan los reservistas, más que los adolescentes del Servicio Militar Obligatorio. Si es así, piensa, no habrá locos sueltos en su caravana. Sus órdenes serán cumplidas y la operación se cumplirá. No importa si en un día o una semana. Pero se cumplirá. Lástima del bombardeo sobre la pista del aeropuerto. Ya estuviera en la isla, y lejos de la guerra de mierda esta. Pero…, y siempre existe un pero. Ver a Regina valió la pena. Las noches que pasaron juntos. Cree estar enamorado de esa negra. Sin embargo, no sabe qué hacer con su matrimonio y cómo se lo dice a su mujer, a sus hijos. ¿Y al Comandante, y al General de Ejército…?

—Compañero Capitán de Navío, se presenta a sus órdenes el Teniente Alejandro Mateo —Lo mira con distancia y le pregunta

—¿Quién es usted, teniente? —El joven y dispuesto oficial no se detiene en la aristocrática pregunta y responde con la misma prestancia.

—El segundo jefe de plana me designó a su equipo como oficial de contrainteligencia.

—Muy bien, usted irá en la BTR de la Plana, cerca de mí. Lo que vea, escuche y sienta, lo quiero saber de inmediato, ¿entendido? —pregunta, receloso.

—¡Entendido, compañero Capitán de Navío! —responde el joven llevándose la mano derecha a la visera de la gorra mientras que, con la otra, sujeta fuerte la correa de su AK.

—¡Entonces, suba sus cosas al carro y acomódese como pueda!

El barreminas, con el motor en marcha espera la señal para avanzar. En el cuarto carro, el jefe de la columna saca la mitad del cuerpo para mirar a los lados. Va a indicar al radista la orden de marcha. Antes de ordenar con el brazo, hace un recorrido de trescientos sesenta grados, a su alrededor. Considera el estado de cada cosa. Detiene su mirada en la esquina del frigorífico, en la pared, con una imagen pintada de Agostihno Netto y el texto *La lutta continua, la vitoria e certa*, atrás a la izquierda. Allí, pequeña, encantadora, enigmática, graciosa con su afro característico, le observa Regina, que se pone las dos manos en los labios y las lanza adelante, definiendo el gesto con una sonrisa. Él pone su mano derecha en el corazón, se toca con el dedo índice y del medio los labios, e inmediato levanta el brazo, lo mueve en círculos sobre su cabeza, e indica la ruta a seguir. Los encargados de cada carro, con las banderas en alto, repiten la señal. La bandera amarilla en alto, la roja apunta la dirección a seguir. El rugido de los motores se acentúa y comienza la lenta y penosa marcha hasta los primeros diez kilómetros, última defensa del poblado. A partir de ahí todo será más lento y monótono.

7

El sol asciende como todos los días, en ese camino ahora desierto, por donde avanza el convoy lentamente. Los observadores, en los diferentes carros, otean el horizonte. Algún despreocupado se quita el casco para sentir el correr del aire fresco, y lo despeine. Otros, duermen de día lo que no durmieron la noche. Saben que están en la boca del lobo. Eso sí, todos, en la posición en que se encuentren, tienen el fusil terciado. Los de pie, a la espalda. Los acostados…, en el pecho. Parece que no habrá combate… por ahora.

El jefe de la columna cede su asiento al radista y se retira atrás del Carro de Comando. Sabe es la parte más segura y allí se refugia con sus pensamientos. Cuánto placer descubrió en los últimos días. Olor, labios, pechos, sexo. ¿Que importan los morterazos? Él fue feliz esta semana, aislado del mundo, en esa cápsula de guerra y amor. Piensa en su negra y en qué sucederá después de salir del cerco. Primero, sacarla de ese puñetero lugar y enviarla a Luanda, cerca del cuartel general del ejército cubano, donde podrá verla sin perderse en la inmensa geografía angolana. Después, devolverla a Cuba lo antes posible y ubicarla en un apartamento de reserva de los tres que tiene, para convertirlo en su nido de amor. Aunque eso tiene que discutirlo con el Viceministro para la Logística. ¿Quizás tener hijos? Se siente joven, fuerte. ¿Cómo para empezar de nuevo? Sí, claro que sí.

El barreminas se detiene en seco al tocar un explosivo de gran potencia que despedaza sus articulaciones del centro. Con el bombazo, todos despiertan. Los de las torretas bajan apurados. Los artilleros quitan los seguros a sus cañones. El hombre, sin casco ahora, tiene una bala en la frente y un hilillo de sangre corre por su nariz, y sus brazos yacen blandos a sus costados, con las manos abiertas. Sin mediar tiempo, un primer RPG-7 hace impacto en el carro de exploración que va detrás del barreminas y lo enciende como una caja de fósforos. El segundo carro se mueve a la izquierda para esquivar el impacto de un segundo lanzamiento. El conductor de la BTR maniobra las palancas para salir del punto de fuego, pero ya los rebeldes lanzaron un tercer cohete antitanque contra ella, y un cuarto. No solo está inutilizada, ahora arde en llamas y se balancea hacia el lado izquierdo, por donde salen los sobrevivientes. El radista y el chofer han muerto. El oficial de inteligencia coge el radio y se lanza hacia atrás, donde está el jefe de la columna y lo ayuda a salir. El del pulóver verde con el AK en la mano, sale del segundo carro de exploración y se acerca al BTR volcado. Ayuda a evacuar al teniente y al Capitán de Navío, que intentan salir de vehículo. El jefe de la columna está azorado, los ojos muy abiertos y temblor en el labio inferior. Lo toma por las axilas, lo hala hacia afuera, mientras el teniente lo empuja por detrás y arrastra el pesado radio ruso.

—¿Qué le pasa, Jefe? ¿Está herido, Jefe? —El soldado mira a los ojos del jefe y siente el pánico que vibra en su alma, el miedo a perder los sueños arrullados hasta hace apenas segundos. El alto oficial contempla al soldado, con estupor, luego escudriña a los lados, desesperado. ¿Qué le pasa, jefe?

—¡Nada, no preguntes! —dice el teniente—. Ayúdame a arrastrarlo hasta el arbusto.

Entre los dos realizan la tarea. El teniente se incorpora y va a buscar el radio, mientras le ordena al soldado abrir la puerta del primer carro, pues el séptimo roquet hizo un segundo impacto, esta vez en la torreta. El soldado corre agachado, pero se tira al suelo al sentir las balas enemigas sobre su cabeza, más el zumbido de una granada de mortero antes de caer. Se tapa los oídos, entierra la cara tanto como puede y traga tierra arenosa. Siente la detonación, y algo le golpea el cuerpo. Al disiparse el polvo, una pierna cortada alrededor de la ingle está a su lado. Mira el cráter con el desagradable sabor a tierra en su boca. Recuerda que allí estaban los compañeros de su carro, ahora un amasijo de carne, metal y arena. Traga en seco, la náusea se le viene encima, pero toma aire a toda capacidad de sus pulmones, se levanta y corre hasta el primer carro, se para al lado de la portezuela y a culatazos la abre. Dos de los cuatro tripulantes salen disparados hacia afuera, pero de inmediato se incorporan a ayudar a sus compañeros con algunas quemaduras menores. El conductor aprovecha para sacar las mochilas y ponerlas a recaudo.

En lo que el morterazo mata a los tres compañeros del soldado y este libera a los del primer carro, regresa el teniente con la radio. Comprende que el jefe no sale de su estupor y lo increpa en medio de la bataola de gritos, disparos, ráfagas, morterazos.

—Jefe, ¿usted me oye? ¡Jefe! ¿Usted me oye? —Lo coge por la solapa y lo zarandea—. ¡Jefe!, ¡Jefe, cojones, jefe! —Sabe que el Capitán de Navío siente pánico y le da una bofetada, que provoca la respuesta del cobarde.

—¡Sí! ¡Sí! Teniente, coja el radio y trasmita por el canal 23 la situación al General. ¿Usted lo sabe manejar?

—¡Sí, jefe!

—Trasmita, estamos cercados. Resistimos una emboscada enemiga desde el norte. Estamos a 10 km de Cunhinga, y los "guacha" vienen de en vuelta de Catabola. Estamos resistiendo.

V
NOVIEMBRE 11, DEL 93

1

Ante la ausencia de transporte automotor, pedalear desde el Vedado hasta Alamar demora casi el mismo tiempo, tómese cualquiera de las cuatro rutas más comunes. Una de ellas es tomar el ciclobus que cruza el túnel de la bahía, en Prado y Cárcel. Al descender de aquella adaptación, a la salida del subterráneo, se toma la Vía Monumental, se pasa frente a La Habana del Este, el Hospital Naval, la Casa de los Tres Picos, se desciende hasta la rotonda del Reparto Guiteras y luego se asciende hasta la Zona 5. Otra es a través de la lanchita a Casablanca, en el Muelle de Caballería. Esta cruza el canal de entrada a la bahía, y te envía a pedalear por el camino asfaltado de Tiscornia, que sale a la parte de atrás del Reparto Guiteras. El tercer paso es mediante la lanchita a Regla. Se aborda en el Muelle de Luz y, al atravesar la bahía, desembarcas en el muelle del marinero pueblo. Cruzas el barrio, en un empinado ascenso hasta el semáforo de Guanabacoa, y de ahí un largo pedaleo hasta la Rotonda de Cojímar. Por último, está el que te lleva por Avenida del Puerto hasta la circunvalación. Entras a Regla por los molinos de trigo, cruzas cerca del cementerio, y coincides en el semáforo de Guanabacoa donde te incorporas a la Vía Blanca, hasta Alamar.

De regreso, sobre las tres de la tarde, el hombre del pulóver verde pasa por casa de Idalmis. Ella vive en Regla y él le tiene deseos nunca concretados. La china, como le dice, es una mulata blanconaza. Usa cerquillo casi pegado a las cejas negras como azabache, y un peinado de cola de caballo, casi como uniforme. Caderas amplias y busto hermoso, además de una sonrisa aun aniñada para los tantos palos que le dio la vida.

2

Sonríe, mientras observa el panorama. Santiago de Juan conduce su Camaro verde del 93, un modelo con la cuña más marcada, que da sensación de flecha. El carro tiene casi cinco metros de largo y un potente motor de aluminio ligero de 5.7 litros y 275 de potencia. Un acortador de distancias. Va por el viaducto A1A a casa de Pepe Valdés en Boynton Beach. Sale de la autopista en el semáforo, y entra a la comunidad de casas de una sola planta, con jardín y garaje. Dobla a la tercera bocacalle. Estaciona en los primeros metros de un círculo interior con una fuente central de agua que alegra el silencioso sonido del lugar y a los gorriones posados para beber. Toca el timbre. Le abre uno de los compatriotas que también se dedica a enviar información electrónica para Cuba. Comparten su añoranza por la isla, también los mismos problemas de comunicación con ella. La recién creada Dirección de Seguridad Informática del Ministerio del Interior, dirigida por un alto oficial, bloquea los *screennames* que usan. Se ven obligados a crear de manera constante nuevos nombres de dirección electrónica para cumplir su cometido. Ambos son miembros de la discreta lista conocida como Cuba-L, organizada por el guantanamero Humberto Garcés desde Quebec. Entre otros, participan Omar Galloso, el Dr. José Alberto Hernández, Miguel Casuso e Ignacio Fiterne. La idea del encuentro, a instancias de Galloso, es aunar fuerzas para enviar información a la isla, más allá de lo individual como se hace. Una modesta, pero efectiva manera de construir una autopista de información por donde corra el "Camaro de la libertad", concluye Santiago. Un medio de comunicación independiente en la net. Cuba-net. ¡*Cubanet*!

3

Llegó a Alamar pasadas las ocho de la noche. El apagón eléctrico toca de seis de la tarde hasta las dos de la madrugada. No tiene otra opción que acostarse a dormir, tras apagar la chismosa, que llena de hollín el aire. No suele bajar las escaleras a conversar con otros vecinos reunidos en los bajos del edificio donde se organiza, cada noche de apagón, una tertulia informal. Antes de acostarse deja encendidas todas las luces, el radio soviético y el televisor Caribe a todo volumen. La única intención es despertarse a esa hora, y leer, aprovechando la luz eléctrica hasta las cinco de la mañana en ese momento, se vuelve a acostar y echa otro sueñito, esta vez hasta las siete de la mañana, y se va al trabajo. Pero todo, fue diferente.

A las diez regresó la electricidad y la alegre somnolencia se convirtió en preocupación. Inmediatamente después del alumbrón se sintieron ráfagas de fusil y una gritería del otro lado del Río Cojímar, más bien desde el viejo Torreón español donde tienen estación los guardafronteras, hacia el muelle de atraque frente a la glorieta con el busto de Hemingway.

Desde el balcón que da a la salida del río, se ven las balas trazadoras chocando contra el agua y grupos de personas que corren hacia un lado u otro por el malecón de Cojímar. Puesto el pulóver, se calzó y bajo las escaleras con su bicicleta. Ya en la calle, con un pedalazo, se dejó llevar pendiente abajo hasta el golfito, donde el puente de hierro recién insertado permite el paso de los ciclistas entre las dos comunidades. Pasa el puente a toda velocidad, dobla en la esquina de la cooperativa pesquera y llega a la calle principal, donde en menos de media hora se concentran más de 500 personas marchando hacia el lugar del tiroteo.

Una mujer con rostro de zombi por la hambruna, como casi todos los marchantes, comenta atropellada, en medio del disturbio, que una lancha rápida del yuma vino a recoger a unos parientes. Comprendió entonces el recién llegado que, aprovechando el apagón programado, los del "yuma pensaron recoger a su familia y amigos en el mismo muelle, pero "la luz" llegó más temprano de manera inoportuna y sorprendió a militares y escapistas por igual. No era difícil entonces vislumbrar que los jovencísimos conscriptos de guardia, al iluminarse las bombillas del área y descubrir lo que pasaba, reaccionaron disparando sobre el bote, los tripulantes y las personas que pensaban abordarlo, antes de averiguar nada. O se les ocurriera otra forma de solucionar el problema. Hay cinco muertos, igual número de heridos y algunos caídos al agua.

La manifestación se dirige enardecida calle abajo, enriqueciéndose en cada bocacalle con más personas, tan indignadas como famélicas. Todas en dirección al muelle, a donde no pudieron llegar, pues los criminales, en número de diez, ya apuntaban a la muchedumbre sus fusiles con munición de guerra, listos a disparar. A las once de la noche llegó un tal Juan Contino, el Presidente Nacional de los Comités Revolucionarios, y alto cargo comunista, junto con secuaces armados y trató de calmar los ánimos, extendiendo los brazos hacia arriba y con palabras inaudibles, pero de entendido apoyo al tirano. La respuesta fue una andanada de piedras y un abucheo feroz, lo repliega y lo hace refugiarse detrás de los guardias.

4

—Está bien. Correcto. Se llamará *Cubanet*, pero ¿cómo hacemos? —pregunta Ignacio Fiterre.

—Señores, como esto es voluntario, yo estoy dispuesto a organizar la página de internet. Tengo a los amigos de mi hijo. Son diseñadores de campaña y tienen una computadora Pentium. Lo último para hacer los diseños, el logotipo y conectarse a internet, además del fax módem. Por ahí arrancamos —dijo Galloso—, y tú, Santiaguito, encárgate de la organización y la búsqueda de lo que vamos a enviar.

—Sí, pero tenemos un problema —dijo el aguafiestas del grupo—. ¿Y ustedes piensan que AOL va a aguantar la presión de los comunistas? ¿Ustedes creen que, entre este grupo de comemierdas, léase nosotros, y penetrar el mercado cubano, los americanos van a dudar? —y hace un círculo con el dedo índice hacia abajo señalándolos a todos—. Ellos, siempre, priorizaran a los malos. Nada personal, dirán. Puro pragmatismo.

—¡De madre! —dijo Santiago, levantándose—. Ven acá, Pepe, ¿dónde tiene tu mujer el café?, porque no das ni agua.

—Dale, lo hago enseguida —contesta el aludido, mientras se acerca a la cocina y comienza los preparativos para la colada, sin perder la idea de la conversación y dirigiéndose a los sentados.

—Bueno, ellos dicen que con la instalación de Radio Martí se hace bastante, y no les falta razón. El esfuerzo de la Fundación, y de Mas Canosa en particular, es importante como lobby dentro de la política americana. Pero Martí está en Washington, y nosotros aquí. Ellos, enmarañados en su burocracia, nunca van a entrar como nosotros, directo con los cubanos. Además, existe el peligro de que el exilio se burocratice, y entonces nunca salvaremos a Cuba.

5

La multitud avanza sobre guardias y comunistas. A punto están de desarmarlos... Por la calle, detrás del castillo, llegan camiones de donde salen soldados por decenas con uniforme verdeolivo y boinas negras. Corren en disposición de combate, flanquean a la multitud, rastrillan sus armas y apuntan directo a ella, provocando por una parte el enfrentamiento de los menos, y la huida de la mayoría que no percibió el cerco por detrás. Tres camiones y un pelotón de soldados también les apuntan. Dos oficiales encaramados en los camiones tratan de calmar a los soldados, tan nerviosos como los primeros.

Las ráfagas al aire del refuerzo al fuerte para detener la resistencia de los más indignados, hizo prudente el retroceso. El hombre del pulóver verde, arrinconado entre los primeros, no se percata de lo que sucede detrás de él, hasta que la presión de las pinzas de los dos contingentes militares reunifica a los dos grupos que escapaban desorganizados por las bocacalles. Resistiéndose a salir de la ratonera por el camino común, entra a una cuartería frente al malecón y se detiene en uno de sus pasillos. Trata de controlar su respiración. En medio de la oscuridad, y pegado a la pared, mientras evalúa la forma de salir del lugar, presiente la presencia de alguien más.

—¡Sí! —dice siseando. Y le responden igual—. ¿Qué pasó?

—¿Tú no estabas ahí? —le responden, y nota la voz femenina.

—¿Eres de Cojímar? —volvió a preguntar. Y un delicado monosilábico le dio la idea de cómo escapar del cerco.

Llegaron al contén de la acera, y ella se sienta en la parrilla trasera de la bicicleta, mientras él pone la pierna izquierda en el pedal. Se empuja con la pierna derecha y comienza a pedalear por las ahora desiertas calles. A trescientos metros, entre los callejones, un retén ni se digna a mirarlos.

VI
MARZO 4, DEL 94

1

El hombre vestido de blanco sale de su oficina en el 7mo y va al ascensor, que lo lleva hasta el sótano del Edificio A, del Ministerio del Interior. El auto tiene el motor encendido. Con un saludo discreto al chofer y al escolta sentado atrás, cumple el protocolo y, se sienta sin quitarse la gorra de plato. El auto se desliza rampa arriba hasta salir a Avenida Independencia, donde un militar de guardia, saluda, sin mirarlo. El auto gira a su izquierda y despacio se incorpora al escaso tráfico. Toma la senda derecha, pasa frente al Teatro Nacional, y gira izquierda de nuevo para pasar por el obelisco a Martí, e incorporarse a la Calle Manglar en su comienzo en Ayestarán. El sol naciente le pega en el rostro. Baja la solapa del parasol. Ve su rostro en el espejo. ¡Ya estoy viejo!, piensa.

Recuerda el Parque Bertot, en Manzanillo, a donde lo llevaban de la mano, y sonrió para sus adentros. Vuelven las imágenes de su timidez para hablar con las jóvenes en el parque de La Glorieta de estilo morisco más famosa del país. El sudor en sus manos, mientras ellas daban vueltas a la plaza en dirección contraria a los varones. Sudor que vuelve cada vez que le atrapa la tensión. Su temprana incorporación a la milicia como oficial de la Dirección de Inteligencia del Ejército Rebelde (DIER), más tarde llamada Dirección de Contrainteligencia Militar (CIM), o Contra Invento y Maraña, como le espetó un joven soldado con llamativo pulóver verde durante una inspección de tropas en la zona de Cuito, al centro de Angola, durante el cerco de la UNITA. Él, que no tiende a "reír gracias", se fijó en el joven combatiente sin mover un músculo de la cara. A punto de cumplir cincuenta años, el Vicealmirante Quiñones Gómez hacía tres años había llegado a ser el jefe del espionaje cubano, tras el affaire Ochoa, y la Causa 1 y 2 de 1989, que descabezó al Ministerio del Interior. Sus amigos de muchos años, los Generales Colomé Ibarra, a quien él nunca llama Furry por respeto, Fernández Gondín y Romárico Sotomayor, con quienes forma equipo, toman decisiones en estos días en que el tirano, presa de la locura maniaco-depresiva, tiene tal desmoralización que se le impide ir a su oficina.

Sale de sus nostalgias, el Lada blanco disminuye la velocidad ante el cruce en el semáforo de Guanabacoa. Al levantar la vista, se fija en un hombre con pulóver verde sobre una bicicleta que corteja a una mujer, con cerquillo sobre las cejas. La joven, parada sobre la acera, sonríe como quien no quiere las cosas. El rostro del hombre le parece conocido, pero vuelve a sus pensamientos: al problema a resolver en Colinas de Villareal. Muy cerca de ese sitio, en Playa de Bacuranao, dos policías dispararon contra unos hombres que huían en balsa, dejando dos muertos. El auto, después de pasar el semáforo, acelera durante el descenso y pasa por delante de la hormigonera, y después por la acería Vanguardia Socialista. Ambas vacías. No hay trabajo desde hace un par de años, desde que se decretó La Gran Crisis.

2

El hombre del pulóver verde se fija en el Lada blanco y los tripulantes, pero no les da importancia. Recostado en el ciclo, está más interesado en sostener la sonrisa de la mujer del cerquillo hasta las cejas que en lograr una *tarjeta blanca,* que permite salir del país. Convencida la joven de la opción de transporte ofrecida por el galán, se deja llevar por él y monta en la parrilla a horcajadas. No coge impulso el ciclista, pues en ese tramo se va en bajada. Se deja llevar hasta el semáforo, dobla a la derecha y entra a Regla por Avenida Rotaria, coge contrario en calle B con sus treinta metros de largo y desciende por Carretera Vieja, en un vertiginoso y calculado descenso que hizo a la muchacha abrazarse a él, en medio de una risa eufórica disfrutada por ambos.

Al llegar a Calixto García dobla izquierda, hasta Martí, todavía con su sonrisa en los labios. Espérame aquí, dice ella mientras desciende del ciclo y se encamina a su apartamento en el último piso de tres, de un solitario edificio, construido en la década del cincuenta. Mientras espera, el hombre del pulóver verde nota malestar en el ambiente callejero. Lo achaca a los largos apagones, los estantes vacíos, la falta de trabajo, transporte y hasta el calor de esa mañana. Los comentarios callejeros refieren a dos hombres que, intentando huir de la isla cerca de Playa de Bacuranao, fueron muertos por disparos policiales. Uno de ellos, según se dice, vivía cerca del Parque de La Mandarria, por donde vive su ambia Chuchú "el aceitoso", en la zona baja de la ciudad. El otro era de Loma de Millaf, cerca de los molinos. La tensión, ahora ya comprensible, tenía su base en la pronta llegada de los cadáveres a la funeraria, en Calle Maceo, para enterrarlos esa misma tarde, según órdenes "venidas de arriba".

Parafraseando a Sabina, hasta allí le habían llevado "sus caderas, no" la necesidad de justicia. Se desentendió del asunto, y el corazón aceleró al verla salir por la puerta del edificio. Con el ciclo de la mano, le acompaña por las indignadas calles del pueblo. Baja por Martí hasta la incómoda esquina de Maceo y Agramonte, por donde doblan casi todos los carros. De ahí hasta Céspedes y Díaz Benítez, al discreto local donde ella tiene su oficinita de Registro de Consumidores. El interior denota una antigua carnicería. Aún está la barra de acero, ahora desnuda, donde antaño colgaban garfios con carnes criollas. Un viejo buró, dos sillas y un bañito al final a la derecha. El viento de cuaresma, ya a media mañana, se entusiasma y cierra la puerta de un golpe. Ella hace como que revisaba unos papeles, momento en que él aprovecha para acariciarle el brazo. Ella dice ¡Nooo!, pero se queda quieta, y levanta de forma imperceptible las nalgas, y gira para encararlo. El intenta besarla, ella echa para atrás y vuelve a decir ¡Nooo! Pero él continúa hacia delante y la abraza, mientras ella le dice ¡sueeltaaámeee! Pero él avanza, ella se pega a la pared y pone la pierna en la silla y tiende a agarrarse a la barra de acero. Como si lo tuviera calculado, él la ayuda a subir y ella apoya sus axilas sobre la barra. En esa posición aprovecha para hacer pasar los muslos de ella a horcajadas sobre sus hombros y hunde la cara en su entrepierna. Nota asombrado su cálida humedad y obseso por el olor a hembra, lame con placer lo que hasta ayer era vedado. En la parte de arriba de la ecuación, la tensión primera sobre los brazos y codos se dulcifica sobre los hombros del villano, y una sonrisa florece, mientras la cola de caballo cae con fuerza sobre su espalda.

3

Con su espalda pegada a la pared, el hombre vestido de blanco escucha atento el parte del oficial de operaciones en el Puesto de Mando, ubicado en Colinas de Villareal, frente a la playa donde ocurrió la muerte. Le acompañan el Viceministro Jefe de la Policía Revolucionaria, y los Coroneles, jefes de Policía y Guardafronteras en la ciudad. Asisten otros oficiales subalternos, con el mismo nivel de preocupación. La tensión se puede cortar. Al final del informe, el oficial de mayor graduación despega su espalda de la pared y pasa a ocupar el lugar frente al mapa de operaciones. Con todas las miradas puestas en él, el de uniforme blanco mira a un punto impreciso a la altura de sus ojos.

—Compañeros —dice—, como ustedes saben esta es una situación crítica. No es el primer caso en los últimos meses en que la contrarrevolución trata de provocar a nuestros soldados, y estos tienen que responder como ordenan los protocolos —Respira profundo. No es lo que piensa.

Cree que la situación es desesperada. Ya lidió con el problema de Cojímar en el mes de noviembre, y antes, con la revuelta de la malanga en Campechuela, donde un grupo de hambrientos fueron atacados a tiros al tratar de robar el tubérculo en medio de un campo. El General Fernández Gondín, su superior, es partidario de armar a más personas para imponer la fuerza. Pero él apoya la idea de una apertura que permita a la gente salir del atolladero. No estaba solo en ese pensamiento. Entre los generales varios piensan igual que él.

El problema es la inoperancia del Comandante, que después de doparse para sus discursos de resistencia, se hunde en graves depresiones. Por suerte, el Ministro (así nombra al Jefe del Ejército y hermano del Caudillo) ya tomó las primeras medidas para tratar de corregir la situación interna, y acercarse a los americanos, a lo que el Comandante esta opuesto. El otro problema eran las "ratas de alcantarilla", como Jorge Lezcano, el jefe del Partido en la Capital. Cobardes por plantilla, e incapaces hasta de quitarse de en medio para que actúen los que están calificados para hacerlo.

—La orden es —continúa—, domar el asunto. Crear un dique que controle la situación. Evitar cualquier evento que pueda desbordarse. Acelerar el proceso lo máximo posible, impedir que se desarrolle. Por lo pronto, la información de los forenses mantenerla bajo "siete llaves". A los oficiales involucrados en el incidente, sacarlos de la provincia si viven en los municipios del Este. Los que tengan dirección en otras provincias, darles un permiso de un mes. ¡Que nadie crea es un estímulo! Solo es una medida de seguridad sobre ellos. Al llegar a su lugar de origen, deberán recibir una evaluación psicológica. ¡No quiero matones no autorizados en mi equipo! Usted, Mayor García Álvarez, en conjunto con el Capitán Mario Mazón, se harán cargo de la seguridad en el municipio, en especial en la comunidad. Recibirá un refuerzo de combatientes para evitar incidentes. "Tropas Especiales" se ubicará en el tanque de agua de Guanabacoa, para que observen la situación por ellos mismos, y entrar con sus equipos, medios y transportes, solo si es necesario. Todas las coordinaciones con el Puesto de Mando, aquí en Colinas, donde se mantendrán las reservas. ¡Mayor García Álvarez, pónganos al tanto de su planificación!

Simpático, siempre sonriente, García Álvarez, es de los oficiales competentes de la Dirección de Inteligencia. Muchas veces coordina las acciones entre la inteligencia, la policía, guardafronteras y otras direcciones del Interior y el Ejército. Industrialista de toda la vida, fumador social. Tiene la costumbre en estas situaciones de pasar largo tiempo golpeando las puntas del cigarrillo contra la esfera de su reloj de pulsera Citizen, del 78, hasta que se lo pone en los labios, y lo enciende con un mechero Zippo, momentos antes de hablar, para apagarlo en cuanto termina. Al terminar su exposición, mira los rostros de sus compañeros, y escudriña hasta donde fue comprendido su parlamento.

Se para al lado del jefe. Miró a todos. Inhala su H. Upman sin boquilla, miró por sobre la cabeza de los presentes. Exhala el humo. Mira al Jefe pidiéndole autorización y ante el gesto afirmativo de este comenzó.

—¡Caballeros! —enfatizó—. ¡Caballeros! No me detendré en lo dicho. Solo puntualizaré en dos temas. Primero, la rapidez con que actuemos es importante. Mientras más rápido enterremos a los muertos, mejor. Segundo, la seguridad. La unidad de Regla recibirá de inmediato un refuerzo de cincuenta hombres para reforzar su seguridad. La puerta del cuarto de armamento se mantendrá abierta todo el tiempo que se mantenga el operativo, y dos oficiales superiores estarán dentro de él. Los demás policías estarán sin armas, para evitar incidentes. Inhala el humo del cigarrillo y, poco a poco, lo exhala, en medio del silencio, la atención de todos y la expresión afirmativa de sus jefes inmediatos superiores.

—Los efectivos del 20 270 —continuó—, desde su punto de observación en el tanque de Guanabacoa, esperarán mis órdenes para entrar. La funeraria se encuentra en Calle Maceo, en línea recta y a pocos metros de la necrópolis. No debe haber mayores tropiezos, tampoco habrá policías de uniforme en la zona, y habrá un área de restricción. Aquí, en el mapa, la ven delimitada, para cualquiera vestido de militar. Los compañeros del Trabajo Operativo Secreto, bajo la dirección de Mazón, ya están en el terreno activando a sus agentes y dando Plan de Aviso para que los jefes de las Brigadas de Respuesta Rápida se activen si es necesario. Como saben, Mazón vive aquí, en el reparto Bahía, tiene muy buenos contactos —Cambió la posición de cigarrillo entre sus dedos, lo paso de la segunda falange a la punta, y lo apagó contra el cenicero. Un milisegundo después miró a los ojos, a cada uno de los presentes.

4

Se impone la necesidad de estructurar el trabajo para cumplir su objetivo. Una organización, es para los cubanos como sal a la herida. El historiador norteamericano Philip Phoner, cultivando la vanidad de esa pobre raza, decía en uno de sus libros: "Los cubanos son capaces de llegar a una batalla desorganizados, organizarse dentro de ella y ganarla". Y hasta el mismísimo generalísimo Gómez acuñó sobre los cubanos: *"o no llegan, o se pasan"*. Para los reunidos está claro el camino a tomar.

Las tardes de marzo son frescas en la Florida. Eso no tiene que ver con la discusión entre Pepe Valdez y Miguel Casuso, en casa del primero. Gira en torno a una información masiva enviada por uno de ellos a Cuba, a título individual. Santiago se pone del lado de la iniciativa. Sin dudas, el tema de la discusión lleva a estos pioneros a la misma conclusión: Tenemos que organizar el trabajo, y dejar la "guerrilla" atrás.

Santiago, con don de organizador en los recursos humanos, toma la palabra. Comienza a dar roles a diestra y siniestra a los presentes, con tal acierto que todos asienten y asumen con gusto las responsabilidades recién asignadas.

—Omar, me gustaría sugerirte lleves la página de Internet. Tú sabes que los comunistas están cansados del bombardeo de emails, que entra por AOL y decidió bloquearla. Junto con Pepe, pueden buscar dominios como BellSouth, u otros por el estilo, de tal manera que, al cabrón ese, allá, impidiéndonos entrar, se le haga difícil. El asunto es no parar de enviar noticias para Cuba, para eso…, mira a un yanqui de Connecticut, grande como una ceiba y le dice desde "abajo". Daivy Meorgain, na-die-co-mo-tú-pa-ra-se-guir-or-ga-ni-zan-do-el-es-ca-neo-de-los-tex-tos. Como si por silabear la frase, Morgan lo entendiera mejor. El yanqui entendía muy poco el castellano, porque su esposa cubana, también en la reunión, siempre le habla en inglés. Afirma con la cabeza, en lo que ella, agarrándole el brazo, le dice al oído. —Ay, pipo, no te preocupes, que después te lo explico todito al llegar a casa.

Santiago no se detuvo en la "pecata erótica" incluida en la conversación de pareja, miró a Rosa Berre y a José Alberto y continuó.

—Rosa y Pepe Hernández, porque no establecen relación con algunos disidentes para crear un Buró de Prensa Independiente en Cuba.

—Sí, pero ¿como lo haremos? —pregunta Rosa.

—¡Por teléfono, Rosa, por teléfono! Te voy a dar los números de teléfono de algunos amigos en allá. Seguro están dispuestos a colaborar. Ya hablé con un amigo que siempre anda con un pulóver verde, un tipo decente. Vive en Alamar, él me dijo que tenía otras preocupaciones ahora mismo y mejor me ponía en contacto con otros conocidos. Entre ellos un tal Lázaro Lazo, además de Indamiro Restano, y Néstor Baguer, este último es un intelectual, un poco viejo. Dicen es un comemierda y tiene hasta bola de chivato. Pero es Miembro de Número de la Academia Cubana de la Lengua, y puede aportar mucho desde el conocimiento. Si al final es del G-2, ya saltará cuando sus amos se lo ordenen.

Parte del trabajo de Santiago es reclutar personas para la organización, así llega José Alberto Hernández, residente en Texas, y Rosa Berre, en Virginia. Hasta ese momento, los gastos de *Cubanet* todavía son mínimos, y lo solventan entre Galloso y Santiago. Al crear la corporación, se consigue un abogado de Tampa, José Remón, natural de Manzanillo. Este compatriota se brindó a crear una corporación, pagando él los impuestos que requería el Estado, y consiguió el status de *non-profit*. Casuso, desde San Francisco, California, hace las traducciones al inglés o el español, según sea el caso. Claro que esta forma de informar tuvo la resistencia de algunas fuentes que nos acusaron de infringir el derecho de autor. Se les pidió permiso, aunque se sigue distribuyendo y la autorización no fuese otorgada. Así creció la organización hasta que un día Rosa contactó con un tal Sergio, en Cuba, quien podría enviar información, por teléfono o fax.

5

¡Wow! ¡Cojones! Y recordó a Orlando Benítez, el director de su escuela secundaria en el campo, en Ceiba del Agua, al decirle a Pepe Bayú, con nombre oficial José Posada, *¡No es mejor, y más cubano decir, le ronca el mango, que le ronca a la palabrota esa que usted ha dicho!* Cuando lo sorprendió en el dormitorio diciendo ¡le ronca la pinga! Siempre recuerda esa anécdota, cuando, más que expresar palabrejas, las pensaba. Eso sucedió en los lejanos 70, cuando el despertar matutino de los internos pasó del jazz europeo, al dúo de trovadores Los Compadres, al "American Woman", de *The Guess Who*. Fue una década dura, claro, pero era adolescente. Pero ¿en qué piensa el hombre del pulóver verde?, si está eufórico. ¡Wow!

Con la bicicleta de la mano, sube por Maceo. El camino está concurrido para esa hora del medio día donde, como dice el guajiro cubano, "el perro abandona al amo". A decir verdad, la inclemencia del calor y el fuerte viento del sur no solo espanta a los perros. No por gusto las bodegas cierran desde el mediodía hasta casi las cinco de la tarde. El hombre del pulóver verde pasará por casa de Cuty "paticaepuerco", a tomar un vaso de agua, pues pedirle a esa hora un vaso de agua a Idalmis es abusar de la confianza. ¡Qué clase de comemierda soy!, piensa. Me la acabo de templar y pienso que pedirle un poco de agua es abusar de la confianza. Sonríe para sus adentros el caminante. Pero prefiere no hacerlo y se encamina para el solar donde vive su socio de los carnavales en Río Cauto, allá en Oriente, pero ahora vecino de Regla, frente a la funeraria donde se aglomera una multitud. Sube a la acera opuesta al grupo de personas y entra por el pasillo hasta el final donde se ve un patio con varias gallinas *picando lo que pica el pollo*, y una puerta con unos hombres famélicos sin camisa, tomando un líquido ambarino.

—¿Que bolá, broder? —Saluda.

—¿Qué bolá? —Es la respuesta amistosa desde el interior, seguida de un: ¡Asere en que tú anda! ¡La calle etá mala!

—Nada, broder. Me jamé a la china.

—¡No joda, men! ¡Coñooo, esa si es dura!

—No me digas nada, si llevaba como seis meses pelando la cebolla.

—¿Y el chama que ella tiene?

—Na, me cae bien. Vamos a ver qué pasa.

—Coño, asere, esa si es dura. Ven, échate un láguer.

—No joda, ¿caliente? ¿Con el calor que hace?

—No seas tan exigente. Tú no vives en el yuma.

—No vivo en el yuma, pero la última vez me reventó el estómago. Dame un poco de agua. Con eso, tengo.

—Pero está caliente también —le espeta Cuty.

—Sí, pero cae diferente, no joda.

—Ta bien, desprecia lo que te brinda tu hermano.

—Coño, Cuty, no seas trágico.

—Na, no pasa nada, pero los socios, cuando se jaman a la jevita de su vida, se vuelven ¿cómo se dice?... finos —Y estira los labios hacia delante como los negros dibujados por Víctor Patricio de Landaluce en su libro del siglo XIX *Tipos y costumbres*. Y todos rieron la payasada.

—¿Y qué pasa allá afuera? —pregunta el recién llegado, aun sabiendo la respuesta y, luego de tomar dos vasos de agua, el segundo de ellos con azúcar.

—Na. Dice el hermano del Cuty. La fiana mató a dos socios que se piraban pal yuma en una balsa. Los que no están muertos, están presos. La gente está empingá en la funeraria, esperando a que lleguen los muertos. Eso es tremenda maricóná. La gente está verde. No entiende. No dejan a uno ni pirarse del país 'e pinga este. Y el comepinga ese de manchaeplatano, hablando mierda de patriomuerte, ni una pinga ni na, los singaos estos que ni viven, ni dejan vivir la vida de pinga esta que uno lleva, en el país de pinga este en el que uno vive. ¡Los singaos estos!

—Palomino, phss, baja el perfil, asere, deja la muela bizca esa. No lleva a ningún lugar —dice el Cuty—. Sigue tomando tu laguer aquí tranquilo y deja el mundo allá fuera.

—¿Y qué tú crees que va a pasar? —vuelve a la pregunta el recién llegado.

—Na, ¿qué va a pasar? —contestó el aludido—. ¿Cuándo tú vez que pase algo en el país 'e pinga este?

—Entonces, cuídame aquí el ciclo. Voy a echar un vistazo allá afuera, a ver que se pega.

Al salir a la calle están sacando los féretros en los carros fúnebres. El tumulto es tan grande que los carros no pueden avanzar. Los choferes tocan el claxon insistentes, para que los reunidos permitan el paso, pero ni modo, la gente no se mueve. El murmullo baja de volumen, no la tensión entre la muchedumbre, desde que sale el primer féretro. Se siente en la atmosfera el sobrevuelo del ángel de Fuenteovejuna. La fuerza de una multitud, cuando se une en torno a una única y sencilla idea. La electricidad que solo han sentido los ha expuesto a estas emociones. Sensaciones casi religiosas. El aire polvoriento, caliente y sucio de la cuaresma bate los rostros de los presentes. Sudados, churrosos, famélicos, pero enardecidos. Están prestos a una señal de la cual no tienen conciencia, ni tan siquiera lo imaginan. De pronto, se oye una voz no tan alta, irreconocible, pero firme: —¡Vamos a sacarlos del carro! ¡Vamos a sacarlos del carro!

Como si esperaran esa orden, los hombres se abalanzan sobre la parte de atrás de las carrozas. Abren la portezuela. Sacan entre todos los dos féretros, como si hubiera sido practicado miles de veces. Los ataúdes, ya en su poder, se vuelven una poderosa arma de protesta. Se alistan en la calle, y comienza el desfile mortuorio, cuesta arriba, hacia el campo santo.

6

—¡Krsrsrsrrss! ¡Plátano, aquí Mango! ¿Cómo se oye? ¡Adelante! Krsrsrrss.

—¡Aquí plátano! Indique, camarada.

—¡Dame tu posición, plátano!, ¡cambio! ¡krsrsrsrrss!

—¡Maceo y Diez de Octubre!, cambio ¡krsrsrsrrss!

—¡Dame situación, plátano!, cambio.

—Tranquilo, todo tranquilo, ahora salen los carros. Cambio.

—¡Ok! Plátano, mantente e informa. ¡En 10 minutos, a las 15:00 horas cambiamos al canal 4!

—¡Mamey, aquí mango! ¿Cómo se oye? ¡Adelante!

—¡Aquí, mamey! ¡Indique, mango!

—¡Dame tu posición, mamey!, ¡cambio!

—¡Martí y Rubiera, en Unidad de Policía Revolucionaria! ¡Repito, Martí y Rubiera, en Unidad de Policía! ¡Cambio!

—¡Dame situación! ¡Cambio!

—¡Todo tranquilo, mango! ¡Se aplicaron las medidas de seguridad previstas! ¡Cambio!

—¡Ok, mamey! Mantente a la escucha e informa. ¡En diez minutos, a las 15:00 horas cambiamos al canal 4!

—Mango, aquí plátano. Mango, aquí plátano. ¡Mango, aquí plátano! ¡Mango, cojones! Aquí, plátano. ¡Responde! —El operador del boqui-toki con el indicativo plátano se vira iracundo para un hombre que está al lado, con *bluejean* y camisa por fuera, de donde sobresale la empuñadura de una pistola a la altura del cinto. No recuerda su nombre y le grita.

—¡Oye, cojones! llama vía quinientos al tanque. Dile que cambie al canal cuatro rápido. Rápido. Rápido. Que ese está comiendo mierda allá arriba.

—¡Mamey, aquí plátano!

—¡Aquí mamey! ¡Indica plátano!

—¡Oye, la gente sacó a los muertos de los carros y los llevan a cuesta! ¡Se oyen gritos y la gente lleva los brazos en alto! ¡Repito! ¡Se oyen gritos, y la gente lleva los brazos en alto!

—¡Plátano, aquí mango, adelante!

—¡Mango, aquí plátano! ¡Apunta ahí! ¡La gente sacó a los muertos de los carros y los lleva a cuesta! ¡Se oyen gritos! ¡La gente está doblando por la calle a buscar Martí! ¡Van para policía!

—¿Repite, plátano?

—¿Mango, estas comiendo mierda? ¡La gente está doblando en la calle, buscan Martí! ¡Van para la unidad de policía!

—¡Entendido, plátano, entendido, plátano! ¡Mantente a la escucha!

—Mamey, aquí mango.

—¡Adelante, mango! ¡La gente va pa'arriba de ti! ¡Van a pasar por tu esquina! ¡Saca a todo el mundo y acordonen unidad! ¡Acordona unidad! ¡Nadie con armas!, oíste, ¡nadie con armas coño! ¡Ajústate al plan operativo! Mantente a escucha.

—¡Guayaba, aquí mango!

—Aquí guayaba, indique.

—¡Guayaba, levanta al primer pelotón y móntalo en los carros! ¡Incluye técnica canina! ¡Que no salgan hasta que no reciban K-2-3! Cambio.

—Entendido, camarada, levanta el primer pelotón y móntalo en los carros, que salgan luego de K-2-3.

—¡Mantente en escucha, guayaba!

—¡Mamoncillo, aquí mango!

—Aquí mamoncillo, adelante.

—¡Mamoncillo! ¿Dónde está la gente que tú tenías que reunir frente al gobierno? ¿Dónde están las Brigadas de Respuesta Rápida?

—Mira, mango, no hay nadie en los centros de trabajo, el comité municipal del Partido y de la juventud comunista están vacíos también. Tampoco en el sindicato.

—Mamoncillo, ¡muévete cojones!, busca a gente del sindicato, federación de mujeres, los comités revolucionarios y hasta en la refinería o en el puerto. Busca todo el que esté disponible. Y donde esté. Y si no encuentras a nadie, fabrícalo. Tienen que estar vestidos de civil. Nadie puede tener verde ni los cordones de los zapatos. Paren lo que le va pa'arriba.

7

El desfile mortuorio comienza su marcha cuesta arriba hacia el campo santo, con los féretros en andas. Sin embargo, en cuanto llega a la primera esquina, en Gonzáles Rubiera, la multitud gira al Este.

Tres mil personas gritan de manera desordenada, pero una palabra se convierte en coro de manera gradual. "¡A-se-sí-nos! ¡A-se-sí-nos!". Al llegar a Martí, como si fuera con dirección automática, giran al norte y comienzan a pasar frente a la Estación de Policía, donde se detiene. De la puerta principal de la unidad policial salen soldados que se anudan unos a otros, brazo con brazo, hombro con hombro. El nerviosismo entre los gendarmes es evidente. Nunca vieron nada así. Miles de personas gritan "¡A-se-si-nos!" Y con los brazos señalándolos a ellos. "¡A-se-sí-nos! ¡A-se-sí-nos!". El segundo jefe de Unidad, junto con el político y otros tres oficiales, se mantienen detrás de los soldados, empujándolos por las espaldas para que no cedan ante la presión física ejercida desde la multitud, que empuja incontenible con su grito de guerra, y gana espacio, empujando a los soldados. "¡A-se-si-nos!", retumba en la calle y, en la lejanía, tanto al sur como al norte, al este y el oeste, cientos de personas se concentran a observar el panorama.

Hombres jóvenes llegan a la carrera a incorporarse a la multitud que corea "¡A-se-si-nos!". Se mantiene el pulso. Una mujer cae al piso y dos jóvenes la toman por los sobacos y la levantan en peso.
—Gracias mijitos —dice, pero nadie escucha en medio del ensordecedor "¡A-se-si-nos! ¡A-se-si-nos!". Hombres vestidos de civil entran por la parte de atrás de la Unidad para reforzar a los uniformados, que ceden espacio y están ahora recostados a la pared. La entrada a la estación se blinda de esa manera con los militares que retroceden, y se crea un cuello de botella, que impide a los

manifestantes entrar. Ante el equilibrio de fuerzas, la multitud entiende puede dar por ganada la batalla y decide seguir su camino.

La turba victoriosa, tras el desafío, dobla izquierda en Perdomo, para llegar otra vez a Maceo. El hombre del pulóver verde no solo se sumó al cortejo. Ahora es uno de los que carga, junto a sus ambias, el ataúd de Pedro Juan Gutiérrez, el joven que vivió cerca del Parque de La Mandarria. Grita hasta quedar ronco, mientras suda a mares. Suerte del vaso de agua con azúcar, si no ya habría caído al suelo. La congregación pasa nuevamente por la funeraria, esta vez ya de manera definitiva camino al campo santo.

VII
ABRIL 14, DEL 94

1

" "*Tú eres una bruja. Una bruja sin sentimiento. Tu eres una bruja"*. Cae la noche y suena timba cubana. José Luis Cortés, El Tosco, hace furia, con esa desfachatada y misógina canción. Nueva Generación, o NG La banda, está en los primeros lugares de la música bailable en Cuba. En la isla, se hace mejor música y letra, por supuesto, pero gracias a la vulgarización del mercado, esa canción está entre las más populares. Mil personas bailan a su gusto tomando ron peleón y cerveza adulterada en el patio de la Casa de Cultura del Vedado. Negras, mulatas y blancas mueven las caderas al son del pegajoso ritmo, mientras los hombres enfebrecidos con sus movimientos pélvicos, las acompañan pegándoseles por detrás.

Chuchú "el aceitoso" consigue en medio del molote hacerse de un par de pergas de cerveza y se dirige al muro de la derecha, donde le esperan Lucinda, Idalmis y su yunta, el del pulóver verde. Tararea el estribillo y señala a Lucinda. *"Tú eres una bruja sin sentimiento, una bruja"*. Lo peor no es la letra, es lo desentonado, pero con ambiente de fiesta eso no les importa a sus amigos. Entre risas y besos le recibe su jeva, mientras un gesto en el rostro del pulóver verde indica aprobación. Toma uno de los vasos y sigue bailando casino. "El aceitoso" siempre se pregunta ¿cómo su socio del pulóver verde baila, bebiendo cerveza y fumando a la vez, si el casino es un baile de contacto a través de las manos? Pero, bueno, él se las arregla, y la china disfruta con su hombre, que aparte de bailador, trata con amor a su hijo. Y para ella eso es definitivo.

Al terminar la pieza, el hombre del pulóver verde y Chuchú ponen sus vasos en el suelo, arriman sus parejas y comienzan a bailar un bolero de Tony Cala. Aprovechan el momento y apretujan a sus jevas, diciéndoles cosas al oído.

La canción termina y Chuchú invita a su amigo.

—Vamos a mear, asere.

—Compadre, ¿tú no puedes decir vamos a orinar, o miccionar? ¿Siempre tienes que decir vulgaridades? Eso no te hace más hombre. Aprende, voy a morir pronto y rápido.

—¡Ah, tumba esa talla, ambia! Siempre estás en la misma. ¡Es lo mismo! Ya me lo dijo el Cuty. Estás fino desde que quimbas con la china. Vamos a donde tú sabes y olvídate de los demás. Súbete los bajos del pantalón. ¡El lugar está en candela!

Ya dentro de la pocilga y mientras miran a la pared, (hombre que es hombre, no mira pa´l lado cuando está meando), continúa Chuchú.

—Pshhh. Socio, tú sabes, Pellejo me dijo están haciendo una balsa, y hacen falta tipos duros pa pirarse pal yuma.

—¡No jodas! Ahora tú eres turoperador. ¡Eso es una locura, mi hermano! El día que me vaya, lo hago en una balsa Iberia. Sin escache, ni escala. ¡Mientras tanto, aquí! En Cubita la bella.

—¡Cubita la pinga! —se molesta Chuchú. Siente que su amigo, le tira un cubo de agua fría a sus intenciones.

—Chuchú, tú piensas eres el único que quiere irse —Intenta razonar el hombre del pulóver verde, para calmar a su amigo—. Aquí to´ el mundo, está pa´ eso. Ya unos socios me dijeron para irme por Guantánamo. Las opciones son, o tirarse a nadar por Jatibonico, bordeando la costa hasta llegar a la base, o meterse por un campo de minas. La gente, o es comemierda, o está desesperá. Y te aseguro, comemierda no es…

—Pero tengo una mejor —dice Chuchú, y baja la voz, hasta volverla un susurro—. Un barco. Lo reparan en el astillero. Estará listo para finales de junio.

—Sí, en el de Casablanca. El remolcador 13 de Marzo.

—Ese mismo. ¿Cómo tú lo sabes, men? Coño, asere, tú me estás jugando por la izquierda. ¡Tú me ocultas cosas!

2

Esa mañana, a las 9, el Mayor García Álvarez recibe un telefonema de la jefatura, citándolo al séptimo piso del edificio A. ¿Qué pasará ahora?, se pregunta, saca un cigarrillo de la caja y comenzó su rutina. Afirma que, a esa hora, estará en el lugar y continúa con sus labores del día. A la hora prevista está en el Punto de Control de Pases del Ministerio, a un costado de los edificios centrales, por la calle 19 de mayo.

Un oficial de enlace lo espera. Señal de la importancia del asunto. Le extendió su identificación para asentar sus datos en el libro de visitas al Viceministro y recibe un feo solapín color verde, con la identificación A1. Sin mediar palabras, el enlace camina hacia la puerta trasera. Y sale al estacionamiento. Cruzan entre los pocos carros que hay allí a esa hora. Se incorporan al pasillo techado y saludan a la posta en la entrada al edificio. Ante la puerta de los elevadores, el mayor se recrea en el mural de enfrente. Al abrirse la puerta, el enlace lo conmina, cortés. Salen del elevador, doblan por el pasillo a su derecha, directo al final. Al salón de reuniones. García Álvarez exhala aliviado. No le gustan las reuniones en las oficinas de los Jefes, pues indican conversaciones confidenciales y en ellas es difícil expresarse. El salón no es Hyde Park, pero al menos los monólogos tienen límites, y nadie intenta convencer a ultranza, como en las irritables reuniones con el Comandante, a donde fue invitado en algunas ocasiones por su capacidad para resolver crisis de manera satisfactoria. El último caso fue la organización y resolución del operativo de control a los sucesos de marzo en Regla, y le valió un mérito a su hoja de servicios, firmado por el Ministro. Ahora, ante la puerta aún cerrada, piensa en sus hijas y su mujer. ¡Mal augurio! Algo importante se tratará.

Traspasa la puerta, abierta por el edecán, y una docena de oficiales le observan entrar y ocupar el lugar reservado para él. Se quita su gorra y la pone en su mesa frente a él, como aprendió en la Escuela de Cadetes, en la Cabaña. Saca su bolígrafo Parker y su libreta Moleskine, comprados ambos en un reciente viaje a los Estados Unidos, y los pone juntos. Treinta y cinco segundos después, se abre la puerta y entra el Ministro. Todos se ponen en posición de firmes.

—Siéntense, compañeros —saluda el recién llegado—. Este encuentro se relaciona con los problemas que afrontamos y las contramedidas a tomar —Toma aire y observa a los presentes—. Sepan que la alta dirección del país, está y estará al tanto de la discusión aquí, y de las conclusiones a las que lleguemos. Dirigirá la reunión el Coronel Jefe de la Dirección General de Orden Interior, habrá intervenciones específicas del Mayor Alejandro, de la Octava Dirección, y de la Dirección General de Inteligencia. Como ven —toma otra pausa—, nos acompañan algunos compañeros de la Dirección de Contrainteligencia Militar de las FAR, dirigidos por el Teniente Coronel Sarduy, para que estén al tanto de la discusión y de las medidas aprobadas. ¡No los demoro más! —y salió como mismo entró, con los reunidos puestos de pie.

El Coronel se adelantó a todos y se puso frente al mapa del archipiélago. ¡Compañeros oficiales! luego de la introducción del Ministro, solo espero la presentación del Informe del Mayor Alejandro, para precisar un plan de control de las acciones del enemigo y la inestabilidad que provocan. Como saben, el General de Ejército, hizo un recorrido por regiones del país. Algunos de ustedes participaron en ellas, o vieron los videos que se produjeron para el Alto Mando y las estructuras del partido. ¿Alguno de ustedes no los vio? —Senén se dirige al edecán, pasa una lista de los que no lo han visto y sugiere—. Mañana participen en una proyección especial, en este mismo lugar a las 20 horas. ¡Conclusión! El General de Ejército afirmó la existencia de una situación de crisis y que él no está dispuesto a sacar los tanques contra el pueblo. Debemos entonces activar acciones de inteligencia y contrainteligencia que construyan un aliviadero a la actual situación. La máxima es "a enemigo que huye, puente de plata". No obstante, nosotros sugerimos a la dirección del país, y a propuesta del General de Ejército, algunas medidas económicas entre las que están la despenalización del uso del dólar, liberalización del mercado agropecuario y entrega de parcelas de tierras en usufructo, así como algunas formas de trabajo independiente como creación de pequeños restaurantes y renta de casas. Estas medidas apoyarían el interés del Comandante de desarrollar el turismo y permitirá entrada de divisas y salida de La Gran Crisis.

Al terminar se enfoca en uno de los oficiales sentados al final.

—¡Mayor Alejandro!, por favor, denos sus puntos de vista y muéstrenos el diseño operativo.

El oficial se levanta. De mediana estatura y complexión fuerte, inspira un no sé qué, que le hace tener pocos amigos, más allá de los jefes. No miró a nadie en específico y comenzó.

—Nosotros apoyamos de manera clara la línea del partido y el Comandante. Siguiendo esa línea, debemos recordar: no somos los aplicadores de las reformas. Nosotros somos el escudo y la espada de la nación socialista, como nos enseña el Comandante a cada minuto. Con esa visión hemos desarrollado tres planes. Plan A, B y C. El Plan A se denomina Operación Confianza. Su objeto será desplazar el interés de las personas, desde la Comisión Cubana de Derechos Humanos, que dirige el mercenario Elizardo Sánchez, a organizaciones fantasmas organizadas por nosotros. Esto permitirá, número uno, desacreditarla; número dos, establecer nuevos líderes, bajo nuestro control; y número tres, desarrollar acciones diversionistas que promuevan confusión entre los contrarrevolucionarios, la población en general y actores internacionales, como los Estados Unidos, América Latina y Europa, respecto a las intenciones de los traidores, mercenarios y vende patrias. Al Plan B lo denominaremos Operación Vaso de Leche. Esta neutralizará y descalificará a los opositores con capacidad de liderazgo para, en caso de conflictos o manifestaciones contrarrevolucionarias, no puedan asumir su dirección. Pongo como ejemplo las recientes manifestaciones en Campechuela, Cojímar o Regla, para las cuales no estábamos preparados y, al ser acciones propias de la inconformidad y, por tanto, espontáneas, pudieron ser lideradas por el imperialismo y la gusanera. Al Plan operativo C se le designa Operación Martillo de Plomo. Su función principal es escarmentar de tal manera a los contrarrevolucionarios, que la población sienta el temor de acercarse a ellos. Esa operación será precedida y apoyada, siempre por acciones diversionistas que impidan identificarnos como responsables de los hechos. Por ejemplo, tenemos información de que existe un remolcador en reparaciones, y un grupo de gusanos y vende patrias piensa robarlo para huir a los Estados Unidos y crear un conflicto internacional.

3

—¡Men, eso lo sabe todo el mundo! ¡Ese barco es una trampa! ¿No te das cuenta? —Le dice en una indignada voz baja el del pulóver verde a su amigo Chuchú "el aceitoso", saliendo de la pocilga y arreglándose los bajos de los pantalones—. Si eso lo sabe todo el mundo, ¿qué te hace pensar que la Gestapo no lo sabe, y juegan con eso para dar un escarmiento? ¿Ay, qué casualidad? En este país sin comida, guagua, gasolina o medicinas, de pronto arreglan un barco donde caben ochenta personas. ¿Usted es comemierda, compadre? ¿No se da cuenta? Esa es la versión hundible del Granma.

VIII
JULIO 14, DEL 94

1

El lazo de emociones que provoca la dicotomía angustia versus alegría cuando el remolcador pasa la dársena de la francesa, ataca la boca de la bahía y se interna en alta mar, devuelve la esperanza a los tripulantes y a los amontonados pasajeros del remolcador 13 de Marzo. Cruzaron el canal de la bahía de un kilómetro de largo en total silencio y con las maquinas en baja. Entre los pasajeros se cuentan mujeres y niños. El patrón se mantiene atento al radio y al sonido de las maquinas, que recientemente fueron probadas. Una cosa es cabotaje y otra alta mar, piensa, mientras espanta el calor y agita su camisa abierta. La situación es tan desesperada, que no pudo contener más el secreto y adelantó la fecha de la huida, pues temía que la expedición abortara por el siempre temido y omnipresente chivatazo a La Pesada.

2

El Mayor, coordinador del operativo, se mantiene ante una gran ventana. Está en el último piso del edificio de la Marina de Guerra Revolucionaria, desde donde se observa la parte norte de la bahía que emboca al canal de salida al mar abierto. De arquitectura moderna y con una amplia torre en el centro, se levanta al pie de Avenida del Puerto, cerca del Convento San Francisco de Asís. Con las manos entrelazadas a su espalda, ve pasar delante de sus ojos al remolcador. Parece como si no llevara a nadie dentro, pero él sabe... En su interior se apiñan 78 personas; de ellos, 30 mujeres, 29 niños; la mayoría familias domiciliadas en los municipios de Regla, Guanabacoa y Cotorro. Mira su reloj. Son las 03:22. Llama al despacho del General Senén Casas Regueiro, Ministro de Transporte. Se mantiene al tanto. Repite la orden, por el canal 7 de radiofrecuencia: ¡Nadie interrumpa la salida del remolcador!

Montar esta operación tiene resistencia. No todos los oficiales y civiles involucrados apoyan el procedimiento. Y eso, sin saber cuál será el final diseñado por los hermanos Casas Regueiro.

3

Durante un apagón en la ciudad es más disfrutable mirar al cielo de la noche. Se pueden ver las estrellas y hasta las galaxias, piensa el del pulóver verde, acostado en el techo de su edificio, con la cabeza apoyada sobre las palmas de sus manos y sus piernas entrecruzadas. Está melancólico. No pudo retener a la china. Esa noche se va al yuma, dejándolo solo en pena.

A sus razones para que no se fuera, ella le hablaba de su necesidad de futuro, que en este país no tendría. Está gobernado por una banda de ladrones, decía, que asaltó el poder en el 59, y prefiere hundir la isla en el mar antes de comprender las razones de la pobreza de la gente o escuchar una opinión divergente. Por eso no existe prensa libre, libertad de asociación, permiso para viajar al exterior, o posibilidad de escoger la educación para mi hijo…

Starway to heaven! esa es la canción que mejor me viene, ahora mismo. "*La nostalgia comienza con la música*", dicen que dijo Gabriel García Márquez. ¡Esos tipos de *Led Zeppelin* estaban duros!, piensa, mientras la tararea. Y se imagina ser Page tocando la guitarra, o Robert Plant entonándola con su imagen de flaco anoréxico. Tremenda onda tienen esos tipos. Y el tonto de John Bohnan muriéndose tan joven, si tenía tanto que aportar a la música. Su intervención en *Danzed and Confused* creo un estilo marcado por una pegada más dura, más emocional, sin refinamientos. Esa época fue del carajo: drogas, LSD, psicodelia. ¿Qué será de la china? ¿Por dónde ira el remolcador? Los cogerán los guardafronteras. Esos tipos son malos. Son capaces de hundirlos…

4

Todos sonríen. Hasta los niños. Nadie duerme, pues la emoción es densa como la pasta de diente. El patrón se mantiene concentrado, atiende a la brújula y al sonido del motor. La desconfianza, no la inseguridad, propia de los marinos, lo mantiene atento a todo. Sabe que dos patrones de remolcadores, Manuel Chiu y Jesús Martínez, fueron citados a capitanía para antes de la caída del sol y eso le da mala espina. Pero no es momento para paranoias.

Quince minutos después de salir de la boca de la bahía cree que ya es hora de relajarse, al menos en cuanto a la persecución de los hijoeputas esos. Tiene el radio encendido todo el tiempo. Solo se escuchan conversaciones sin interés por el canal 4, el que utiliza esa noche guardafronteras. Como siempre, está preocupado. ¿Ahora tiene en el magín cómo será el arribo a los Estados Unidos y por dónde llegará? Será mejor Cayo Hueso, piensa en afirmativo, es más cerca y acelera cualquier proceso. Llegar por Miami puede traer complicaciones, él fue "comecandela", miembro del partido, e informante de la policía política. Esas cosas mucha gente las sabe en Miami. Y pueden no perdonárselo. Hace un gesto negativo con la cabeza. Tampa y San Pete beach, por la costa del golfo, es navegar mucho por gusto. Bueno, en cuanto este allá el asunto será pedir refugio político y tratar de empezar a trabajar lo antes posible… y comerse un bistec con papas fritas… con todas las papas fritas que me pueda comer en un día… él no quiere nada más… bueno, también que los muchachos avancen en la vida, tengan un futuro… que la china, su sobrina, al fin se tope con un tipo bueno y no el zapingo ese del pulóver verde que solo esta pa matar jugada… ¡Coño!, y comprarme una casita… y tener un carrito…, nada del otro mundo. Pero salir de la miseria esta… Un relámpago lo saca del letargo.

¡Polargo dos, cinco y siete, ocupen sus posiciones al sur del objetivo! Z-13 ubíquese al norte. ¡Avancen hacia él! ¡Cierre en flecha!

5

Las órdenes las da el Mayor jefe del operativo, que es monitoreado por los Generales Casas Regueiro. Alejandro mantiene hasta ese momento el silencio de radio para ganar la sorpresa psicológica. Admirador del *Blitzkrieg,* nunca entendió por qué Rommel permitió a los ingleses huir luego de arrinconarlos en Dunkerque contra el Mar del Norte. Él no era Rommel. Machucaría a los gusanos, como le pidió el Jefe en persona. "Martillo de Plomo", eso caerá sobre los traidores. Esos pedidos de humanidad de García Álvarez son síntomas de debilidad. Habrá que revisarlo, en su momento, con los compañeros de contrainteligencia.

6

—¿Qué pasa con la vida de un cubano de finales del siglo XX, si su pareja se va? ¿Libertad para salir a conquistar otro amor? ¿Mantener la esperanza del reencuentro, aunque sea en otro lugar y condiciones? ¿Buscarla a cualquier costo y precio? o ¿debe cercar sus sentimientos, ocultar su sensibilidad? En todo eso pensaba el del pulóver verde mientras miraba las estrellas de la madrugada. En todo eso y más. Su desesperada situación, los desengaños de los últimos meses. Todo traídos unos con otros como la retranca de los vagones de los trenes que convierten al convoy en algo inconmensurable o en una canción. *"Las penas que a mí me matan / son tantas, que se atropellan / y como de matarme tratan/ se agolpan unas a otras y por eso, no me matan".*

7

Las palabras escupidas desde el altavoz de la radio convierten el bote, en caos. Son dichas para que las escucharan… y les afecta. Son el objetivo. La primera orden del patrón es que mujeres y niños entren a los camarotes de la tripulación, para protegerlos en caso de abordaje. Los hombres irán a cubierta con las manos en alto, todo para evitar los disparos de los asaltantes. Luego toma el micrófono de la radio, aprieta la pleca: "Mey dey, Mey dey. Somos el remolcador 13 de marzo. Nos están atacando". Por el instinto de todos pasa, en un infinitesimal segundo, toda la vida, los sueños y las probabilidades abiertas al intentar huir de la isla. Al menos cuatro años presos para los que no tengan responsabilidad penal por el robo del bote. Para el patrón, el maquinista y otras tres personas, miembros del partido comunista, y trabajadores en la Empresa Consignatarias Mambisas, dueña del bote, las variables pueden terminar en la muerte.

El patrón intenta decirle al maquinista que acelere la velocidad del remolcador. En vano, el ya interpretó la situación. El nuevo y potente motor ruge y absorbe las emociones concentradas en ese diminuto punto en el mar. La proa corta el agua convirtiéndola en espuma, pero los acechadores acortan distancia y disponen los cañones de agua, con presión suficiente para derrumbar una pared de concreto. Los atacantes, por estribor y babor, comienzan el cañoneo, y la presión tira a los hombres contra las paredes de cubierta. Algunos caen al mar. El polargo cinco embiste por detrás, una y otra vez, afectando la infraestructura de la víctima. Algunas mujeres salen a cubierta con sus hijos en los brazos, para marcar la indefensión de los pasajeros, pero también son barridos por los cañones de agua. Ante el dramatismo del momento y el peligro de hundimiento, el patrón ordena parar las máquinas y ponerse al pairo, para detener la persecución. No comprende. Los acechadores no le darán tregua. El "cinco" pone sus máquinas en reversa. Deja espacio por medio. En cuanto está a doscientos metros de distancia, acelera y embiste a la víctima. La pesada proa del atacante, con sus 150 toneladas, arremete. Se monta sobre la popa de la víctima y parte el casco en dos. Lanza a los de cubierta al agua, y apresa en pinzas mortales a los que aún se mantenían en los camarotes y el cuarto de máquinas.

El mar, negro como noche sin luna, recibe a todos por igual. Niños, mujeres, hombres. Todos, o casi todos, no es lo mismo, pero es igual, en un chapoteo de poza con ribetes de infierno. Idalmis tiene sujeto a su hijo y trata de acercarse a las luces que emite uno de los atacantes. Grita inaudible ante la bataola de ruidos. Pide auxilio. Sin embargo, los gestos más que las palabras, trasmiten desde los botes asesinos un convincente ¡mueran! Ante la respuesta, la china nada hacia atrás. Esquiva al "dos" maniobrando frente a ella. Aumenta el esfuerzo con sus brazos y piernas, al ver que un nuevo chorro de agua le puede golpear y quitarle al niño de las manos, que grita desaforadamente. El infante no entiende qué sucede desde hace dos días por el comportamiento de su mamá, su familia y amigos de su casa. El salir en silencio, y sin despedirse de Yogourtleydis, su amiguita preferida en la escuela, la pelota no devuelta al amigo de la casa del al lado. El montarse en un barco por la noche. Esa no era la excursión de la que le hablaron, hubiera traído su pelota de playa. Luego, dormirse de tanta emoción en el regazo de su madre, y ahora, asustado, comprende menos, desde que se armó el caos.

Una nevera blanca, disparada tras la fractura del bote al momento del impacto, flota detrás de la china. Un par de personas yacen asidas a ella y la fuerte mujer de caderas hermosas, peinada con cola de caballo y cerquillo en la frente, se acerca poco a poco a ella y, al llegar, logra que su hijo se agarre, flote y se calme. Mientras recupera fuerzas, observa su entorno, aguza la vista que se adapta a la oscuridad, e intenta encontrar otra salida a la situación.

Los victimarios comienzan a dar vueltas alrededor del bote que zozobra y de los nadadores. Crean remolinos para hacer más difícil el mantenerse a flote de los que no se ahogaron ya. La china se mantiene asida a la improvisada balsa, pero una ola creada por los remolcadores suelta las manitos del niño y el agarre que lo sostenía por detrás. Con el giro desesperado de la situación, la china toma aire, se sumerge buscando a tientas con sus manos, y comienza a descender…, una braza…, tres brazas… Se mueve en aquella agua negra ahora viscosa por la ruptura de los tanques de petróleo del remolcador. Busca con sus manos, no encuentra. Sigue el descenso.

Le duele el pecho. Se asfixia, pero sigue buscando. Ve una luz sobre su cabeza. Y, dentro de ella, al hombre del pullover verde. Siente alegría, vino a rescatarla junto a su hijo. Con dulzura, su amor desinteresado, su comprensión ante todos sus problemas. Recuerda con dolor cómo le decía que no se fuera. La amaba, y nunca le abandonaría... La luz se aleja y se apaga, mientras la china se hunde junto con otras tantas personas y el remolcador, convertido ahora en un Titanic tropical... ante la mirada impasible de una cercana lancha guardafronteras.

8

" *Who want to live forever"*...? Se despierta el hombre del pulóver verde. Son las tres y tanto de la mañana en el reloj de mujer, en su muñeca. Se lo dejó la china, antes de irse. ¿Qué extraño?, piensa, ¿será premonición despertarme con esa canción? No creo, se dice, mientras se levanta y camina torpe hasta la escalerilla. El artilugio, improvisado por los vecinos, une la azotea al sexto piso del edificio donde vive. Desciende, abre la puerta y continúa hasta el dormitorio, donde se tira en la cama, luego de desnudarse. Despabilado, se recrea mirando el techo. ¿Qué enfermedad la del poder? Hace a hombres y mujeres aferrarse a él, como el dinero, el amor... o la vida. ¡Claro!, el poder es fuerza, facultad, energía, dominio. Necesidad de controlar y joder a los demás, para quizás no ser controlados o jodidos. Como la Ley de Herodes: si no chingas, te jodes. Así dicen los mexicanos.

Ya lo dijo el mariconsón de Foucault, de manera genial. El poder se debe ver no desde sus instituciones, sino desde el individuo. No relacionado con la propiedad o la potencia, sino solo en los términos como opera. La disciplina. Sí, a diferencia de la soberanía, el poder no gira en torno a la regla jurídica. El poder gira alrededor de la ley común, de la que hablan los cristianos. Su código es el de la normalización. ¡Claro! Seré estúpido. Cómo no me di cuenta antes. La ley puede prohibir a las personas huir de la isla, pero las personas, ante su instinto, huirán. Además, con disciplina. Huirán al lugar donde mejor les traten. Por eso es falsa la teoría del robo de cerebros articulada por la izquierda estúpida, y paranoica. Los tipos inteligentes y talentosos se van a donde los traten mejor. Por eso la mayoría de los científicos alemanes huyeron de su patria tras el ascenso del nazismo. Se fueron a los Estados Unidos. No fue a la Rusia soviética, donde les esperaba el mismo horror, o peor. Mira lo que hicieron con el ingeniero de misiles, Serguéi Koroliov, e ingenieros de aviación, como Andrei Túpolev. Encerrarlos en Sharashka, meros campos de concentración para explotar a los intelectuales. Después les liberarían y les darían medallas, y condecoraciones. ¿Para qué? Para comprar sus afectos, enmendar el crimen y el horror. ¿Cómo en *Cielos despejados*?, la súper película soviética, antiestalinista, ¿de quién era? Sí, de Grigory Shrujray. ¿Para qué quiere las medallas el protagonista, después de pisotearlo como lo hicieron? O como decía Koroliov en su frase más repetida: *"Todos desapareceremos sin dejar rastro"*.

Por eso los alemanes se fueron a Estados Unidos, los Oppenheimer y compañía..., divaga el hombre del pulóver verde, ahora desnudo. Y fíjate..., se pone la mano en el mentón. Cuando el San Luis, el barco con pasajeros judíos, devuelto a Alemania. Bueno, lo devolvieron primero los cubanos, pero los americanos también, y después fueron asesinados por los alemanes..., pero, bueno, creo me perdí un poco, continúa el atormentado. ¿Pensaba en...? ¡Ah, sí! La gente huye de la miseria y la represión, de la manera y por los medios más eficientes en función de la posibilidad, para ejercer su libertad. Esa es la relativa justificación al robo del remolcador. Huir a donde puedas ejercer tu libertad. Como los negros cimarrones subían al Palenque. Como los confederados huían al farwest al perder la Guerra de Secesión, en las películas de Gary Cooper, Clark Gable o John Huston.

Cierto..., sigue el hombre pensando en las musarañas. Un poder con esbozo organizativo basado en la soberanía, interesado en controlar el cuerpo económico y político de la sociedad, crece en demografía e industria. ¡Uhmmm! De tal manera, la vieja mecánica del poder no sirve a su diseño. Para recuperar el poder, lo primero es la vigilancia y el adiestramiento. De ahí nacen estas disciplinas. La impuesta, a través del colegio, el hospital o la fábrica… ¡Claro!, es la idea de **Metrópolis**, la película de Fritz Lang y, en definitiva, la historia de George Orwel, en su novela *1984*.

A la escuela no se va a aprender matemática o historia. En realidad, se aprende disciplina. La gente no está para entenderte, ni comprenderte, como en casa. Debes llegar a una hora, y no te puedes ir hasta otra predeterminada. Aprendes a relacionarte con gente con la que en la vida real ni te interesaría cruzar la mirada. Eso es un curso intensivo de relaciones públicas, pero sobre todo de disciplina.

Con fusil, el soldado adquirió relevancia por su capacidad de matar a más enemigos. Así, los sistemas de seguridad perfeccionados en el siglo XX condujeron a los totalitarismos postmodernos donde las ideologías fueron suplidas por el poder en bruto y le dieron nuevas categorías. ¿Y qué me dices del uso de los medios de comunicación para ejercer el poder? Entonces, ¿para qué Dios?, me pregunto yo como en el medioevo, para llegar al renacimiento, continúa el hombre sobre la cama su soliloquio.

¿Para qué Dios? Si este fue creado para que bendijera cada deseo cumplido o satisfecho. ¿Vivir es traicionar a Dios? ¿Vivir es rebelarse? Cada acto de la vida, cada acto que nos confirma como seres vivos, exige se violen los mandamientos de Dios y de los hombres. Mañana hablará el periódico (¿hablará?) con la voz fría del poder y del interés: "deseamos el bienestar para el pueblo cubano". Todo les será permitido si mantienen el poder. Pierden el poder y se joden. Si es necesaria, la fuerza es justa. ¿Y el poder? Ese no se comparte. De ahí que escapemos de estas redes hacia donde podamos ser libres. Es justo y valido. ¡Coño! estoy en un delirio entre Maquiavelo y Carlos Fuentes.

IX
AGOSTO 6, DEL 94

1

Miramar es un lugar tranquilo, discreto. Lejano al mundanal ruido. Cubierto de áreas verdes y palacetes burgueses. Una parte de sus vecinos dice se levantó en 1925, de la mano del arquitecto Claudio Méndez. Para otros, el barrio surgió con la construcción de Ciudad Militar de Columbia y su aeropuerto en 1917. De cualquier manera, implicó el desarrollo sobre los terrenos costeros del antiguo Monte Barreto, corriéndose hacia el este, hasta el río Almendares. En "el exclusivo" aún se levantan graciosas y atractivas construcciones como la Casa de la Condesa de Buena Vista y "la chocita" donde vivió hasta su muerte, en 1969, el Presidente de la República Ramón Grau San Martín.

Para unir a Miramar con El Vedado se construyeron, a principios del siglo XX, dos puentes de hierro. Estos dejaban pasar goletas y yates. Uno de los puentes aún está en Calle 11. El puente de Calzada fue retirado y sustituido por un túnel en operaciones desde 1957. A su salida, en Miramar, se encuentra el Monumento a las Américas. Trescientos metros al norte de Quinta Avenida está su paralela, Calle Primera que, en su intersección con Calle Diez, festeja la presencia del teatro Blanquita, confiscado a sus propietarios y rebautizado como Karl Marx.

En ese teatro planifica Carlos Varela dar un concierto el fin de semana. Sin embargo, la tranquilidad organizativa del "gnomo" se ha roto varias veces en los últimos días con llamadas que lo invitan a suspender el concierto. La mañana del viernes, una llamada de la oficina del Viceministro de Cultura, masculina y concluyente, "le sugiere", sin mayor explicación, la suspensión. Luego de este último esfuerzo, que el músico evade cortés, Grettel, pequeña y simpática, cambia la hasta ahora mirada dubitativa y lo enfrenta.

—Amor, yo te apoyo. ¡Y si los hijos de puta estos quieren censurarte el concierto, que lo hagan! ¡Pero tú no renuncies! ¡Por renunciar, hemos perdido un país!

Carlos se alisa la barba, se echa su bombín hacia atrás, y se dispone a tomar el teléfono.

2

Las manos le sudan a Quiñones Gómez. El General Rosales del Toro, Jefe del Estado Mayor General, le llama en la mañana para un asunto más personal. Le atiende por cortesía y se vuelve a zambullir en sus problemas. El hundimiento del remolcador, idea de los hermanos Casas Regueiro, y ejecutado por el Mayor Alejandro, no da los resultados esperados. Es cierto que, en el 80, cuando hundieron a cañonazos el crucero de paseo en la desembocadura del río Canímar, en Matanzas, con decenas de muertos, se detuvo el robo de medios navales. Ahora es todo lo contrario. Se llevan más embarcaciones. El principal objetivo de los robos son las lanchitas que cruzan la bahía hacia Regla o Casablanca. Ya van tres. Él alertó sobre las consecuencias del plan y la posibilidad de sobrevivientes, o de ser observados por unidades navales en la zona. Fue lo que pasó. Un mercante griego recibió un "¡*Mey-dey*, *Mey-dey*! ¡Somos el remolcador 13 de marzo! ¡Nos están atacando!". Se dirigió al lugar donde maniobraban los polargo, y observó la tragedia. Ante el intruso, las lanchas de guardafronteras sacaron del agua a los sobrevivientes y, aunque después los encerraron en Villa Marista y el diario *Granma* habló de secuestro-accidente-rescate, todas las batallas estaban perdidas hasta ahí.

Al saber de los planes de los Casas y, luego de la reunión del 16 de abril, llamó a García Álvarez al salir del salón de reuniones y le pidió el esbozo de un segundo plan que permitiera retomar la iniciativa. Uno, que diera la posibilidad de aliviar la situación y disminuyera el número de muertos de cualquier bando. Ya estaban los muertos de Tarará, muchachos del servicio militar y policías, además de la larga agonía de Pérez Quintosa…, los muertos en Cojímar…, los de Bacuranao…, además de incidentes menores como los de Guantánamo o Santiago de Cuba. Pero, ante todo, García Álvarez debía establecer un plan que pudiera controlar el flujo de balseros. Ahora tiene información de un músico con problemas ideológicos que organiza un concierto en el Karl Marx para el día de la Operación Maleconazo. Sus hombres lo chequean desde el incidente en el Cine Chaplin, allí cantó una canción sobre Guillermo Tell que se asocia al Comandante y a la renovación generacional. Ahora el tipo, expedientado como "Gnomo", compuso otra canción. *Los muchachos van al mar/ y se largan, / como los peces.* ¿Coincidencia o maniobras del enemigo? La organización de un concierto con esas canciones, justo durante el desarrollo de la operación. Eso tienen que pararlo. Ya mandó a Bernal a que lo llame y suspenda el concierto por el mismo. Pues no deben involucrar al gobierno en esa suspensión.

García Álvarez propuso desde junio un plan más complejo que el de hundir un barco. El diseño tiene varias aristas y alta probabilidad de éxito. También, complejidad. Es el trabajo de muchos días de su equipo de trabajo, compuesto por los oficiales del Trabajo Operativo Secreto, Comunicación Institucional, además de Planificación. El Mayor expuso en persona su plan en el salón de reuniones del séptimo piso.

Luego de la introducción de rigor por el hombre vestido de blanco, el Mayor pasa adelante y observa. Le escolta un mapa de la metrópolis con señalamientos rojos y azules, proyectado contra la pared. Exhala. Se concentra en un punto cercano a donde está sentado el Mayor Ernesto Samper, y comienza.

—Compañeros oficiales, hasta este momento "el mando" va detrás de los hechos. Intenta atajarlos, pero no puede. Por una razón. Lo atrapa la inmediatez y la falta de iniciativa. Hasta ahora responde con eficiencia, pero nada más. Sonrió. Es hora de cambiar el estado de cosas, de cambiar el sistema. Debemos crear una crisis mayor.

Una que supere el actual escenario. A partir de la cual controlaremos el proceso.

Pupilas dilatadas más de lo conveniente fue el resultado de sus palabras. Disfruta la pausa. Sabe que ese es su momento y recomienza.

—El plan es crear un incidente en la zona de Avenida del Puerto y el Malecón, que concentre la mayor cantidad de personas. Mientras más desafectas a la Revolución, ¡mejor! Cuando estén reunidas, un grupo de delincuentes crearán incidentes con la policía revolucionaria, incitando a la rebelión. La situación justificará la presencia de los compañeros de la policía, Tropas Especiales del Minint y Avispas Negras de las FAR. Las pinzas se establecerán desde tres puntos de concentración. El primero, en la Plaza de San Francisco de Asís, Grupo A y el Grupo B, se concentra en la intersección de Malecón y 23. El Grupo C, en dos escalones: el primero, en el parque El Curita, establecerá un cordón sanitario a través de Calle Reina; el segundo, en la plaza de Cuatro Caminos, controla la Calle Monte y da soporte a la primera línea. El grupo A avanzará por el Este. El Grupo B avanzará desde el Oeste. De esta manera se crea un aliviadero por Galiano y sus paralelas. Recuerden: A enemigo que huye, puente de plata. El cierre de pinzas en Galiano. Cada posición ocupada será mantenida por los hombres de los generales Ronda Marrero y Lusson Batlle con las tropas especiales de las FAR y el MININT. De manera coordinada con el también General Rodríguez Barza, jefe de la Policía Revolucionaria, controlarían a partir de ese momento los puntos clave de la avenida, con el apoyo del Partido y los miembros del Contingente Blas Roca, impide el acceso de cualquier individuo al malecón. Por último, el Grupo C, bajo el mando del General Eduardo Delgado, mantendrá control sobre el borde sur, compuesto por los niveles de las avenidas Reina y Monte, que corren transversales a Galiano. La operación comienza a las 13 horas. A las 15 se cubre el primer tramo, el más difícil. A las 16 se cubre el segundo tramo para coincidir a las 17 en Galiano, y empezar a subir para controlar el conflictivo barrio de Centro Habana. El Comandante arriba a Avenida de las Misiones por la intercesión norte del antiguo Palacio Presidencial. Tomará San Lázaro y avanzará hacia Galiano, donde los "barreminas" del General Humberto Francis ya habrán limpiado el terreno. Todo el trayecto lo hará caminando, para dar la imagen de valentía, decisión, victoria. En Galiano y San Rafael, a la altura del Parque Fe del Valle, hará un alto, y se dirigiría a los presentes, compuestos por los miembros de las Brigadas de Respuesta Rápida, quienes apoyarían sus palabras. Durante todo el recorrido habrá francotiradores apostados en puntos altos para mantener control sobre la situación. En la noche hará una intervención en la televisión donde anunciará la apertura de la frontera marítima para todo el que se quiera ir. De tal manera, pondremos el balón de nuevo en la cancha de los yanquis como en el ochenta.

Los rostros fueron mutando a lo largo de la explicación y, si hubo dudas, nadie la expuso.

—Gracias, Jefe —dice el Mayor y esboza una sonrisa respetuosa y se dirige a su asiento al lado de Mario Mazón que, por lo bajo, le dice.

—¡Como un cañón!

El hombre vestido de blanco se dirigió a los presentes.

—Compañeros Generales, y otros oficiales. Si comprenden la visión y los objetivos, por favor, sincronicen sus fuerzas y medios. Para necesidades, dirigirse directo al Ministro.

3

En la Embajada en Panamá, se recibe un cifrado para el Ministro de Relaciones Exteriores, Roberto Robaina González:

"Corte la visita de inmediato y vuele directo a Madrid. La excusa es que será recibido por el Rey. El objetivo será reunirse con un grupo de contrarrevolucionarios de Miami. Espere instrucciones".

Firmado: El Comandante.

4

Nunca es fácil salir de Alamar, esa ciudad dormitorio controlada por camiones a los que llaman camellos. Todo cambia si tienes un auto oficial, con gasolina incluida. Reymundo no tiene ese problema. Ante todo, porque no vive allí. Segundo, tiene un auto oficial. Su misión en el equipo de García Álvarez es analizar el comportamiento de los "medios", observar la información de la "Opinión del Pueblo". Además, reúne los reportes de los informantes a la policía y Seguridad del Estado. Por último, diseña las contramedidas informativas para apoyar el cumplimiento de los objetivos. Pero ese es trabajo encubierto. Para Reymundo, su trabajo público es el de periodista de los medios oficiales. Acostumbrado a la doble vida, esconde su preferencia sexual cortejando a una joven hermosa que, además, le brinda estatus social, por provenir de una familia de alcurnia revolucionaria. Acostumbrado a los secretos, Taladrid tiene otra misión. Perfilar y vigilar al equipo de García Álvarez y en específico al líder. A quien, algunos jefes consideran un mal necesario, por su heterodoxa manera de resolver los conflictos.

5

Dos días antes, en medio del fragor de gente huyendo por donde le fuera posible, una de las lanchas que cubren la ruta Habana-Regla fue secuestrada. Como solo tenía combustible para ir y regresar entre esos dos puntos de la bahía, quedó varada en medio del canal.

Comenzó de esa manera, Operación Maleconazo.

6

—¿Cómo es eso, Chuchú? —espeta el del pulóver verde a su ecobio, que lo recogió en la camioneta del trabajo en los bajos de su edificio. La cálida y húmeda mañana de agosto se atenúa con la brisa que entra por la ventanilla. Circulan por Vía Monumental. Pasan el reparto Habana del Este, otra ciudad dormitorio, pero más confortable y ven, a lo lejos, los altos edificios del Vedado.

—¿Qué se llevaron otra lancha? ¿Y que está varada en medio del canal? ¿Y qué va a venir un barco a buscar gente para irse pal Yuma? ¡Coñoo asere, esto está duro! ¿Brother y tú que piensas hacer?

—Yo, nada —respondió el aludido—. Yo, más tranquilo que estate quieto. Mira lo que pasó con el remolcador. Tú estabas en talla el día de la fiesta con NG. Lo peor es que la gente piensa que "la jugada" es aquí, y miles de gente vienen desde Artemisa, Güines, Matanzas, Pinar del Río y hasta Santa Clara y Ciego de Ávila para ver qué sucede. Esperan el pistoletazo de salida, como cuando el Mariel.

—Socio, pero tú sabes, ¿no? Eso será difícil.

La camioneta rusa pasa el túnel de la bahía, a oscuras por falta de electricidad, y se incorpora al malecón para dirigirse al oeste. Al pie del Torreón de San Lázaro se baja el hombre del pulóver verde y Jesús Rodríguez, más conocido por Chuchú, "el aceitoso", sigue su camino hacia Miramar. Como comercial de la Empresa Provincial de Dulces y Panes, más que salario tiene como ventaja del puesto la camioneta que le da una movilidad ajena al noventa por ciento del país.

Hoy se reúne con los gerentes de Extra Hotelera Gaviota, en las oficinas de calle 16. Así que, al acabarse el malecón, cruza el túnel, da vuelta a su derecha por el parque de 5ª y 2, para acercarse a Avenida 31 que, después del semáforo de Calle 10, toma la cuchilla donde nace 7ª, al pie de la Embajada de México. Tres cuadras adelante gira al norte y, en la casa marcada con el 510, se detiene. Vestido de ocasión, mocasines, vaqueros prelavados y camisa a rayas, entra en la vieja mansión convertida en oficinas de una empresa fundada y controlada por los altos mandos militares. Pregunta por el jefe de la empresa. La amable recepcionista sugiere suba al próximo piso y espere en un pequeño salón.

Ubicado en tiempo y espacio, Chuchú hace lo sugerido y se sienta tranquilo a esperar. El salón no es tan chico, tiene unos gaveteros metálicos, un ventanal amplio que deja ver un rojo flamboyán, al pie de la calle. Entretenido, mira el paisaje cuando dos hombres salen de otra puerta y saludan. Se acercan al gavetero, lo abren y extraen sendas pistolas Makarov de 5.6 mm. Las ponen bajo sus camisas, sostenidas por el cinto del pantalón. La operación la hacen mientras uno le dice al otro.

—Vamos a "ensillarnos" porque no nos van a coger de jamón.

Lo dicho por los tipos hizo que los observara con más atención. Reconoció a Alemán Cruz, el fiscal del juicio contra el Ministro del Interior, José Abrantes, en el 89. Recuerda su rostro acusador, tan jodío y soberbio.

Concentrado en sus pensamientos, da la impresión a los recién armados de que no les presta atención y bajan la escalera sin despedirse. Impresionado, absorto, Chuchú no escucha una voz que le llama desde la oficina y a punto estuvo de bajar la escalera él también. ¿Qué pasa? Se contiene. Se levanta, traspasa el umbral donde le espera el Director, de pie, con su mano extendida y una amplia sonrisa. Solo recuerda, al bajar las escaleras media hora más tarde, que le recogerá pasadas las 14 horas en su oficina del Vedado para visitar el Restaurante Los doce apóstoles, y analizar las necesidades de suministros.

7

Expedientado por la policía política como "Gnomo", Carlos Varela hizo meteórica carrera en la música insular de mano del cantautor Silvio Rodríguez. Graduado de Artes Escénicas en el Instituto Superior de Arte, encontró su inspiración en la música. Es uno de los exponentes de la llamada novísima trova, lo antónimo de la timba de José Luis Cortés. Vulgar, soez. Varela, hijo de emigrante gallego, expresa las necesidades espirituales de una generación de cubanos influidos por la perestroika rusa y la reunificación alemana.

Sus dos discos hasta hoy, **Jalisco Park** y **Monedas al aire**, se refuerzan con **Como los peces**, a presentarse en concierto hoy.

Las canciones atractivas para los jóvenes son las más conflictivas para el poder: *Boulevard, Tropicollage, Guillermo Tell* y *Jalisco Park* en el primer disco. En el segundo: *Robinson, y Como me hicieron a mí.* Y ahora con: *El leñador sin bosque, Pequeños sueños, Los mapas cambian de color*, pero sobre todo con *Como los peces*, crea una situación difícil para los planificadores de la represión. Por eso el Alto Mando ordena sugerirle, a través del Ministerio de Cultura y algunos amigos cercanos e informantes de la policía, que suspenda el concierto. La intención: controlar el escenario interno y eliminar suspicacias en la comunidad artística internacional.

El apartamento en Calle 28, con balcón a Avenida 23, por encima de la gasolinera, esta atestado. Sentado en su butaca de mimbre, Carlos escucha paciente las opiniones de sus amigos. En el sofá están los miembros de Señal en el Asfalto, su banda acompañante. Por la izquierda está el bajista. Le acompaña su pareja, la dominicana Sanyia Flavia. A su lado, siempre sonriente, el guitarra prima. Le sigue el baterista, siempre despistado. Recostado al balcón están "los metales" en el cuchicheo. Los dos saxo, además del trompeta. A un lado, mirando a la calle, como nervioso, está el tecladista. Sentadas alrededor de Grettel, las del coro, Tania, María Lar y Elisabeth.

—Bueno, caballeros, tomemos una decisión entre todos, aunque yo sea el que ponga las nalgas —dice Carlos entre bromas.

—Bastante chiquitas las tienes — sigue la rima uno de los saxos, y todos ríen, nerviosos.

—Hablemos en serio, ¡coño! Caballeros, esto está malo. La gente habla de tremenda jodedera en Regla y Habana Vieja, y la Gestapo piensa que nosotros vamos a empeorarlo todo con el concierto.

—¿Pero en qué piensan ellos? —sigue Elisabeth—. ¿No saben que esto es arte, música, y no tiene nada que ver con política? El arte está por encima de la cochiná esa. Esta es una forma de expresión artística. ¡Ay! —refunfuña—. ¡Mira que comen mierda!

—Caballeros —toma la palabra el tecladista—, pero pueden desaparecernos, y a partir de mañana comenzar a dar conciertos a la prisión del Combinado del Este. Nosotros. Y ustedes —señala a las mujeres—, a hacer coro a la prisión de mujeres de Manto Negro, con las tortilleras del lugar. ¡Y aquí no pasa nada! ¿Qué pasó el día del Chaplin? Le entraron a cocotazos a Carlitos, ¿y qué le pasó a Carilda Oliver en Matanzas? Con el desordeno amor me desordeno cogió una entrá a pata y piñazos de los anormales de la ujotace y eso que era una vieja'e mierda chivatona. Aquí nada está claro. Yo creo debemos dejarlo para otro momento. Que esto se calme. La calle está en candela, la gente está en el vira y bota. Está el tema de la lancha en el medio de la bahía, y todo el mundo trata de llegar a ella para montarse, a ver si sale. Yo —titubea—, lo pospongo, y así quedamos bien con todo el mundo. ¡Coño, caballeros, piensen!

—No jodas, compadre, no seas pendejo —le arrebató la palabra el trompetista—. Aquí hay que tener cojones, y si quieren suspender el concierto, que lo hagan ellos y carguen con las consecuencias. Nosotros no tenemos nada que suspender. Que venga Abel Prieto y de la cara, para eso es el Ministro de Cultura ¿Él no se viste de reformista? ¿Él no dice ser artista? ¿El no escribió *Los bitongos y los guapos*? Pues que se ponga guapo, si no quedará como bitongo. Que se ponga el uniforme, si se lo tiene que poner. Carlos, no sé lo que harás. Yo estaré en el Karl Marx a las siete y media. Si la policía me carga, que así sea.

Sale caminando, abre la puerta y, sin mirar hacia atrás, dice. ¡Nos vemos!

8

A las dos de la tarde, el Lada blanco del director de Extra Hotelera Gaviota recoge a Chuchú en el Vedado. El calor es sofocante; el aire caliente, pegajoso. El auto busca Calle 17. Como está vacía, avanza con rapidez. Se detiene en la entrecalle con Avenida de los Presidentes y pasa raudo por los palacetes que guardan a la Unión de Escritores, y al policlínico de la comunidad. Aminora en la intersección con L, y acelera al no ver otros autos. Pasa por el restaurante El Conejito, el edificio Focsa y se incorpora al malecón. Pasa por entre la Piragua y el Monumento al Maine y, al transitar por el costado de la cascada del Hotel Nacional, en la intersección con 23, disminuye la velocidad otra vez. Miles de personas están agolpadas en la calle hasta donde se pierde la vista. Cuerpos semidesnudos y famélicos, como zombies, caminan en cualquier dirección, sin importarle nada. Muchos llevan bicicletas de la mano. En el Torreón de San Lázaro, la multitud se multiplica. El chofer reduce aún más la velocidad, ve muchos niños entre el gentío. A la multitud no le interesa nada, así que el conductor hace sonar el claxon varias veces, sin resultado. No se inmuta al cruzar las intersecciones primero de Belascoín y luego Galiano, ya el carro va al paso de los caminantes. Por fin llega a la intersección con Prado, donde hubo un hermoso edificio ahora en ruinas y dobla para incorporarse al túnel que cruza la bahía, tras pasar el monumento a los estudiantes de medicina asesinados por los españoles en 1871. La cantidad de gente es impresionante, piensan los tripulantes del auto, y Chuchú comprendió mejor, y para peor, la escena que vio por la mañana y que tanto le impresionó.

Al llegar al Restaurante Los Doce apóstoles, la supuesta reunión entre mojitos pierde su esencia ante el espectáculo que presencian los reunidos. Miles de personas corren de un lado al otro de Avenida del Puerto. El restaurante es un mirador excepcional. Está al borde del canal de entrada de la bahía y desde ahí se divisa tanto la lancha secuestrada como el movimiento de la calle, en una perspectiva que lleva hasta el edificio del antiguo Palacio Presidencial. Los presentes están absortos. Durante hora y media apenas hablan. Dicen sí a todo lo que proponga la contraparte, sin saber lo que dicen. Pasadas las 16:30, alguien recobra la cordura y dice: Bueno, debemos irnos.

Montan en el auto imaginando lo que los espera al otro lado del canal. Y lo que ven es dantesco: Miles de personas corren sin orden, mientras se ve a dos carros de la policía revolucionaria lapidados por los manifestantes. A la derecha del auto, por Avenida del Puerto, la policía antimotines avanza sobre la gente. Es el momento en que el copiloto lanza una oración que hizo a Chuchú hundirse en el asiento: ¡Tenemos que sacar los tanques, cojones! Y "el aceitoso" se hunde en el asiento aún más y piensa. Si la gente de allá afuera se entera de lo que quiere el comemierda este, nos viran el carro.

9

Son las 8 de la noche y comienza el Noticiero Nacional de Televisión. Rafael Serrano, un bigotudo y flaco locutor, habla de disturbios en la ciudad causados por elementos marginales y la política migratoria de los Estados Unidos contra el país; de la presencia del Comandante, en el lugar, y de cómo con su sola presencia revertió la situación. García Álvarez, en el Puesto de Mando, sonríe para sus adentros, sabiéndose el artífice de lo ocurrido. ¡Que cojones tienen esta gente!, piensa.

En el Puesto de Mando la tensión no disminuye. No obstante, se cumple el cronograma, según lo planificado.

—Los incidentes se focalizan en Galiano y paralelas —despacha García Álvarez por teléfono—. También en Neptuno. En esa arteria se rompieron vidrieras de algunas tiendas de venta de productos en dólares. Daños menores. Se contabilizan trescientos veinticinco detenidos por vandalismo y desacato a la autoridad. Heridos, solo treinta y dos, la mayoría atendidos en los hospitales Calixto García y Emergencia, donde hubo guardia operativa para controlar los casos que llegaban. Hasta ahora solo se reportan de gravedad tres. Dos de ellos, de las Brigadas de Respuesta Rápida. No, Ministro, todo fue según lo planificado. No hubo muertos. A sus órdenes —Y cuelga el teléfono.

10

A las 9 de la noche, el teatro está abarrotado. Todos hablan de los sucesos del día y especulan sobre cómo será mañana. Que pasará. Los saxos entran primero al escenario y ocupan su posición al final, a la derecha. Le sigue su compañero de la trompeta. Luego el baterista, se sienta frente al drums y la ajusta. Las muchachas no faltan a su lugar. De penúltimo, el tecladista se acerca. Se sienta. Los mira a todos y cuenta.

—Un, dos, tres y… —El ingeniero de sonido pone la grabación de un discurso en idioma ruso, mientras él acompaña con el piano. El sonido sube poco a poco. Entra la batería con un golpe fuerte y seco, que recuerda a John Bohnan, el fallecido drums de *Led Zeppelin*. Aparece en el escenario Carlos Varela, aclamado por el público. El drums marca el paso, Carlos se acerca al micrófono y entona: "Están tocando la puerta/ están rezándole al cielo/ está saltando la puerta/ está faltando el dinero / están tumbando los muros, / están cruzando fronteras / el día está más oscuro / están usando mi antena… / Y ahora que los mapas están, cambiando de color…"

X
AGOSTO 25, DEL 94

1

Se sube sobre el largo muro que conforma el límite entre la ciudad y el mar. Mira hacia abajo, hacia el arrecife, el diente de perro. Allí, en un recalo, una balsa y un grupo de derrotados yacen, sosteniendo su debilidad. Alguien baja del muro y le lleva un pomo con agua y un pedazo de pan. No hay para más. El hambre no mata a los cubanos, solo los deja más flacos. Seguro tampoco desayunó. El espléndido se lo quitó a la provisión de la libreta de racionamiento. Un documento de 30 años de antigüedad, y parece no desaparecerá tampoco en los próximos treinta. ¡Y Gardel dice que veinte años no es nada!

—¡Oyee! ¿De dónde salieron? —pregunta el del pulóver verde.

—De Santa Cruz del Norte hace tres días —responden los de abajo. Sin virar la cabeza. Con el desánimo reflejado en la voz.

—Tres días y tres noches para llegar aquí. ¡Le ronca al mango! —dice otro de los náufragos.

No puede ser, piensa el del pulóver verde, su antiguo director está entre los náufragos.

—¿Es usted, Director? —se transformó, respetuoso.

—¿Quién es? —pregunta el aludido.

—Soy yo, el del pulóver verde, usted fue mi director en secundaria, en los setenta.

—Ah… sí, ¿cómo estás? —responde con desgano al saludo y continúa—. Baja, y échame una mano con toda la basura esta. Y también ayuda a mi mujer.

—Pero ¿cómo llegó hasta aquí, Director? —pregunta, después de descender del alto muro—. Orlando Benítez, ¿puedo decirle Orlando? —dice el del pulóver verde de forma amable.

—Sí, puedes decirme como quieras. Ya recuerdo hasta el nombrecito que tú y José Posada me tenían puesto desde la tarde en que él estaba molesto por algo. Pues sí, hace tres días nos tiramos al mar, a ver si llegábamos, pero todo fue terrible. Salimos con entusiasmo y un motor conectado por una trasmisión, directo a la propela. Pero el motor se rompió como a las diez horas, y empezó la ventolera, y la marejada, a tirarnos para atrás. Guardamos la vela lo más rápido posible porque el aire era muy fuerte, yo creo como a 50 kilómetros por hora, y del noreste al suroeste. O sea, para atrás. Para atrás…

—No joda —escucha, apesadumbrado, el oyente, a quien se le unieron otras personas, incluyendo varios policías, que no actúan ni a favor ni en contra de los desafortunados.

—Pues sí, amigo mío. En medio del oleaje llegó la noche, y el frío. Si la tarde fue dura, la noche fue peor. No se veía nada. Solo se oían voces, sin saber de dónde salían. El guajiro aquel —señala para un flaco destimbalao, acostado en la arena sin moverse—, pensaba que eran muertos que salían del agua. Todo se supo al otro día. Vimos siete balsas vacías a una distancia aproximada de una hora entre una y otra. Balsas donde cabían desde doce a quince personas, a otras más chiquita de como tres o cuatro. Parece que todos murieron. Sin embargo, nos cruzamos con otra que intentó abordarnos y tuvimos que defendernos con los machetes, que llevábamos por si acaso. La historia se repitió al segundo día, pero además el drama de saberse perdidos en el mar. La segunda noche hubo tremenda tormenta. Casi nos vira la balsa. Aguantamos y la balsa se mantuvo estable. Pero perdimos el agua y las galletas saladas. Por suerte, leí un libro de muchacho sobre un médico. El hizo una expedición desde las Canarias hasta el arco de las Antillas, sin nada. Ni agua, ni comida. Demostró con su experimento que se puede vivir si se toman pequeños sorbos de agua salada, para hidratarse y no morir de un paro hepático o deshidratación. La principal causa de muerte de los balseros. Así pasamos el tercer día. Y ya ves, aquí estamos. A ver ahora cómo salimos de esto y cómo regresamos a la casa.

—¡Le ronca la pinga! —concluye el del pulóver verde, con cara de dolor e indignación.

2

—¡Como crece *Cubanet*! —comenta Santiago de Juan a su entrevistador del *Herald* de Miami, en un restaurante de Calle 8.

—Además —continúa—, con las noticias venidas de Cuba. Esto puede cambiar de un momento a otro, si somos optimistas, claro. Amén de la intervención humanitaria en Haití, con esos gorilas destruyéndolo todo y la avalancha de refugiados. Aunque no me gustaría que los americanos invadieran Cuba. El paradigma de la soberanía limitada es válido contra los gobiernos sinvergüenzas parapetados tras la soberanía para convertir a sus pueblos en vasallos. La resolución de la ONU del 31 de julio es un paso de avance. Primero Haití y luego Cuba. Sobre todo, la creación de una fuerza multinacional que recupere la soberanía para los cubanos, robada por los comunistas y el Comandante. Pero, bueno, el bloqueo a los balseros por los guardacostas americanos es importante. Se decidió enviarlos a Guantánamo. Los abordados antes del día 19 van para la base naval. Después del 19, pa Cuba. ¡Pal carajo! ¿Cuánta gente? 35 mil, ¡coñó! Eso es mucha gente. Además, dicen hay muchos muertos en el estrecho, por el anticiclón del Atlántico. Esa situación meteorológica ahora en el verano levanta fuerte marejada, con aire del noreste al suroeste. O sea, los empuja para atrás. No les dejaba avanzar. Las avionetas de Hermanos al Rescate hacen tremendo trabajo para identificar balseros en el medio del mar. ¿Sobre *Cubanet*? Mira los gastos, van en flecha hacia arriba. Verdad que también aumenta la demanda, también lo pagamos junto con Omar, Pepe y Alberto. Sí, hacemos gestiones para buscar dinero, porque esto se nos va de las manos. Sí. Encontré a Comendeiro en Eslovaquia, a Herrera en Alemania, Blanquito en España, Martori en Canadá,

Fernández en California, enyuntado con Pepe Alberto, Uría en Nueva Orleans y Heidi Álvarez en Miami. Toda, gente buena y desinteresada. Solo les importa colaborar. Son periodistas independientes. ¿Para recibir las llamadas desde Cuba? Por ahora solo recibimos de la capital. Inventamos un dispositivo que activa una grabadora de casetes en cuanto se levantaba el auricular para hacer la llamada. El dispositivo se colocó en distintas casas, entre ellas las de Lourdes Arriete y Rosa Berre, que además de las llamadas a Cuba, transcribe en formato electrónico las mismas y las traduce. Ellas dedican tremendo tiempo a la tarea. Tenemos muchos otros amigos dedicados a transcribir y distribuir a distintas personas para ser traducidos a su vez a otros idiomas. La operación se perfeccionó de tal manera que en solo 48 horas los artículos y noticias son grabados, transcriptos, traducidos y publicados en nuestra página electrónica.

—Ya tenemos la nota. Podemos almorzar —dijo el periodista y levantó la mano para llamar al mesero.

3

—¡No seas tan comemierda, Viernes! —le dijo Ricardo Alarcón, Presidente del Parlamento y ex canciller, a Viernes García, su perrito faldero. El diplomático, exembajador en Egipto, quedó manco al estar en la tribuna el mismo día y hora que los Hermanos Musulmanes planificaron matar al Coronel Anwar El Sadat.

—¡Mójate un poco que es agosto! Además, ¿no querías estar en la recepción de la Embajada de Uruguay? A ver, ¿por qué no averiguaste quién es el comemierda ese que hacia preguntas capciosas sobre los balseros? ¡Comemierda!, ¿qué creía él? ¿Qué le iba a responder? ¿Responderle? ¿Qué?

—Dale, Viernes, abre el paraguas, ¡coño! Siéntate atrás y trata de no mojar el asiento, que el estúpido ese de Robertico se cree es canciller. Ya tiene carro nuevo y a mí me han dado el burro de mierda este. Ahora se hace el payaso populista y anda en bicicleta por el Vedado. Para andar como el pueblo. Maricón. ¿Seré comemierda? ¿Cómo no me di cuenta de que el hijoeputa del Comandante no me quería de canciller? Me guardaba la puya, desde la vez que obtuve más votos que él, en la Asamblea Nacional. Solo me tuvo seis meses en el cargo y me manda a dirigir la mierda esta de la Asamblea Nacional, con la pila de comemierdas y guajiros estúpidos sentados en el Palacio de Convenciones, solo para levantar la mano, sí se lo indican. Tener que visitar las provincias. Con los subnormales esos de los presidentes provinciales, cogotuses y arribistas. Con las cabezas de puerco esas que tienen, dan asco. Esas mujeres del gobierno, tan mal vestidas, ¡por Dios!, parecen marimachos. Y todo en el momento más importante del país. En medio de la crisis de los balseros. ¿Será estúpido el Robertico Robaina ese? Ahora lo mandaron de Panamá para España, dicen que a reunirse con el Rey Juan Carlos. Pero yo sé es con la gente de la Coordinadora Socialdemócrata. ¡Gusanos igual, que cojones! Claro, esa era la súper jugada de Fidel. ¿Pero cómo se le ocurre?

—Mire Presidente… —refiere el hombre sentado atrás

—¡Déjame hablar, Viernes! ¿Qué averiguaste de la comemierda esa que preguntaba sobre la actuación del parlamento ante la crisis de los balseros? ¿De dónde salió? Ese debe ser amiguito del Embajador de Uruguay, Voss Rubio, o uno de los mariconcitos del Cónsul Batto. El gordo maricon ese no sabe que lo tenemos chequeado hasta los pelos de las nalgas. Averigua, Viernes, que la información es poder. ¿Quién será él comemierda ese…? Pero, espérate —se vira hacia atrás, mira con los ojos muy abiertos al embajador y, afincando su brazo izquierdo sobre el espaldar del asiento del chofer, le espeta—. ¿Él no hablaba antes con "El Gallo" Zamora, de la gente de Inteligencia, y con el Coronel Hernández Periche, de Relaciones Internacionales del Ministerio de Defensa? ¿Será un compañero de la Seguridad? ¿Alguien que enviaron para evaluarme? ¡Uhmmm! Esto está de pinga, Viernes. ¿Se me fue algo? ¡Coño, Viernes, cierra la cabrona ventanilla, que se moja el carro!

XI
Septiembre 6, del 94

1

Aparta las cortinas y respira el aire limpio. Entra la brisa temprana, agitándolas para anunciarse. Mira hacia afuera: Esas horas del amanecer son las mejores, las despejadas, las de una primavera diaria. No tardará en sofocarlas el sol palpitante. Pero a las siete de la mañana, la casa se ilumina con una paz fresca y un contorno silencioso. Respira el aire limpio. Un hombre, vestido de faena y con la camisa empapada de sudor, pasa el rastrillo sobre el jardín. Deja caer la cortina y camina hacia el baño de azulejos verdes. Mira en el espejo el rostro hinchado por el sueño que, sin embargo, es breve, distinto. Cierra la puerta con suavidad. Abre las pilas y taponea el lavabo. Arroja la camisa del pijama sobre la tapa del inodoro. Escoge una hoja nueva, la despoja de su envoltura de papel encerado y la coloca en el rastrillo color plata. Deja caer la navaja en el agua caliente, humedece una toalla y se cubre el rostro con ella. El vapor empaña el cristal. Lo limpia con una mano y enciende la bombilla sobre el espejo. Presiona la válvula del spray de Shave Cream de producción norteamericana; embarra la sustancia blanca y refrescante sobre las mejillas, el mentón y el cuello. Se quema los dedos, distraído, al sacar la navaja del agua hirviendo. Hace un gesto de molestia y, con la mano izquierda, extiende una mejilla y comienza a afeitarse, de arriba abajo, con esmero. Tuerce la boca. El vapor humedece el cuarto de baño. Se descañona con movimientos lentos. Se acaricia el mentón para asegurarse de la suavidad. Abre la pila, empapa la toalla y se cubre con ella la cara. Se limpia las orejas. Toma el After Shave con la mano izquierda para rociar su jeta con la excitante loción. Toma aire y lo exhala con placer. Limpia la hoja y la vuelve a poner en su estuche de cuero. Tira del tapón y contempla la succión del charco gris de jabón y pelos empastado. Observa las facciones: quiere descubrir al mismo de siempre, porque al limpiar de nuevo el vaho que empaña al espejo siente, sin saberlo, en esa hora temprana de placeres insignificantes, pero indispensables, de malestares gástricos y hambres indefinidas, de olores indeseados que rodean la vida inconsciente del sueño, que pasó tiempo sin mirarse al espejo. Rectángulo de azogue y vidrio y retrato verídico de ese rostro. Abre la boca y saca la lengua raspada de islotes blancos; busca en el reflejo los huecos de los dientes perdidos. Embarra con pasta roja el cepillo y limpia los dientes. Hace gárgaras y se desprende del pantalón del pijama. Abre la pila de la ducha toma la temperatura del agua con la palma de la mano y siente el chorro desigual sobre la nuca, mientras pasa el gel sobre su cuerpo de estómago flácido y músculos que aún conservan cierta tirantez nerviosa, pero que tienden a colgarse hacia adentro de una manera grotesca, si el no mantiene una vigilancia enérgica… y solo cuando es observado, como estos días, por las miradas impertinentes de quienes buscan al salvador de la patria. Da la cara a la ducha, cierra las pilas y se frota con la toalla. Vuelve a sentirse contento, se dispersa por pecho y axilas agua de lavanda y pasa el peine por su cabeza. Toma de la cómoda la ropa interior y del closet el uniforme blanco, calza las botas florsheim, compradas para él en Miami. Dispuesto a salir del cuarto, se regodea, mira a su alrededor. Cierra la puerta y se introduce en el comedor, donde la criada sirve el desayuno compuesto por jugo de naranja, tostadas, mantequilla, dos huevos fritos blandos y el pozuelo de fondue de beaufort y una taza de café Bustelos. Termina el néctar negro de los dioses blancos, se levanta, toma la gorra de plato y se encamina a la puerta, donde le espera su ayudante en posición de firmes.

2

La sabana está descorrida. El calor de la mañana es húmedo y pegajoso como todos los septiembres. Mira a través de la ventana y disfruta el azul del cielo. Mira hacia afuera: el amanecer es tranquilo, y le hace perdonar la canícula venidera con el desarrollo del día. A las siete de la mañana, la casa se ilumina con paz, fresco y silencio. Se acerca a la ventana y ve personas que salen para el trabajo, madres llevando a sus hijos a la escuela, donde recién comienza el curso escolar. Entrecierra la persiana y camina hacia el baño de azulejos blancos. Mira en el espejo el rostro hinchado por el sueño que, sin embargo, es breve, distinto. Cierra la puerta con suavidad. Abre la pila y llena el jarrito plástico. Arroja el pulóver en el cesto de la ropa sucia. Coge la hojilla negra de la época Soviética, que usa ahora y la pone en el rastrillo amarillo. Se moja la cara y la enjabona, la luz de la ventana del baño es suficiente y se mira de nuevo. Le hace muecas al espejo, y no se ríe. Comienza a afeitarse de arriba abajo con esmero. Abucha la cara y tuerce la boca. Se descañona con lentitud. Se pasa la mano de revés sobre el mentón para asegurarse. Abre la pila y limpia la hoja. La vuelve a poner sobre el estante. Vierte el consomé gris de jabón y pelos empastado y ve cómo desaparece por el tragante del lavamanos. Observa sus facciones en el rectángulo de azogue y vidrio y único retrato verídico de ese rostro que bajó treinta kilos en los últimos tres años. Abre la boca y embarra con pasta blanca el cepillo y limpia los dientes. De la pasta blanca alguien le sugirió es un excelente suplemento para la acidez en el estómago. Hace gárgaras y se quita el short. Abre la pila de la ducha y siente el chorro frío y agradable sobre el pecho, mientras pasa el trapo enjabonado sobre su cuerpo flaco. Da la cara a la ducha, cierra las pilas y se frota con algo que fue toalla alguna vez. Se mantiene pensativo mientras se rociaba un poco de perfume barato sobre el pecho y los hombros. Toma de la cómoda la ropa interior y del closet el pulóver verde, calza el par de tenis comprados en el mercado negro. Dispuesto a salir del cuarto, precisa el orden interior. Zurcido, pero limpio. Recordó la frase de su padre, un viejo comunista. El viejo y sus camaradas de base nunca soportaron al Comandante. Para el viejo, la máxima fue siempre: Pobre, pero honrado. Y supo que la llamada Revolución tenía mucho de pobreza, y poco de honradez.

Cierra la puerta, se va la cocina donde el fogón de luz brillante le recuerda la importancia de buscar combustible como una de las tareas del día. Pone un jarro con agua a calentar y la cafetera con un polvo que vende el gobierno por la libreta de racionamiento. El invento es mitad grano de chícharo y mitad café. Consume su desayuno. Toma la bicicleta y abre la puerta para salir a luchar el día.

3

Suena el despertador. Aparta la sábana, y apaga el ventilador. Entra la brisa temprana y agita las cortinas para anunciarse. Mira hacia afuera: la calle está desierta a esa hora y un perro ladra en la lejanía. Esas horas del amanecer son las mejores. Las de la tranquilidad. Las que permiten hacer las labores primeras de la casa sin interrupción por sus hijos o su marido, que convierten su casa en verano sofocante. Acabaron las vacaciones y ahora debe preparar a sus muchachos para la escuela. Eso será a las siete de la mañana. A las ocho, al hospital, a dar consultas de oftalmología. Pasa por el cuarto de los muchachos y los ve despatarrados cada uno en su cama de la litera de dos pisos. La casa a oscuras se ilumina con su caminar, no es que esté iluminada ella, es que según pasa, enciende y apaga la luz, según sea el caso. Aparta las cortinas y respira el aire limpio, un hombre vestido de faena pasa a toda velocidad hacia la avenida, donde tomará un camión para la fábrica. Deja caer la cortina y camina hacia el baño sin azulejos. Va hasta la cocina. Observa el nivel de keroseno del fogón, sin mostrar preocupación. Toma el pomo de alcohol, en los bajos de la meseta y vierte el inflamable en el quemador. Tapa el pomo y lo pone en su lugar. La caja de fósforos en lo alto, baja a través de sus manos. Intenta encender un fosforo, un segundo, un tercero. Blasfema. Repite la operación. ¿Se evapora el alcohol? Al sexto, brota la llama. Comienza a regular la llama del soplillo. Cuando ya está caliente, abre el conducto del keroseno, con una de las ceras que no encendió. Pide prestado el fuego y abre y regula la llama principal. Sube el cubo con agua a la hornilla. Regresa hacia el baño. Mira en el espejo el rostro que se asoma hinchado por el sueño y, sin embargo, le devuelve la belleza de su edad. Cierra la puerta con suavidad. Se sienta en el inodoro y orina. Se levanta mientras toma otra toalla chiquita, seca y limpia. Recoge cualquier resto de humedad. Toma el peine negro, grande y desgreña el pelo. Regresa a la cocina, toca el agua con el dedo índice. Calcula la temperatura. Toma el cubo por el asa, lo baja al piso y lo lleva al baño. El chorro de agua fría entibia el agua. Ella la vuelve a tocar. Satisfecha se quita la bata de casa y la cuelga detrás de la puerta, ahora cerrada. Se hace un tacto en los senos. Más que tacto, descubre que se los acaricia con suavidad, y se despierta en ella el deseo. Pasa el pestillo a la puerta. Se los roza otra vez mirándose en el espejo, esta vez con la palma de ambas manos. Toma como centro a los pezones. Dilatada la aureola adquieren un sonrojo de placer. Cierra los ojos y piensa en el hombre del pulóver verde, en cómo la acarició esa tarde al salir del hospital y que llegó tarde a casa. Excitada, baja su mano derecha a buscar el clítoris, ya húmedo. Da unos pasos y entra a la ducha, donde el vapor de agua asciende, y le aumenta la libido. Se recuesta a la pared. Aumenta la presión de los movimientos rítmicos sobre el clítoris. Introduce dos dedos en su vulva, mientras su dedo gordo se mantiene sobre el clítoris, creando armonía. Se le afloja la rodilla derecha y su jadeo en ascenso le indica llegar al orgasmo, y aumenta la velocidad del movimiento de los dedos. Toma el dedo gordo de la mano izquierda y lo chupa, lo chupa, lo chupa y vuelve ahora a su memoria ese hombre en esa noche maldita que nunca debió existir cuando, desaforada, le zafa el cinto y desabotona la portañuela para enfrentar al inmenso premio de lo prohibido. Se paraliza, sofocada, en éxtasis. Retira sus manos de las partes invadidas, con delicadeza, de a poco. Aguza el oído. Jadeante, intenta descifrar si algo cambio en su ecosistema. Le duelen las sienes. Se estira poco a poco. Se inclina sobre el cubo, toma el jarro con agua y vierte el primer chorro de agua tibia sobre su piel. Al terminar, el vapor empaña el cristal. Lo limpia con una mano. Toma aire y lo exhala con placer. ¡Ufff! Se mira en el espejo y se siente satisfecha. Observa las facciones: quiere descubrir a la misma de siempre, porque al limpiar de nuevo el vaho que empaña al espejo siente, sin saberlo, en esa hora temprana de placeres insignificantes pero indispensables, que está dispuesta a comenzar el día, a romper la crisma a quien se interponga a los sueños. Termina de cepillarse los dientes y se pone la bata de casa, esta vez para ir a la cocina. Prepara el sencillo desayuno compuesto de un vaso de leche para cada niño y una taza de infusión de yerba cualquiera para los adultos, café, y medio pedazo de pan para cada uno. Los hijos llevaran, además, de merienda a la escuela un pomo de agua con azúcar y un pancito cada uno. Dejados en la escuela, se dirige al hospital militar donde trabaja.

XII
Octubre 8, del 94

1

El vecino de García Álvarez, adicto a las mujeres, infartaría de saber que Dolores del Río es considerada más bella que su venerada María Félix. Lo dijo el fotógrafo Jerome Zerbe, "*Dolores del Río y Marlene Dietrich son las mujeres más bellas que he fotografiado*". Para García Álvarez, las actrices más atractivas eran Ingrid Bergman, insuperable en Casablanca, y una jovencísima Jennifer Anniston que le cautivó por una mala película llamada *Camp Cucamonga*. Pero reconoce que hay otras más bellas, como la joven Courteney Cox, que le consoló en *Blue Desert*. Y, por supuesto, Paulette Goddard.

Paulette no tenía ninguna relación con Jean-Luc Goddard, el director de cine francés de la nueva ola y trasnochado maoísta del Grupo Zhiga Vertov. Más bien se relacionó con Charles Chaplin, con quien filmó dos de sus obras maestras: *Tiempos modernos*, en 1936, que motivó el matrimonio entre ellos, y la que parece los divorció en 1940: *El Gran Dictador*. Esta última película, en cartelera en el cine La Rampa. Hasta allá dirigió su auto el oficial esa tarde calurosa de octubre, al salir antes de tiempo de su oficina.

El cine La Rampa está en el corazón social del Vedado. Fue levantado en la década del cincuenta. Calle 23 es la arteria que le da vida a esa zona. Allí, desde el puente que cruza el río Almendares, y conecta con La Sierra, hasta el Malecón, se reúnen edificios altos, cines de primer nivel, restaurantes y otros servicios. Desde Calle L hasta el malecón se levantan el Hotel Habana Libre, los estudios de televisión de la antigua CMQ, el edificio Alaska y, frente a él, el palacete que antes guardaba la Funeraria Caballero. El edificio del Retiro Oftalmológico, donde radica el Ministerio de Salud Pública, la vanguardista arquitectura del Pabellón Cuba, clubes nocturnos como La Zorra y el Cuervo, el Club 23, y otros tantos, el Ministerio del Trabajo y, enfrente, el cine La Rampa. Más allá, las oficinas de las aerolíneas extranjeras radicadas en la isla, incluyendo la oficina de vuelos internacionales de la estatal Cubana de Aviación.

2

Lázaro González recuesta hacia atrás el taburete en un horcón del patio trasero de la casa de su medio hermano en Cabañas, una comunidad que custodia la bahía de igual nombre en Pinar del Río. La comunidad rural está ubicada entre Quiebra Hacha y Bahía Honda, a más de sesenta kilómetros de Santa Fe, a donde se llega por una angosta y estrecha carretera. Escucha un trueno en la lejanía y ve la tarde oscurecerse por las nubes negras de tormenta. Flaco y hambriento como todos por esos días, agradece el poco de café claro y un revoltillo con huevo criollo que le brinda su cuñada. A su lado, el hombre del pulóver verde, bendecido con similar manjar, también agradece.

—Hermanos, dispénsenme, no tengo nada más —se acerca el anfitrión—. Como ven, Dios aprieta, pero no ahoga —¡Brooom! ¡Bromm! ¡Brom!, resuena otro trueno, esta vez más cerca de la comunidad, y un aire frío comienza a circular por esos campos de Cuba.

—No pasa nada, Moisés —continua Lázaro y se cobija junto a su taburete bajo el techo de guano, ante el tamaño de las gotas que caen—. La situación con la comida está así en todas partes. No hay nada en ningún lugar. Ni comida, ni dinero, ni gasolina. Es así en todos lados. Los otros días, en casa de una gente, no te voy a decir el nombre porque las conoces, tenía un hambre del carajo, pedí un puñaíto de azúcar y me dijeron rotundamente, no.

—¿Te dijeron que no? ¿Cómo es eso, Lazarito? Un puñado de azúcar no se le niega a nadie —¡Brooom! ¡Brooomm! ¡Broom!, restalla otro trueno, esta vez más ensordecedor, seguido por el eco del estrépito entre las nubes, que cierran ahora el paso a la luz e inundan el lugar de un frío y fuerte viento, premonitorio de la tormenta en ciernes. Es como un vaso de agua, continúa. O un pedazo de pan. Bueno, no, un pedazo de pan no. Esas son palabras mayores. Pero ¿un puñado de azúcar? Compadre, eso está duro. Y este gobierno sigue en la misma, trata de controlarlo todo. No deja a nadie levantar cabeza. Qué personas más malvadas.

—Pero no la tomes a la tremenda, Moisés. Piensa que la familia que brinde un puñado de azúcar, se la quita —Y, como para ejemplificar sus palabras, el aire le vuela el sombrero de yarey a Moisés, que sale corriendo fuera de la choza, a recogerlo.

—Ese es el egoísmo que inculcan los comunistas. Ellos hablan de solidaridad y es mentira. Llevan a la población a tal miseria, que las personas deben protegerse hasta de brindar un poco de azúcar, porque después no lo van a tener. El evangelio lo tiene claro. "Por sus obras os conoceréis". Debemos crear una nueva solidaridad entre nosotros para sacar a este país del marasmo, sin fe, sin Dios. La iglesia católica y el Cardenal Ortega están tan comprometidos con el gobierno, por la razón que sea, que ni vale la pena hablar con ellos. Tienen un miedo atroz. De las iglesias protestantes, ni hablar. Son un mecanismo para hacer lobby en los Estados Unidos, con los payasos de Pastores por la Paz y otras congregaciones similares. Esa gente ve la pajita en su ojo, y no la viga que tiene el cíclope. ¿Te imaginas? Lo mismo hacen caravanas, para apoyar a Saddam Husein o a Daniel Ortega. En qué piensan. ¿No saben que esto es una dictadura? Y no quiero hablar de la santería, la brujería o como le llaman ahora a los cultos sincréticos.

En 1959, comunistas, barbudos y los terroristas del 13 de marzo, decidieron aplicar en Cuba las tesis del materialismo histórico y dialectico, una suma de las más importantes teorías filosóficas del siglo XIX europeo, de Feuerbach, Plejanov, Hegel, Dühring y Marx. La idea que tenían era la creación del hombre nuevo al estilo soviético o nacionalsocialista, vaya usted a saber, pues los nazis pensaban igual. Para lograr ese objetivo destruyeron la amplia estructura social de la iglesia católica. Negaron el ascendente de nuestros valores cristianos, por la tesis leninista de la religión opio de los pueblos, para apegarse a los llamados valores socialistas que, por cierto, eran los solidarios y humanos valores burgueses y religiosos. En esa década del 60 sufrieron por igual católicos, cristianos, judíos y santeros. Pero fueron los santeros los sobrevivientes, y se imponen ahora. Su estructura descentralizada les ayuda. Por eso resistieron mejor el embate de la nueva religión del Estado y, en su lucha por la sobrevivencia, y sin escrúpulos, hasta cooperan con la policía.

Claro, ahora la cosa cambia. Los alemanes tumban el muro que los dividió, la Unión Soviética se desmembra y la doctrina comunista se va al carajo. Se arma el sálvese quien pueda en el que estamos hoy. Ahora bien, esta situación tiene como cumbre la entrada de los religiosos al Partido Comunista, pero ¿no eran ateos los comunistas hasta ayer? ¿Cómo se puede cambiar así, de palo pa' rumba? Esta dictadura pasó de la negación de Dios a la convivencia con él. Un paso de avance, claro. Si la constitución del 76 definía un Estado ateo, la de hace dos años lo establece como laico. Y a mar revuelto, ganancia de pescadores.

Este es el momento en que entran en la isla luego de treinta y pico de años las iglesias protestantes norteamericanas, con mucho dinero, promoviendo la fe cristiana, pero te digo algo, lo que más promueven, es la corrupción entre esos pastores de nuevo tipo. Si miras bien, eran comunistas ortodoxos hasta ayer. La mayoría de esos pastores protestantes, míralos bien, son pícaros que no promueven ninguna palabra, y menos la de Dios. Ellos son los que favorecen la brujería y la santería que, al final, es más íntima y personal. Pero cuidado, amigo mío, la brujería se basa más en la desconfianza, en la defensa y el ataque, por eso no trae más solidaridad o articulación y la sociedad se vuelve más egoísta. A esto súmale el paradigma del Estado depredador y antisocial que es capaz de hundirse antes de permitir la riqueza en los ciudadanos. ¿Te dice algo lo de Numancia, que cita a cada rato manchaeplatano…?

—¿Quién es ahora manchaeplatano, Moisés? —pregunta el hombre del pulóver verde y una sonrisa define su rostro.

—Quién va a ser: el innombrable, santosuarez, para no decirle víbora, patilla, la rata. Toda esa gente junta, pero no me saquen del paso. Un rol importante en la destrucción de la fe católica lo tiene la policía política, en su afán de controlarlo todo, pero sobre todo de destruir el capital social...

—¿Capital qué? —pregunta entre asombrado y jodedor Lázaro—. Yo sabía que al final te salía tu veta comunistona. ¿Cómo es eso, Moisés Marx?

—Lazarito, ¿vas a tirar a relajo lo que te digo? Aprende, que eso va a prueba —sonríe Moisés—. El capital social es más o menos la capacidad de confiar en los demás para desarrollar proyectos comunes. Claro, el término viene de la analogía del capital económico. Pero hasta ahí. Por qué él mide la variable de la colaboración social entre los diferentes grupos de un colectivo y el uso individual de las oportunidades surgidas, a partir del afecto, la confianza, las normas afectivas y las redes sociales. Y contra esas redes sociales, creadas por las iglesias, fueron los esbirros. Cualquiera que trate de integrarse fuera del control del Estado es golpeado en su esencia. Entonces es que nos llega ahora la invasión de la brujería, aupada desde el mismo Estado totalitario y promovida desde el entretenimiento con canciones como la de Adalberto Álvarez que dice "hay quien dice que no cree en ná/ y va a consultarse en la madrugá". O esa otra de Celina González, ahora en el bombo, "que viva Changó/ que viva Changó, señores". Bueno, y por solo citar un ejemplo, ¿por qué no dicen, "Viva Cristo Rey/ nuestro Señor?", o "voy temprano / en la mañana /a mi misa matutina?

No por gusto ahora las prisiones cubanas están llenas de hombres con "mano de orula", como si la protección del sistema binario de Oddún llegara hasta la justicia y fuera más importante que cumplir los mandamientos de no robarás, no matarás y amarás a tu prójimo como a ti mismo.

Pero, tranquilo, eso no termina ahí. El problema mayor que se nos viene encima son las condiciones higiénico-sanitarias de las comunidades, deterioradas, ante todo porque no tienen como recoger la basura. Eso es lo primero. Pero luego con la cantidad de ofrendas de comida, frutas y animales muertos en las esquinas de las calles y ante árboles y palmas, que se descomponen y crean fetidez, gusanos, trasmisión de enfermedades. Y, ojo. Son ofrendas que la gente pone de una comida que no se pueden comer.

¡Shshshsh! Se siente el sonido de un rayo que electrocuta una palma y la casucha se ilumina con mil bombillos. ¡Praaattt! El trueno y luego los ecos ¡Broooom! ¡Brooomm! ¡Broom! Los tres hombres y la mujer, ante la inminencia del peligro, se agachan, cierran los ojos, se tapan los oídos.

—Picó cerca —ríe el anfitrión.

—Sigue hablando mierda de Changó, que la próxima te cae en la cabeza —ríe Lázaro.

—No me digas nada —señaló su medio hermano—. Eso es por la muela que diste —Todos rieron, entre divertidos y nerviosos. Oportuna, la esposa de Moisés sugiere: Vamos a la casa. Las tormentas, aquí son de película.

3

De película era la cola para entrar al cine, y García Álvarez, se contentó en hacerla para volver a ver *El Gran Dictador*. Le gustan las películas de Chaplin desde niño. Cuando en Cuba hubo cines, iba a las matinés de los domingos de primero, junto a sus dos hermanos menores. Era una forma injusta de ir, pues sus hermanos estaban en franca rebeldía contra su cinefilia. En la sala oscura disfrutó con la *Quimera de oro*, *El Chicuelo*, *El Circo*, *Tiempos modernos*, aunque también el cine soviético invadía las pantallas cubanas, con películas como *Los vengadores incapturables*.

Su pasión por el cine nace en el televisor de la casa con la Comedia Silente. Un espacio de cortos filmados en los principios del cine, cuando aún no era sonoro. Los cortos eran narrados por Armando Calderón con sus voces, payasadas y aquella legendaria frase: "¡De pinga! Queridos amiguitos", que se le escapó mientras narraba, entusiasmado, un tiroteo y una persecución a lo Mack Sennett.

Reía a carcajadas con los nombretes que ponía el narrador: Caraeglobo y soplete, Barrilin, Barrilito y Barrilote, La Marquesa del Challote Relleno, o La Baronesa del Boniatillo Anisado. Era tan feliz. Luego, con el tiempo y la conciencia, buscó otras películas. *Monsieur Verdoux, Un Rey en Nueva York, Luces de la ciudad, Candilejas, La Condesa de Hong Kong,* mantenidas con rigurosa dignidad en la Cinemateca de Cuba, a pesar de los pesares y la sovietización del cine cubano ordenada por los ortodoxos comunistas Alfredo Guevara, Julio García Espinosa y Santiago Álvarez, de quien se dice que el cine cubano se hace a pesar de ellos, no gracias a ellos.

El oficial desconoce a ciencia cierta quien salvó esas películas en la cinemateca cubana. Sabe que, en la ahora desmembrada Unión Soviética, la censura prohibía al Ratón Miguelito de Walt Disney, y también a Chaplin.

Compró su entrada en la calle y subió por la elegante rampa de acceso a la sala. Va despacio, como siempre, disfruta las fotografías que la animan. Entra en la sala y nota con pesar que está abarrotada y su asiento preferido, en el centro de la quinta fila del primer balcón, ocupado por jóvenes mujeres, una de las cuales le saluda. Adaptándose a la oscuridad, devuelve el gesto, sin saber a quién y sube hasta la décima fila, al segmento de la izquierda, y se arrellana para disfrutar la pieza.

El cine La Rampa es conocido en los últimos años como cine de ensayo, eso implica una cartelera fuera de circuito comercial. Quizás por eso le llama la atención al oficial de inteligencia el lleno completo de la sala de dos mil butacas. Absorto está. La mujer que le saludó al llegar se vuelve hacia él y le vuelve a saludar, mientras le regala una sonrisa. Ya sabe quién es y, discreto, le devuelve la sonrisa y el saludo. Momento en que apagan las luces.

4

Empapados por el torrencial aguacero, Moisés, su esposa, su hermano y la visita, entran a la casa. A sus espaldas, y con la puerta cerrada, se sintió el estrepito de una rama de algarrobo que cae al suelo, derribada por el fuerte viento. Tal era el temporal, que la fría lluvia entraba por las persianas. La señora de la casa aprovecha el impase y entra a uno de los cuartos para traer unos paños ruinosos, pero limpios, útiles para secar a los recién mojados.

—Tremendo aguacero allá afuera —habló el hasta ahora silencioso hombre del pulóver verde.

—Sí, está fuerte —adjetivo Moisés.

—Bueno, y aparte de venir a ver el aguacero, ¿a qué más ustedes vinieron? Sus casas están demasiado lejos, para venir solo a eso, ¿verdad?

—Oye, mi hermano, vinimos a verte porque manejamos una idea entre un grupo de opositores para organizarnos y presentar una iniciativa que encuentre una salida a la crisis del país. Nosotros pensamos en la unidad entre diferentes corrientes opositoras a los comunistas, una suerte de concilio que conforme las bases de una reformulación de nuestro país.

—Yo soy bastante escéptico sobre esas cosas —comenta Moisés—. A mí ya me expulsaron de la Universidad Tecnológica por plantear cosas más sencillas que esas, y ni hablar de lo que pasó al grupo de colegas reunidos alrededor del profesor Félix Bonne Cárcases. Todos fueron expulsados, y te recuerdo que en ese grupo hay prestigiosos profesores de carreras como Física y Matemática, de la Universidad. Mira, solo ellos saben lo mal que están —¡Broom! Otra rama cae al piso desde lo alto de un árbol de aguacate.

—¡Eso está feo allá fuera, señores!

5

Sobre el aeropuerto de Opa-Locka se cierne una tormenta y José Basulto le comenta a René la imposibilidad de volar en los próximos días debido a los problemas de presupuesto. Los aviones de Hermanos al Rescate se mantienen en los hangares desde hace una semana, pues las acciones con fines humanitarios que desarrollan no cuentan con la venia del gobierno de los Estados Unidos. También algunos donantes consideran que, tras la crisis de los balseros en agosto, ya pasó lo peor, e invertir dinero en esa organización no es fructífero.

Un joven colombiano sumado al grupo de pilotos se acerca y escucha tranquilo las explicaciones de Basulto, y mira al cielo encapotado.

—René —replica—, si no volamos, nadie nos dará el dinero necesario para volar los aparatos.

—No te puedes desesperar, René, nuestras acciones son humanitarias y necesitan objetivos claros para que la comunidad siga apoyándonos. De otra manera, no podremos rescatar a nadie más en el mar. Y debes estar claro sobre la intención de los cubanos de huir de la isla. Mira, ahí viene Pablo.

—Pablito —dice Basulto—, estamos discutiendo el tema de los objetivos de los vuelos y le planteo a René que debemos circunscribirnos solo al asunto del rescate de los balseros. Pero René opina que debemos acercarnos más a las costas.

—Basulto, ¿para que le haces caso? Tú sabes. Desde que se llevó el avión de San Nicolás de Bari, lo único que quiere es entrar en Cuba con los aviones de Hermanos al Rescate. Déjalo tranquilo, él siempre mira al mismo lugar.

—No te lo permito, Pablo, nosotros debemos ser responsables ante lo que hacemos y debemos volar a cualquier precio para salvar las vidas de los balseros y, llegado el momento, tirar octavillas sobre las ciudades, y los pueblos de la costa norte. Que ellos sepan allá que nosotros podemos y lo haremos.

Escampó en Cabañas. El frío de la lluvia y el olor a yerba mojada crean un ambiente bucólico. Las gallinas, que pasaron el aguacero en las ramas de los arbustos o en la cerca de púas alrededor del patio, siguen allí, y los grillos comienzan temprano su sinfonía pre nocturna. Un jubo se mueve alrededor de un arroyo creado por la lluvia, mientras un hombre pica a lo lejos caña de azúcar para darle a los animales. El hombre del pulóver verde es el primero en salir al patio sin fango, pues tiene como piso una gran roca caliza.

—Tremenda destrucción —señala a los que aún se guarecen—. Y sin luz. Esto va a ser duro esta noche. Por suerte, aquí tenemos pocos mosquitos. Por lo menos, por ahora.

—Pero no te preocupes —le dice Moisés—, ellos son puntuales para la extracción de sangre. ¡Prepárate! Esto es encender la chismosa y meterse dentro del mosquitero y conversar dentro de él, porque si no te vas a morir.

—Na, no te preocupes, mi socio, yo las pasé peor en Angola. Tuve que salir a romper el cerco sobre Cuito, y no quieras saber qué fue eso. Imagínate, hasta el jefe de la caravana se apendejó. ¡Eso si fue de pinga!

—¿Y cuándo estuviste allá? —pregunta Lázaro.

—Del 82 al 84, por el servicio. Era un chamaco. ¿Te imaginas lo que pasó con toda esa gente que se la jugó? ¿Para qué? ¿Para satisfacer a un megalómano? Eso fue del carajo. Ni quiero acordarme. Fue duro. Por eso, Moisés, debemos ponerle el corazón a la unidad de la oposición —Toma aire—. Todos tenemos miedo, mi socio. El asunto es controlarlo, que no se convierta en pánico. El pánico paraliza, y eso es, lo que sucede en Cuba.

7

La tormenta se mueve hacia el oeste y el sol vuelve a salir en el aeropuerto de Opa-Locka. Basulto y el colombiano revisan los Cessna en el hangar, en lo que Pablo invita a René a fumar afuera.

—Oye, socio, aprieta, pero no ahogues, que esta gente se va a dar cuenta.

—¿De qué hablas, Pablito? Bonsái nos indicó presionar desde ya a los gusanos estos para que tomen confianza y, llegado el momento, derribarlos como se merecen.

—Sí, René, pero tiene que ser más suave, no puedes imponer ese discurso ultra. Ellos deben ver este asunto como un proceso que se convierte en algo normal y, cuando llegue la hora, piensen que pueden entrar en Cuba, para después ¡zas! tumbarlos. Pero es poco a poco. Además, ¿cuándo tienes contacto con los federales para denunciar las actividades que hacen y hacerles llegar los planes de vuelo? Recuerda mantener un equilibrio entre lo que pide Bonsái y lo que pueden hacer los federales. Si ellos incautan las avionetas y nos detienen será otro mérito para Clinton y la Fiscal Federal. Ambos intentan demostrar a la Revolución que son buenos, pero nosotros sabemos que son imperialistas y esperan el momento propicio para invadirnos, como hicieron con Panamá y Granada. Te lo pido de favor, no seas tan bruto. Eres piloto. Y baja el tono para poder avanzar. Y cambia la conversación que ahí viene Basulto. Por último —Pablo, baja la voz—, te manda saludos Gerardo. Dice que pronto se pondrá en contacto contigo.

—¿De qué hablan, muchachos? —se introduce Basulto.

—Na, de pelota. Ayer Capiró metió un jonrón que fue del carajo eso. Ja, ja, ja.

—Mira que eres jodedor, Pablito. De todas maneras, tengo buenas noticias. Se resolvió un fondo para combustible y mañana podremos salir a volar temprano. No es mucho, pero es un adelanto, y dentro de tres días pagaremos los servicios aeroportuarios y otras deudas que tenemos aquí.

—Ves, Basulto —sonríe con picardía René a Pablito—. ¡Esa sí es una buena noticia!

8

Se apagan las luces de la sala. Comienza la proyección. Un texto narrado tiene una fuerte carga política. La primera guerra mundial y su lucha de trincheras aparecen caricaturizadas en la pantalla. El hombrecillo ahora vestido de soldado imperial de la ficcionada Tomania, huye de una bala de cañón, salva a un piloto, se monta en su avión, que es piloteado bocabajo. El oficial recuerda esa imagen de su niñez. No entendía como el agua podía salir hacia arriba y el hombrecillo no podía detenerla. Se arrellana en su butaca, regresa a su infancia, al cine de barrio donde disfrutó de las películas de Chaplin. Sin embargo, ahora se detiene en otros temas del filme. El drama de los judíos, el discurso intolerante de Adenoid Hynkel, la similitud con las camisas pardas. El ejército en función de una ideología, la rebeldía del General Schultsz.

Pero una escena lo paraliza. Hanna, la prometida del hombrecillo, en un arrebato de desobediencia les dice a sus compatriotas: ¡No me voy de aquí, esta es mi patria! ¡Quien tiene que irse, es él!

El discurso de Hanna lo asume el público como si viviera en Tomania. Lo hace suyo. Estalla un aplauso, grande, profundo, conmovedor. Se percata el oficial de inteligencia de su estancia en un lugar inflamable. ¿Esto es lo que se piensa? ¿Son más los que piensan así? Sale de su cómoda posición y se pone en guardia. Excepto la mujer que lo saludó no ha identificado a nadie más en el cine. ¿Qué sucedió? ¿Cómo interpretarlo? Cavila aun cuando termina la película. Acababa de participar en un acto de protesta masiva contra el gobierno. Igual o superior al Maleconazo, pues lo anterior fue inducido. Pero esta es una acción fría, no pensada. Sin lugar a dudas, Hynkel es para los reunidos en este cine la representación del Comandante. Entonces ¿cuál es mi papel en esa trama?

XIII
Noviembre 11, del 94

1

—¿Así que te metiste a la chivatería?

—¡Ah, no joda, asere! ¿Qué te pasa?

—Nada. Me dijeron que fuiste a la hamburguesera del gobierno a comerte un bocadito y tomarte un refresco con un papel que te dio la vieja chivatona del Comité de Vecinos. Y esa papeleta no se regala. Es para los revolucionarios.

—¡Coño, asere!, ¿qué pasa? ¿No te das cuenta? Por seis pesos jamé y también jamaron los chamas y la jeva? ¿En qué tú estas, asere? Esto es la búsqueda y tienes que hacer lo que sea pa' jamar. ¿Tú piensas que vas a cambiar esto con la mierda esa de la disidencia? Aquí hay que vivir y dejar vivir. Esto no hay quien lo tumbe, ni quien lo arregle. ¡Oíste, so comemierda!

—¡Comemierda es tu madre! ¡So maricón! —El hombre del pulóver verde se abalanza sobre su amigo, el Cuty, salvado por la intromisión de Pellejo, que vio cómo la conversación subió de tono a las menos cuarto, y él es quien coge el porrazo.

—¡Consolte, dejen eso ya! ¡Asere, vaya pa su casa a formar lío! Aquí esto tiene que estar tranquilo. Cuty, siéntate, nagüe. No le hagas caso al consolte. Desmaya esa talla, mi herma. Dejen la discusión de política para la otra tanda, ahora el cine está lleno. Men, entiende ¡No hay iria! Y si no hay comida, hay que salir a buscarla a como dé lugar. ¿Cuál es el problema, si el Cuty le pasó veinte cañas a la vieja chivatona del comité por las cuatro sillas en la hamburguesera? Esa vieja chivatona también tiene tremenda hambre y hace falta ¡Jama! —Y hace seña con la mano derecha y los dedos indicando a la boca—. ¡Jama, asere, aquí lo que hay e' tremenda hambre! Yo sé que esta frase será famosa algún día. Te lo digo y no me preguntes. Lo que se sabe, no se pregunta. ¡Aquí lo que hace falta es Jama! —Baja la voz, y vuelve sobre la visita—. A ver. Dime, ¿cuál es el bateo porque el Cuty resolvió cuatro sillas en el lugar e mielda ese? Habla, dime, exprésate, recréate, teltulia, platica, conversa, parrafea. —Pellejo logra con sus payasadas bajar la tensión del ambiente.

—Mira, pellejo, este es un comemierda. Se cree el más puro. El más digno…

—¡Comemierda es tu madre! —replica el ofendido.

—¡Eh, eh, eh! ¿Hasta cuándo es esto? Cuty, baja el perfil. Sin ofensa, si no me voy pa' mi cualto y éntrense a trompa hasta que se cansen, y despúes llaman al 911, como en las películas de matadera. ¿A ver, socio, cual es el problema? —Y mira al del pulóver verde.

—Mira, mi hermano —comienza el del pulóver verde mientras una gota de sudor le corre por la ceja buscando el rostro—. El asunto, como dices, es de resolver. Está claro. ¿Pero a qué precio? Nadie se da cuenta. Los hijoeputas estos nos tienen acoquinados a todos. Y todos tenemos que entrar por la canalita, para poder comer, y lo primero por hacer es revelarnos contra eso. Para poder salir de la miseria que vivimos.

—¿Ya terminaste? ¡Sí! ¿Y entonces como la gente va a vivir? Ahora yo me uno al Cuty. ¿Usted es comemielda? —Y acentuó el cambio de la r por la l. Sabe que provoca la burla de sus socios. Su técnica dio efecto, y los tres rieron—. Bien, ¿silvió? Okey, aquí no pasó nada y mañana será otro día. Arriba, Cuty, saca la botella de pataemulo, pa ver si refrescamos la tarde con un trago.

2

Lucas Garve es maricón. Lo asume como tal. Culto, refinado, profesor de francés, acaba de regresar de una beca de seis meses en París, obtenida como miembro destacado del claustro de la Alianza Francesa, una institución que ocupa una vieja casona en

Avenida de los Presidentes. Elegante. A la moda siempre. Se viste hoy, como le gusta decir, "para matar canallas" entre sus jóvenes amantes. Sale de su humilde casa en Mantilla, donde vive con su pareja desde que vino de Santa Clara a vivir a la gran ciudad. Botas tejanas, pantalón prelavado azul, camisa de rayas y un panamá, como corona con una discreta pluma de ave pegada a la decorativa cinta negra.

Sale a Calzada de Managua, camina hasta el paradero de Mantilla, de donde las guaguas desaparecieron hace un par de años. Pero puede montar una máquina de alquiler. Por diez pesos le lleva hasta la céntrica 23 y L, en el Vedado. Es un tramo largo. Salir de ese barrio periférico en el extremo sur de la ciudad y llegar a la vecindad del malecón es una bocanada de aire fresco. Otra gente, otra forma de vestir, otro ambiente. No obstante, la pobreza iguala a todos. Vivan donde vivan.

Desmonta en el Hotel Colina, a una esquina de la escalinata de la Universidad. Sigue camino por Calle L, deteniéndose en la puerta de la Casona propiedad en su momento del gran Fernando Ortiz, en la esquina de 27, y allí saluda a Dolores, la recepcionista. Una de las pocas mujeres negras con título de Doctor en Ciencias desde la República que, además, no se exilió con la instauración del comunismo. Sigue su descenso, pasa por el semáforo de 25, y camina por la acera del antiguo Habana Hilton, ahora Habana Libre Guitart. Llega a la intercepción de 23, mira la espléndida Rampa y el mar al final de la calle. Le gusta el mar. Le transmite inmensidad, violencia y calma a la vez. Cruza la calle con despreocupación. Solo se ven ciclistas. Y los que suben la loma, los menos, no están para discutir con alguien tan elegante que, glamuroso, tropieza cuando el fuerte aire en la intersección intenta volarle su Panamá. Un hombre alto, fornido, de ojos azules y con prematura calvicie viene desde los estudios de la televisión, se cruza con él y sonríe amistoso. ¡Ay!, ¿esa cara yo la conozco?, piensa. Se hace el hombrón, con ese tamaño y sus ojos azules, pero no sabe que aquí el hombrón soy yo. A la entrada del antiguo cine Radiocentro le esperan sus amigos. Pájaras y libres, ¡al fin!, montan una gran algarabía como recibimiento. ¡El francés! ¡El francés!, comienzan a corearle, y él, empalagoso, responde: Se múa, ¿pocúa? —Y asume la mejor de sus poses, al estilo de su amado Freddie Mercury. Todos ríen la payasada.

3

Acaba de ver a ese mulato agraciado y vestido a la moda al que por poco se le vuela el panamá al cruzar Calle 23, y le sonríe discreto. Simpático, piensa. Menos mal no se le voló el sombrero. Hubiera sido una pena. Continúa su marcha, se incorpora a la esquina de la heladería Coppelia. Está citado a la Dirección de Prisiones a una reunión de grupo por su jefe García Álvarez. Se introduce por las galerías de la instalación gastronómica y sale a Calle K, en descenso hacia el mar. Cruza la esquina del palacete que ahora ocupa la Embajada de la India con sus altas casuarinas. Deja atrás a La Carreta, alguna vez uno de los restaurantes de comida criolla más cotizados de ciudad, con su diseño de interiores campesinos. Llega a 19, disfruta la sombra de la tarde reforzada por el follaje de los almendros, rojos en esta época del año. Se detiene en la intercepción con 17, en la misma esquina del Karachi, el night club donde encontró por primera vez el amor. Mira con tristeza el estado ruinoso del antiguo Minimax, un gran supermercado levantado al estilo americano en el año 58, con parqueo en los bajos y en el techo del almacén, ahora vacío y en ruinas. Cruza la calle, se concentra en el edificio gris alto donde lo esperan. Aunque vestido de civil, Reymundo recibe el saludo del oficial de guardia al traspasar el umbral.

Llega justo a la reunión, ya García Álvarez tiene su H Upmann en las manos y se dispone a comenzar su rutina. Las ventanas del salón están abiertas y el aire del noreste bate las cortinas del salón. Crea un ambiente embriagador entre los presentes.

—Bien, compañeros, doy seguimiento al caso de los contrarrevolucionarios presos, en específico de Félix Navarro y Elizardo Sánchez, haremos una propuesta… —Reymundo se pierde lo que habla el oficial al frente. De hecho, ni le interesa, pues él ya hizo las sugerencias sobre la importancia de mejorar el clima de relaciones con los países europeos y liberar a esos contrarrevolucionarios, personas sin interés, ni importancia intelectual o capacidad de convocatoria. Pero siempre está Alejandro, pétreo, retorcido. Es como si tuviera un odio interno, muy grande, contra todo el mundo, como si la inseguridad adquirida en la niñez le acompañara toda la vida y solo la viera, en negro y blanco, defiende y ataca, mata o muere. Se extasía, piensa en el hombre del sombrero cruzando Calle 23. Su elegancia. ¡Con ese sombrero! Ay, es un sueño. ¿Por qué en Cuba la gente no se vestirá elegante? ¿Con garbo? No tienen clase, ni los jefes, ni los ministros tienen clase. Son una pila de mamarrachos en guayabera, o con los pulóveres con imágenes revolucionarias llenos de consignas. Pero ese hombre con ese panamá, con esas botas tejanas. Eso es elegancia, eso es valer. Déjame atender, que Alejandro me hace señas. ¿Qué? Hace una mueca interrogante. No entiendo nada. Toma un papel, escribe algo, revisa. Lo dobla y lo pasa a Samper, a su lado y con un gesto sugiere lo pase a Alejandro. Con desinterés, Samper pasa la nota al destinatario que, al desdoblarlo y leerlo, no hace gesto. Lo vuelve a doblar como estaba y lo guarda en el bolsillo izquierdo de su camisa. Su mano queda justo sobre el corazón, signo íntimo de beneplácito.

4

Dos horas después y dejado atrás los resentimientos por la discusión, Pellejo duerme la mona sentado sobre un tronco en el patio, con la cabeza metida entre las rodillas y babeando. Su rostro flaco y sin rasurar representa más de los treinta y nueve años que tiene. Sus costillas, desnudas por el calor, competirían con Rocinante, mientras sus pies descalzos marcan la huella de un tiempo que no tiene. A un par de metros, y menos dramático, el hombre del pulóver verde mira al cielo acongojado y continúa su reflexión.

—Cuty, esto es duro, asere. Lo que le pasó a Idalmis me tiene en un hueco de donde no tengo forma de salir. No sé qué es peor para mí: su muerte o su partida. Que se fuera, muriendo. O que, muriendo, se fuera. No tengo la menor idea. Fíjate, dicen los psicólogos, que a los niños les afecta menos la muerte de los padres que su divorcio. Fíjate cuanta locura. Ellos dicen, si los niños pierden a sus padres, el cambio es duro, radical, y se ven obligados a "articular más rápido" —y hace con los dedos la señal del entrecomillado. Sin embargo, si los padres se divorcian, el evento es menos dramático. Deja la esperanza de la reconciliación y de vuelta a la zona de placer, con sus juegos de roles y todo lo demás.

—Men, según lo que tú mismo dices, ya Idalmis murió, colgó el sable, se fue del parque, guindo el piojo, como quieras decirle. Así que debes recuperarte, poner de tu parte y salir del bache. Buscarte otra jeva y comenzar de nuevo tu vida como era. Ni buena, ni mala, como era. ¿Además, tú fuiste alguna vez monovaginal? Así que mira al horizonte y busca dónde pescar. La vida es una sola y la tuya no va ni por la mitad.

5

Sentado en la barra del bar Tropical, en Avenida Línea, esquina a F, Lucas se ríe a carcajadas, escandaloso, para llamar la atención de un mulato en camisa manga corta que un poco más allá toma una cerveza Tecate. El bugata comprende la seña y se acerca poco a poco, como quien no quiere llegar, y levanta las expectativas del profesor ante la tentadora oferta.

El Tropical antes se llamó Eloys Bar. Cambió de nombre luego de que el gobierno le quitó el negocio al connotado revolucionario Eloy Gutiérrez Menoyo. Está concebido en dos niveles que salen desde la acera. La escalera hacia arriba, a la barra y a un amplio mirador acristalado sobre la calle. La escalera hacia abajo, al sótano, al reservado. El bar se comunica con el reservado por una escalera de caracol. Eso le da ventaja para las citas a escondidas, o los ligues casuales, como el que se madura.

—¿Y tú tomas eso, este tu niño? —Arranca el conquistador.

—¿Por qué? ¿Me brindas una mejor? —responde el prostituto.

—No, hijo, no. ¿Quién crees que eres, Sidney Poitiers? Mira, te pareces más a Alden Night, lo único que te falta es la boina de miliciano. Te preguntaba porque esas cervezas mexicanas son tan malas. ¡Ay! —y hace señal de asco—. Saben a meao de viejo.

—¿Y cómo lo sabes?

—Eso es un decir, ¿Por qué?, ¿me darás a probar del tuyo? Eso debe a saber a guarapo de julio… ¡Desabrido!

—Jajaja. Tú hablas mucho. ¿A qué te dedicas?

—¡Ah! ¿Porque ahora eres de La Pesada? ¿Me vas a arrestar?

—Yo no soy así. Soy más suave. Los que la portan bien, no tienen ese problema. De mirar, la gente se engancha. Te imaginas.

—Suspendí la asignatura de imaginación en la escuela. Lo mío es como Santo Tomas de Aquino: ver para creer.

—¿Por qué no bajamos y conversamos más tranquilos allá abajo?

—¡Ay, niño! ¡Eres sofocante!

6

Al terminar la reunión, los oficiales salieron juntos, excepto García Álvarez que permaneció hasta el final escuchando las instrucciones del oficial al frente de la reunión. Al salir a la calle, Alejandro le dijo a Reymundo que fueran al estacionamiento a recoger el carro, a lo que asintió en silencio. Se montan en el viejo auto soviético, y salen a 15, llegan hasta Avenida de Línea, en otra época, Woodrow Wilson, en honor al vigésimo octavo presidente de los Estados Unidos. Doblan a la derecha con cuidado y siguen de largo en el semáforo para doblar a la derecha en M. La calle está a oscuras, pues el alumbrado público está en receso desde hace cuatro años. Pasa por delante del siempre elegante edificio Focsa y no se detienen hasta 23, donde Alejandro vuelve a girar derecha, al igual que en L. Entran al aparcamiento del Instituto de Radio y Televisión. Como no ve a nadie a esa hora, y momentos antes de que articule el picaporte, lo aborda.

—¿Qué te pasa, chico?

—¿Que me pasa de qué, Alejandro? —responde el periodista con otra pregunta, como es costumbre si quiere evadir respuestas sentimentales.

—Te he llamado en diferentes momentos y no respondes. Sin embargo, es fácil saber que estás todo el tiempo en la oficina de logística y no hablando con la muchacha de Marianao, a la que llevaste los últimos días a su casa.

—¿Me espías acaso? —Reymundo pone cara de enojo, pero en verdad la situación, más que preocuparle, le divierte—. Tú eres un hombre formal, conservador, casado, con dos hijos varones, y nunca tienes tiempo para mí. Sí no estás espiando a Pepe, estás en provincia, y si no estás de padre ejemplar. ¿Y yo, chico? ¿Yo, cuándo existo para ti? Tú tienes tu mundo, y yo tengo el mío, y no puedes estar sofocándome así.

—¿Quién te dijo que yo espío a García Álvarez? ¿De dónde sacaste esa información? —La tortilla se vira, y Alejandro comprende que cayó de nuevo en la telaraña de Reymundo.

—Ay, Alejandrito —Vuelve a la carga—. Tú no sabes todavía que trabajas en un departamento de inteligencia. Y que el noventa por ciento de la información secreta es pública. Solo debes observar el escenario. Aquí la guerra es diferente. Esto no tiene nada que ver con heroísmo, ni valentía. Aquí no dan medalla por eso y, mucho menos, ascensos. Aquí lo importante es tener información. Y la información es pública, papi.

—¡No me digas papi, Reymundo!

—¿Pero qué pasa ahora, Alejandro? Nunca podemos vernos y, si lo hacemos, te pones a discutir. ¿Qué pasa, papi? ¿Qué convenimos? ¿No habías hablado con el jefe de las casas de seguridad para esta noche?

—Sí, hablé. Y me dejaron disponible la del Wajay.

—¿La que me gusta a mí? ¿La del jardín precioso, las cortinas de ganchillo, y los ventanales a la piscina? Ese matrimonio que cuida la casa tiene un buen gusto increíble, y lo humildes que son.

Siempre está todo organizado y limpio —De pronto se dispara una alarma en el rostro de Reymundo—. ¿Pero te la dejaron provista de víveres? o vacía, como la vez que fuimos a la de San Agustín, por la autopista Novia del Mediodía, y donde solo había agua en pomo, y cuatro croquetas frías de por la tarde.

—Está con todo: Jhonnie Walker, Jack Daniels y Crown Royal, entre los wiskys. Cerveza Heineken y Pilsner. Para comer, frutas, embutidos y quesos, además de galletas de sal. Ayer alojaron a alguien proveniente de Miami, un tal Gerardo, se relaciona con unos aviones. No está claro. La avituallaron para él como si estuviera "allá mismo". Así que sobre el condumio no tendrás problemas, comelón. Pero no habrá bañadera en la piscina. Recuerda al custodio. Él vive cerca y no quiero preocupaciones. La última vez se presentó una visita de gobierno y menos mal que teníamos los dos carros y pudimos barajar. ¡Faltó poco!

—Alejandrito, ¿y si yo traigo dos amigas "pan con pasta"? Hacemos el paripé. Y allá adentro, cada quién por su lado, o como si vamos todos juntos. Además, si vas con una de ellas en el carro, hasta puedes pasar por casa del portero para que sepa que no puede molestar y que para cualquier cosa te llame primero. ¿Qué te parece?

—¿Y son de confianza, Tati? —pregunta receloso, pero ya relajado, mientras se pasa la mano por la barbilla y sostiene el brazo en la ventanilla.

—Ay, menos mal que cambiaste. ¡Claro, viejo! Una de ellas es militar. Muy discreta ella. Así tenemos garantizado el Secreto de Estado.

—¡Qué maricón eres!

—¿Y tú? Tú eres el "Mayor" maricón —Sonríe tras su juego de palabras. Reymundo se despide y va a buscar su coche a unos metros de distancia. Alejandro, da marcha atrás, sale del estacionamiento, y espera ansioso que su colega salga para seguirlo en busca de sus amigas.

XIV
DICIEMBRE 8, DEL 94

1

—¿Qué tenemos para cenar? —preguntó el Presidente del Parlamento a su criada de solo pasar el umbral de su casa—. ¡Tengo un hambre voraz!

—Lo que usted sugirió ayer, Ministro: Pescado a la plancha, con trufas y pedazos de fruta bomba, cubierto de Queso de Cabrales, lechuga romana y Agua Sheltz. De postre, rumkugel. Como usted sabe, unas bolas de chocolate y coco rallado, cubiertas de fideos, y en el centro Ron Bacardí añejo ocho años.

—¿Qué tipo de pescado? —preguntó, confiado de saber la respuesta.

—Pez Plátano. Como sugirió usted la semana pasada, luego de leer el libro de Salinger

—Aaah, muy bien. Así me gusta. Que usted sepa complacer a quien sirve. Por cierto —pregunta a la criada, y fija en ella sus ojos azules y su enorme cabeza— ¿mi esposa está?

—Salió con el chófer a visitar al Comandante, que le esperaba.

—¡Ese hijoeputa! —piensa. Y por su memoria pasa cómo el caudillo arrincona a las esposas de sus subordinados inmediatos como forma de humillarlos. De cómo manda a Núñez Jiménez de excursión, hasta al Polo Norte si es necesario, con tal de solazarse con su mujer, y cómo hace lo mismo con la esposa de Cabrisas, el Ministro sin Cartera, y hasta la del judío Masiques, dueño de los negocios con el exterior. Grosero, brutal. Ni las botas se quita pa singar. Las viola…

—¿Decía? —pregunta, imprudente, la criada

—Nada, nada. ¿En qué tiempo está lista la mesa?

—Cuando usted ordene —responde al comprender su error y tira su ego al piso.

—¿Y dónde encontraron el pescado? Sé que es una especie poco conocida.

—Lo trajeron de Estados Unidos, Ministro. De los pantanos de Luisiana. Dicen... —y la mujer abre los ojos y se ríe para sus adentros— que es una especie muy preciada en la zona del Bayú Plaquemine.

—¿Que dices, negra? —pregunta, indignado.

—Bayou Plaquemont. En la Luisiana —Por si acaso, la criada pronuncia el nombre del punto geográfico en perfecto francés.

—¡Aaah! ¿Sabes? —dice el burócrata en pose de sabelotodo—, la Luisiana fue nombrada así en honor a Luis XIV, Rey de Francia, por el explorador Cavelier de La Salle. Este caballero reclamó el territorio del río Mississippi para Francia. Le llamó *La Louisiane*. Eso significa «La tierra de Luis». Antes era parte del Virreinato de Nueva España, al cual pertenecía la Capitanía General de Cuba. Por eso a los gobernadores españoles aquí se les llama Capitán General. La Luisiana fue incorporada a los Estados Unidos el 30 de abril de 1812.

—¡Que casualidad, Ministro! El día de su cumpleaños —Esto último, ya dicho en plan de guataquería, y baja la cabeza fingiendo humildad.

—Así es —dijo, satisfecho de su erudición.

2

—¿Qué tenemos para comer? —preguntó el hombre del pulóver verde a sus amigos al pasar el umbral del apartamento del barrio para obreros en Alamar—. Estoy herido en el alma.

—Pues la herida se profundizará y, si te damos puntos, sabrás, es sin anestesia.

—¡Coño, caballeros, no me hagan eso! ¿No tienen nada de comer? Pedalear hasta aquí y que no haya nada. ¡Eso es duro! —Y mientras habla, recuesta la bicicleta bajo las ventanas de la casa.

—Comer, comer, lo que se dice comer, tengo poco o nada. Pero como hermanos te puedo decir: la situación está difícil, pues no conectaron aún la electricidad. No tengo querosén para cocinar, y eso matiza lo que se pueda hacer. No obstante, tengo col y toronja suficiente para inventar algo. Pero, de paso, lleva la bicicleta para el balcón, ¡que ensucias la pared!

—Bueno, la llevo para el balcón, pero amenázame con algo más que la col hervida, por tu madre. Por cierto, ¿tú sabes que la col es una hortaliza con alto nivel de cianuro? Claro, no vamos a morir por comérnosla, pero ¿sabías eso?

—¿Eso tiene relación con la neuropatía óptica?

—No, compadre. La neuropatía tiene dependencia con la falta de comida y la ausencia de vitaminas. Mira, supón. El cerebro envía las señales al cuerpo mediante unos cables. Ellos, a su vez, están constituidos por la sirga y la cobertura. Como los cables de teléfono. ¿Ves? Esa cobertura está compuesta de las vitaminas consumidas a diario. Al no suministrarle las vitaminas suficientes cada día, los cables se pelan y entran en corte. De ahí que, de pronto, pierdas la visión, la locomoción y otras tantas funciones del cuerpo que nosotros ni sabemos, porque no nos enteramos. Uno piensa en la falta de comida. Eso te pone flaco, y es verdad, pero además te deja pelaos los cables de trasmisión de señales. Decirle a manchaeplatano que el problema de la neuritis era un tema de comida le costó el cargo al viceministro de Salud Pública.

—Y el viceministro ese le dijo eso a manchaeplatano. Coñoo. ¿Ese tipo tá loco? Con lo hijoeputa que es patilla. Desapareció al pobre médico ese, ¿no?

—Ese es el problema. Lo mandó de médico para un hogar de ancianos en calle Ayestarán. Y según me dijo una trabajadora del Hospital Ameijeiras, socita mía, tienen ahora mismo sesenta mil enfermos. Por eso, inventaron el polivit, que la gente les da a los pollos, o le echan al arroz para darle color amarillo. El polivit suple la carencia de vitaminas. No el hambre.

—¡No llores más, coño! Aquí tenemos como diez croquetas de fricandel. También tengo perro sin tripa y como dos libras de picadillo texturizado.

—¿Y qué cojones son esas cosas, mi socio?

—¿Tienes algún problema con eso o que esté un poco verde?

—¡No, hijo, no! Voy a hacer un banquete con eso

3

—¿Que tenemos pa' jamar? —preguntó Chuchú a Lucinda, su mujer, al cruzar la puerta, y le da una nalgada. Toma un tenedor y pincha un pedazo de carne que se cose en la olla—. ¡Estoy partío! —reclama

—¡Saca la mano, condenao! —protesta la mujer—. Cuantas veces te he dicho, no metas la mano en la comida, y menos sin lavártelas. ¡Dios sabe dónde la metiste por ahí! ¿Qué ejemplo le das a A y B?

—Y si me lavo las manos, ¿entonces puedo hacerlo?

—Tampoco, caramba. Tú piensas que así se educan a los muchachos. Con los malos hábitos esos que traes de la calle. Y las mujeres esas con las que te revuelcas por ahí.

—¡Mami, Coño! Solo metí la mano en la olla. No te vayas por ahí.

—Jesús Rodrigo Manuel de la Caridad y Camilo de Lelis Rodríguez… y García. ¿En dónde tú andabas que no negaste eso? —Lucinda se vuelve fiera de uno a cien en menos de ciento veinte centésimas de segundos.

—¿Cómo es esto? Uno mete una mano en una olla y hasta le pronuncian el nombre completo —Chuchú sabe está en terreno pantanoso y decide salir rápido de ahí—. ¡Ay, mi vida! —El hombre se vuelve meloso, acaramelado—. ¿Dónde tú piensas que estaba? Yo andaba resolviendo cosas para la casa, para ti y los muchachos.

Mira, ahí traje como diez libras de carne de res de primera. Medio saco de arroz, dos galones de aceite de cocina, medio tubo de jamón, ¡de verdad! Nada de agua. Y berenjenas, para que la hagas empanizadas, como me gustan. ¡Ah! Y quimbombó, que resbala con la yuca seca —Y tira un elegante pasillo, a lo Fred Astaire.

—Ay, quimbombó, papi, que rico, cómo me gusta. Eres un ángel mi amor. Soy una mujer afortunada.

—Sí, mami, pero échale limón, como dice NG La Banda, para que le cortes la baba esa que a mí me revuelve el estómago.

—Sí, mi vida, no te preocupes. Yo te lo voy a hacer como a ti te gusta y después… después, te voy a tirar del armario… para que las brujas esas con las que tú andas por ahí sepan que no es NG la que manda. ¡Soy yo!

4

—¿Qué tenemos para comer? —preguntó la mujer a su esposo y padre de sus hijos, cuando llega a casa, mientras se quita el uniforme de médico militar.

—Amor, te diré que al pescado comprado ayer por la libreta de racionamiento le corté la cabeza y la cola y las herví con sal, un diente de ajo picadito y una hojita de hierba buena. Verdad que eran pocas y chiquitas. Colé el caldo, le eché dos laticas de arroz, otro dientecito de ajo, y otro poquito de sal, que no hay mucha, y tenemos arroz con sabor a pescado. El tronco del pescado lo herví hasta desintegrarlo. Hice una masa de croqueta con la harina que le compré al panadero y los dos huevos que quedaban, más unas hojitas de perejil. Me salieron como veinte. Están bastante buenas. Claro, las freí sin grasa. No tenemos. Pero asaditas así, no están mal. Tampoco los platanitos "fritos" —y hace la señal del entrecomillado con los dedos.

—Cuantas veces te he dicho que no es libreta de racionamiento, si no de abastecimiento. Oye, no te das cuenta. Soy militar, y esa gente de la contrainteligencia siempre nos persigue. Si se enteran de que tú dices de racionamiento, me pueden botar por diversionismo ideológico, y hasta acusarme de traición a la patria.

—Eres dramático. Jajaja. ¿Te van a botar del hospital, por decir eso? ¿Cuál es la tragedia? Si, además, siempre te pido que salgas de ahí. Lo militar, no da nada. Tus jefes se lo llevan todo. Ellos tienen carro, gasolina, reciben cestas de comida de sus amigos, jefes como ellos. Y tú, con tu grado de Mayor, solo eres una pieza a sacrificar en su ajedrez, a la que, para contentar a fines de año, le dan una medalla por el desembarco del Granma, otra por Servicio Distinguido, un poco de arroz, frijoles, unas latas de carne, un par de libras de queso y cierra el galpón. Eso no es vida, mi ángel. Incluye, que no se me olvide, una noche de guardia en el hospital cada diez días. ¿Para qué?, pregunto yo.

—Mira, mi amor… —y alarga las palabras—. Hemos hablado de eso. Esa es mi profesión y, mal que bien, vivimos. Antes había más cosas, muchos pacientes me hacían regalos. Los guajiros traían aquellas ollas llenas de manteca y chicharrones. O me traían perfumes caros. Hasta un loco se apareció con una caja de tabacos Cohíba Lanceros, número siete. No sé para qué, si yo no fumo, pero había la posibilidad. Ahora, la situación está difícil. Antes teníamos dos veces al año una casa en la playa, con precios rebajados y transporte. ¿Recuerdas?… así fuimos a Topes de Collantes, a Santiago de Cuba, a la Playa de Santa Lucía en Camagüey, e íbamos a almorzar los fines de semana a la Casa del Ejército en la playa de Santa María del Mar. Ahora es un mal momento, ¿qué quieres te diga? ¿Y si de pronto esto estabiliza? ¿Lo perdemos todo?

5

Muy sabroso todo —dijo el Presidente del Parlamento y pidió por señas un mondadientes—. Aunque el pescado tiene gustillo a Tenca, por su fuerte sabor. Sin embargo, no tiene mucha grasa. Muy sabroso con las trufas y el Queso Cabrales. Ni hablar del rumkugel. Creo, es mi postre preferido.

—Como usted sabe, Ministro, casi siempre los pescados de agua dulce tienen el mismo sabor.

—Sí, eso suele pasar. ¿Por cierto, que pasa con las servilletas de seda? No tienen bordadas mis iniciales en el centro, ni los anillos de plata.

—Recuerde, Ministro, usted mandó a cambiar toda la cubertería y la ropa blanca, con su amigo, Roa Kouri, el Embajador en Roma, y aunque el huacal de la Valija Diplomática con sus cosas ya están en el aeropuerto, el vicecanciller Moreno aun no envía a sus subordinados a buscarlos.

—¡Qué es eso! ¡Qué falta de respeto es esa! ¡Ese Robertico! Canciller improvisado. No sabe con quién se mete. Él va a meter la pata y yo lo estaré velando. Al que velan, no escapa. ¿Así que no mandaron a buscar mis cosas, aún? —rumia una nueva idea el Presidente del Parlamento—. En la próxima reunión del Comité Central del Partido, sabrá lo que es bueno. Si para esa fecha no están mis cosas aquí, yo mismo me encargo de hacerle un número ocho ante el Comandante.

6

—¡Coño, mi broder!, qué rico está esto. ¿Cómo lo resolviste? Además, es la misma col y la misma basura esa del picadillo texturizado de todos los días —Se relamió el del pulóver verde.

—Na, mi hermano, muy sencillo. Coges la col y la picas. Luego la trituras con las manos. ¿Cómo digo...? Como si le rompieras la espina dorsal, eso hace que la col este más suave. Luego la hierves con unas gotas de cocimiento concentrado de hierbabuena y la maceras con un par de dientes de ajo, grandes. El picadillo lo hierves bien, varias veces, no menos de cinco. Como haces con la toronja para quitarle lo amargo, pero en el picadillo para quitarle lo ácido.

¡Y ya está! De pronto tienes una col con picadillo, con el doble de tamaño. Claro, antes tú sabes. Hiciste el puré de tomate con el que vino a la placita. Recuerda, estamos en cosecha, y de ahí viene el saborcito. Ah ¡eso sí! tienes que contentarte con la grasa del picadillo o el que le echaste al tomate. Otra, no tenemos.

—Compadre, cómo inventa el cubano —cierra el agasajado—. Nos debieran dar el Premio Nobel de Química.

—Pero, espérate, asere, ¿no te vas a tomar un cafecito antes de irte? —Sonríe el anfitrión.

—Dale pacá… No estoy apurado. El innombrable sigue *habla que te habla* en la televisión y, de todas maneras, a mí no me espera nadie —dice, mientras una sombra de tristeza cruza entre sus ojos.

7

—¿Dime, machi, te gustó la comidita? —le dice la esposa a Chuchú, todavía sentada en la mesa y mientras lo mira amorosamente. Sin cambiar la posición, se vira para sus hijos y pregunta: ¿Quién recoge? ¿Quién friega? Arriba A, no seas haragán y comienza a recoger. B tiene que ponerse a estudiar después de fregar. Mañana tiene pruebas y tiene que salir bien —Como mismo dio las ordenes, se vira de nuevo hacia su pareja—. ¿Dime, machi, te gustó la comidita?

—Sí, mi ángel. Estaba riquísima. El caldo de pollo sabrosísimo. Hacía tiempo no me tomaba uno así, tan rico. El arroz amarillo, ni qué decirte, además lo hiciste como me gusta, con las postonas grandes. Así, que se sienta que comes carne, y los pedazos de ají pimiento así, en tiras. Coño, eso da un sabor del carajo. No arroz a la acuarela, como me daban en el servicio militar.

—¿Cómo es eso de arroz a la acuarela, machi? —pregunta, intrigada, la mujer.

—Eso fue un invento de mi socio, el del pulóver verde. De las cosas que se le ocurren a él. Un día estamos en el comedor de la unidad y sirven un arroz amarillo. Creo que fue en una comida. Arroz amarillo, pero amarillo, sin nada de nada, ¡de nada! —Y agranda los ojos—. Al jodedor se le ocurre decir en voz alta: ¡Coño!, ¡qué rico este arroz a la acuarela! Se puso tan fatal. Tú sabes… a él le pasa todo. Ahí estaba el capitán y después de la discusión por poco lo mandan para el calabozo. Ahí se salvó. Esa vez no lo metieron en el calabozo.

—¿Y cuándo lo metieron en el calabozo, machi?

—De jodedor se le ocurrió salir con un cartel que decía "Libertad para Nelson Mandela y comida para Modesto Luna".

—¿Cómo fue eso, machi?

—Modesto era un compañero de la unidad militar. De Camagüey. En esa época, buscar comida era tan malo como ahora. Imagínate, él no podía ir a su casa a comer de vez en cuando, como nosotros.

—¿Cómo ahora, machi?, ¿tú estas seguro? —Y acerca la silla a donde está sentado su esposo y comienza a acariciarle el lóbulo de la oreja, señal de su deseo marital. Total, piensa ella mientras escucha a Chuchú, una buena comida y detrás, un buen palo…

—Bueno, no. Como ahora, nada —dice Chuchú, que coge la seña de su mujer y agradece a Dios que hoy no le va a esquivar en la cama, con el argumento del dolor de cabeza. Pero continúa con su narración—. Nunca en este país hubo tanta hambre como ahora, y gracias que yo resuelvo. ¿Porque te imaginas cómo viven los vecinos de al lado? Bueno, en esa época, en el cuartel solo daban calamares, y el pobre Modesto se iba en diarrea cada vez que olía el calamar. Como no tenía familia aquí, y solo ganábamos siete pesos, te imaginas, podía hacer muy poco, si no era morirse de hambre. Entonces había un tipo que todos los días salía en el periódico, un tal Nelson Mandela. Un negro surafricano, preso por terrorista, pero que ya estaba por la negociación y la lucha pacífica. Había tremenda campaña para liberar al tipo. Por todos lados había carteles que decían, Liberen a Nelson Mandela, Liberen a Nelson Mandela. Y el jodedor del pulóver verde junto a Chacha Ríos y el Godo Feria, en plena formación matutina, se aparecen con un cartel. "Libertad para Nelson Mandela / Comida para Modesto Luna". Ahí mismo se armó el "sal pa fuera". Lo acusaron de rebelión y traición a la patria. Dime tú, a unos muchachos de 17 años. Seguro lo hicieron, quizás hasta pa' joder, divertirse un rato. Resultado: los militares se los llevaron presos. Recuerdo esa imagen, era por la tarde, y ellos iban tirados en un camión, con las manos amarradas atrás, y dos fusileros del Batallón Disciplinario con Springfield escoltándolos.

Lo condenaron a cinco años en prisión militar. Pero, por detrás, se llegó a un acuerdo: Si iban de "voluntarios" a cumplir misión internacionalista no les condenarían. Luego supe por él, me lo contó, que una noche lo sacaron de la prisión militar, la quince ochenta, la que está por Guanabacoa, y lo llevaron para la unidad de Tiscornia. A los dos días, llegaron unos oficiales de la contrainvento, y le dijeron espera aquí. Te vamos a mandar a Siria. Pero pasó la semana. Otra noche lo fueron a buscar y montaron en la bodega de un barco, el Batalla de Jigüe. Sin pasar por Loma Blanca, en Managua, donde concentraban a los militares que iban a la guerra y le ponían las vacunas contra la malaria y esas enfermedades de allí. Así llegó a Angola, donde ganó la medalla internacionalista de primera clase, la Orden Ignacio Agramonte al valor, por romper el cerco a Cuito, y la Medalla Servicio Distinguido. Así que ya sabes quién es el tipo. Es un pingú.

—¡Coño, machi! ¡Qué guapo tú eres!

8

—Papá, le quedó sabrosa la comida —dijo, respetuoso, X a su padre, mientras ponía los cubiertos en cruz sobre el plato. A la vez, M, más activa, se levanta y comienza a recoger los platos y la fuente de la mesa, mientras tararea una ranchera de Juan Gabriel.

—Mamá, ¿que es el Guayafongo? —pregunta M, que detuvo su canción, tan súbito, como la empezó. De un salto, se para al lado de la madre, la última siempre en terminar de cenar, pues se preocupa por todo, y mastica más despacio.

—Qué se yo, M. ¿De dónde sacaste esa palabra? ¿O la inventaste de nuevo, como cuando inventas cosas? Mi amor —se dirige al esposo—, ¿a quien salió esta hija nuestra tan inventora? A mí no.

—Será al amigo tuyo ese. El del pulóver verde. Al que conociste en Angola —La médico palidece ante la sola mención de su amigo. Hace como que busca algo debajo del mantel. Detrás de ese inocente comentario, sabe, se esconden los celos infinitos de su marido, por su viejo conocido. Viejo conocido, que le mantiene en permanente duda. Por una parte, le interesa la fidelidad a su esposo, a quien ama, la estabilidad que se propician y la unidad para la educación de sus hijos, sin la cual ni en este ni en ningún tiempo se podría llevar adelante la creación de la familia. Por otra parte, el mencionado es un hombre, y un amigo. No sabe si será hombre para el matrimonio. Pero sabe que es atento y oportuno y, sobre todas las cosas, leal y discreto. Y eso vale mucho en un hombre.

—Papa, ¿que es el guayafongo? —pregunta ahora X como si volviera de su abstracción permanente. Porque si M pregunta, por algo es.

—Miren —dijo el padre como si fuera a dictar una cátedra—. El Guayafongo es un invento de una cafetería en Buey Arriba, allá en Oriente. Al empezar La Gran Crisis, a un sesudo se le ocurrió decir que inventó un batido o un jugo, vaya usted a saber, mezcla entre guayaba y un tipo de plátano que en la Sierra llaman fongo. Lo cierto…, en la cafetería, no tenían ni suficiente guayaba, ni suficiente plátano para hacer las bebidas por separado. Ese brebaje hubiera sido un asunto aislado, si a un periodista del semanario *La Demajagua*, editado en Oriente, no se le hubiera ocurrido publicarlo, en titulares, como un avance de los servicios gastronómicos. Una gran falsedad. Además, decir que la formula le fue sugerida por el pensamiento del Comandante, y su famosa consigna. Hacer más con menos. Que, en definitiva, yo creo ni es de él.

—¡Papa, yo quiero ser japonés! —dice X, y sale de su abstracción, con sus conocidos sorbetos.

—¿Qué es eso, X? —pregunta la madre, sorprendida por la propuesta de su hijo. Supuestamente hasta ese momento, lo único que conocía de los japoneses eran los manga-anime, presentados en la televisión. En especial, *Los gatos voladores,* una serie animada, y le parecían bastante excéntricos aquellos felinos. Luchan contra el mal, mientras venden pizzas de queso.

—¡Esto es lo único que me falta! X quiere ser japonés. Si Carlos Manuel de Céspedes y Antonio Maceo despiertan… luego de luchar y morir por el orgullo de ser cubano, y se enteran de que mi hijo quiere ser japonés, se vuelven a morir.

—Mamá, yo quiero ser japonés. Si soy japonés, tengo yenes. Si tengo yenes, tengo dólares. Y si tengo dólares, puedo venir a Cuba con los dólares a comprar cosas para la comida.

—Bueno, menos mal que el sorbeto tiene cierto pensamiento lógico —dice el padre.

—El problema es…, si eres japonés tienes que reunir dinero japonés para venir a Cuba y eso ya es otro problema —dice la madre.

—Sí, pero los japoneses pueden viajar. Y nosotros no —usa la contrarréplica el muchacho.

—¿Quién le enseña eso a X? —dice la madre y mira furiosa al padre.

—A mí no me mires —reacciona rápido el padre, antes de involucrarse en otra discusión de sobremesa—. Eso es de lo que hablan los muchachos entre ellos, en la calle, en la escuela, cuando juegan, no sé…

XV
ENERO 24, DEL 95

1

Esa mañana, al llegar a la oficina, García Álvarez tiene sobre su mesa un telefonema de la jefatura, citándolo al 7mo piso del edificio A. ¿Qué pasará ahora?, se pregunta. Saca un cigarrillo de la caja y comienza su rutina. Devuelve la llamada y confirma que a esa hora estará en el lugar. Continúa con sus labores del día, que incluye por estos tiempos comunicarse con la mujer que lo saludó en el cine La Rampa.

La conversación con la Doctora en Artes es amena, pero aun todavía protocolar. Es un hombre medido en tema femenino. Le gusta acercarse paso a paso. Por eso prefiere dejar en las conversaciones con Ana ese sabor a continuar. Durante un tiempo (varios años) no supo de ella. Volver a ver a su profesora de Arte Africano en la Facultad de Historia del Arte de la Universidad, por lo menos es interesante. Lo que más disfrutó de sus clases, además de sus conocimientos, era como se movían sus nalgas mientras escribía en la pizarra. Aunque se hubiera acercado a ella, estaba casada con un militar y tenía un hijo. Además, estaba encubierto en esa clase con manto y leyenda de estudioso de los cultos africanos. La razón: una filtración de información entre los Santeros, Paleros y Abacúas de Regla y Guanabacoa, que terminó en el asesinato de un confidente de la policía. Él asesoraba al próximo agente a infiltrar en ese círculo sincrético.

A la hora prevista está en el Punto de Control de Pases del Ministerio, a un costado de los edificios centrales, por 19 de mayo. Le espera el mismo oficial de enlace de las últimas veces, lo que no impide surja la curiosidad sobre el tema de hoy. No tiene información de nuevas situaciones operacionales. Mientras extiende su identificación para asentar sus datos en el libro de visitas al Vicemi-nistro y recibe el feo solapín color verde, con la identificación A1, cavila sobre el motivo de esta reunión. Solo existe un rumor sobre una relación homosexual en la Dirección a la que pertenece.

No es homófobo. Ve el asunto como de preferencia sexual. Pero sabe que tal conducta trae graves consecuencias para los implicados y todo lo que lo rodea, inclusive los mandos. Por eso le parece bien el *Don't ask, don't Tell* que el Presidente de los Estados Unidos, Wi-lliam Clinton, propuso para sus militares y que el Congreso norte-americano acaba de aprobar.

No preguntes, no digas, es un paso de avance. Peor es el grupo de homosexuales escondidos bajo fachada de heterosexuales, que al final desarrollan personalidades reprimidas y retorcidas. Es como los curas y la pedofilia: si les dejaran tener esposa, no habría tantos problemas. De todas maneras, los homosexuales desarrollan lógicas de grupo, que incluyen la identificación y la ayuda mutua.

Es más, ¿cuál es la doble moral de aquí, en el mismo Ministerio, contra los maricones, si se sabe que la mayoría de las compañeras que trabajan en las prisiones de mujeres son lesbianas? ¿Por qué a ellas no las encausan por el mismo problema? El famoso machismo encerrado en una frase: *"Un hombre vestido de mujer..., es mari-cón. Una mujer vestida de hombre..., es una mujer mal vestida"*. A las personas se les debe valorar por su conocimiento, entrega al tra-bajo, actitud social, convicción revolucionaria. No por su orienta-ción sexual. Pero ellos no deben llamar por eso... Debe haber otro asunto... ¿Será sobre el grupo de infiltración que trabaja en Miami, u otros agentes en Washington o Canadá...?

2

Desciende del tren. Camagüey es una de las ciudades más atrac-tivas de la isla para el hombre del pulóver verde. El nombre de la ciudad está en deuda con el Cacique Camagüebax, que gobernó en el territorio entre los ríos Tínima y Hatibonico (luego le dirían

Jatibonico), donde se construyeron las primeras casas. La Villa se fundó en 1514 con el nombre de Santa María del Puerto del Príncipe, hasta 1898, a raíz de la independencia de España.

El nombre indígena se usó para referirse a la comarca por los mambises, y en 1878 se definió como región militar, por la república en armas. "El Camagüey". En esa villa nacieron, entre otros, ilustres patricios Joaquín de Agüero, Ignacio Agramonte, Ana Betancourt, Enrique José Varona, Salvador Cisneros Betancourt, Carlos J. Finlay, y trabajó el Padre Olallo.

Con esa historia en sus adoquines, llegó el del pulóver verde a la comarca, acompañado de Pablito Silva. Mientras Pablo se orienta, su compañero se detuvo a contemplar el edificio de la estación de trenes, una bella y armónica construcción de ladrillo y madera con techo a dos aguas construido en la primera mitad del siglo XX. De ahí continúa observando el hotel de enfrente con sus cuatro altos pisos y sus ventanales, y se le metió en la cabeza lo difícil de dormir como vecino de una línea de ferrocarril. Orientado su compañero, tomaron hacia el sur a Calle San Ramón, donde toman la cativana, un coche largo tirado por caballos, paliativo a las largas distancias de la ciudad y la ausencia de transporte público.

Lo que para el camagüeyano común es castigo, para los recién llegados es un paseo por la ciudad. Apretados entre los ocho pasajeros, el fresco de la mañana en enero deja un sabor bucólico. La convivencia entre la arquitectura colonial y la republicana, sin portales, aceras estrechas y grandes portones y ventanales con rejas de hierro, pasa delante de sus ojos, mientras transitan por callejuelas en una dirección o en otra, algunas de ellas con adoquines.

Al pasar el puente sobre el río Tínima, el palacete que acoge al Palacio de los Matrimonios con su color rosado pastel le da la bienvenida al barrio de la Caridad, un reparto de arquitectura republicana, con grandes portales y soportales, en la parte oeste de la ciudad. Todo lo contrario de lo visto hasta ahora. Allí se asentó desde la República una clase media acomodada y profesional que, al emigrar tras el dramático 59, "dejó" sus casas a los profesionales revolucionarios.

El coche termina el viaje en el Hospital Infantil, donde comienza la carretera hacia Santa Cruz del Sur, reconocido poblado pesquero arrasado en el ciclón del 32. Al bajar del coche y pagar cuarenta centavos por cada uno al cochero, toman sus mochilas y caminan por Montejo con descuido. Se incorporan a la hermosa Avenida de La Libertad, con sus arboledas y amplios portales, confundiéndose con los muchos transeúntes de a esa hora. Giran a la izquierda en F. Rodríguez y, en la puerta de la izquierda, antes de la Calle Aurelio Batista, se detienen.

Están muy cerca de la torrefactora de café. El olor al aromático grano los embriaga. Veinticuatro horas de calvario desde su salida de la capital es suficiente para sensibilizarse ante el placer del olfato. Tras tocar la puerta, una mujer fina, recogida, les abre la puerta.

—¿Dígame? —pregunta directa y seca

—¿Está Orosmán? —responde, preguntando, Pablito, mientras su compañero se mantiene detrás y mira a ambos lados de la calle.

—¿Ustedes son? —Mantiene distancia, y queda recatada detrás de la puerta.

—Los hermanos de Concilio —responden a coro, mientras Pablito está a punto de poner su raquítica mochila en el suelo.

—¡Ah, sí!, pasen —La mujer se relaja. Se pone a un lado para dejar pasar a los recién llegados, extasiados ante el orden y la pulcritud al pasar el umbral. Una sala con diseño típico republicano compuesto por sofá y dos balances, todo de caoba, presidida con una mesa a dos niveles. El sofá es escoltado por dos pequeñas mesitas redondas, con tres patas curvas coronadas por cabezas de leones. Sobre ellas, lámparas dignas de Tiffany. Las cabezas de leones presiden cada uno de los brazos de los muebles, mientras el mimbre tejido en espalda y posadera recuerda el buen gusto y pragmatismo del diseño de interiores republicano, que incorporaba confort y elegancia. En la mesa del centro, la foto coloreada de una bella quinceañera en la década del sesenta. Del techo cuelga una gran lámpara de lágrimas en perfecto estado de conservación, con los bombillos originales. Indicio de que no alumbran desde hace muchos años—. Esperen aquí —dice con la firmeza de las dueñas de casa.

Antes de La Gran Crisis debió ser una mujer hermosa, piensa el del pulóver verde. Pero la delgadez no le asienta y, no obstante, mantiene una imagen de elegancia. La miseria de los últimos años hace mella en su conjunto.

—¡Caballeros, bienvenidos! —dice un rostro grande y amistoso de guajiro campechano, casi silvestre y extiende su mano grande, fuerte, áspera—. Bueno ya conocen a mi hermana Camila. ¿Cómo hicieron el viaje? ¿Ya desayunaron? ¿Prefieren darse un baño? ¿Dónde dormirán? ¿Qué tiempo estarán aquí? ¿Cómo les podemos servir? En fin, lo que necesiten.

—Ante todo, gracias por recibirnos, yo soy Pablo Silva —Ante la avalancha de preguntas, y agotados, Pablo intenta organizar las respuestas—. Mi compañero ya se presentará. Salimos ayer en la madrugada y no tengo que contarle el estado de los ferrocarriles, sin ventilación, sin luces, las cucarachas vagando por todos lados, nada de comer, los baños inservibles y llenando de fetidez los vagones. Por la noche, un frío tremendo, horrible, pero aquí estamos. Desayunamos algo en la terminal de trenes al bajarnos. Un panqueque con un jugo que llaman guayafongo y sabe a zambumbia, pero como sabes cuándo hay hambre, no hay pan viejo. Sobre el regreso, pensamos hacerlo mañana en lo primero que salga, lo más probable por los "amarillos". Si tiene un lugar donde dormir, se lo agradecemos. Pero, claro, un baño ahora mismo es algo bueno.

—¿Y usted no habla? —se dirige el anfitrión al del pulóver verde.

—Sí. Bueno. Este. Yo. Sí, bueno, yo creo que Pablito lo dijo todo —refiere el interrogado.

—Pues anden, pasen para acá —Y el anfitrión los introduce por un largo y hermoso pasillo lateral en forma de patio interior, con orquídeas y cactus colgando de vasijas de barro asidos por macramés de cabuya o alambrón, según el peso de la maseta. Al final, la puerta conducente a la cocina es custodiada por par de tinajones receptores del agua de lluvia. El vital líquido les llega a través de un juego de canaletas que bordean la parte inferior de un techo a dos aguas, empalma con una rampa acanalada y lo deposita directo en las vasijas.

Caminan hacia el fondo y, en la penúltima puerta, se detienen. Orosmán abre la puerta y entra. Ya en el interior abre los ventanales y ante los visitantes hay un ordenado cuarto con dos camas personales con sus almohadas y una toalla en cada una de ellas, una pequeña cómoda con un joyero de cerámica blanca y una foto grande de dos niños vestidos como vaqueros, con sus pistolas de juguete y los sombreros tejanos.

—Dispénsenos, pero es lo poco que tenemos. El baño es la tercera puerta del pasillo. En media hora almorzamos y a las dos de la tarde vienen los hermanos de los diferentes grupos.

—Ok —dice Pablito—. Yo voy primero.

3

Sin mediar palabras, el enlace camina hacia la puerta trasera que da al parqueo. Cruzan entre los pocos carros a esa hora. Se incorporan al pasillo techado y saludan a la posta del edificio. Ante la puerta de los elevadores, el mayor se recrea como siempre en el mural. Al abrirse el elevador, el enlace lo conmina cortés. Salen en el piso de destino, doblan a la derecha directo al final. Al salón de reuniones. García Álvarez sigue incómodo pues no encuentra en su cerebro el motivo de la reunión. Además, ya aclaró en una oportunidad que no le gustan las reuniones en las oficinas del Jefe, pues son conversaciones confidenciales y en ellas es difícil expresarse. Solo asentir. El salón de reuniones del séptimo piso no es émulo del Hyde Park londinense, pero al menos los soliloquios tienen límites.

Sus últimos grandes casos se relacionan con el operativo que controló los sucesos de Regla y eso le valió un mérito a su hoja de servicios, firmado por el Ministro. También su participación en la denominada Operación Confianza, la Operación Vaso de leche, y El Plan Operativo C, más conocido como operación Martillo de

Plomo, que terminó con el hundimiento del remolcador 13 de Marzo, dirigida por el Mayor Alejandro. Pero su más exitoso operativo fue El Maleconazo, que logró controlar la crisis en que se hundía el país.

Ahora, ante la puerta aún cerrada, piensa como siempre en sus hijas y su mujer. ¡Mal augurio! Algo importante se tratará.

4

−Señores, aquí están los hermanos de Concilio. Un proyecto de trabajo que intenta aupar a los diferentes grupos y activistas disidentes del país para trabajar por la salida a la crisis nacional. Ese trabajo está dirigido por los hermanos Lázaro González y Leonel Morejón. Sin más, les doy la palabra a nuestros invitados.

Sin mediar protocolo, Pablo explica cuál es la idea central del proyecto que tiene la premisa martiana "Con todos y para el bien de todos". De la importancia de un concilio prodemocrático y el interés de organizarlo por provincias y por líneas de trabajo como: asuntos laborales, educación, sociales, de la mujer, Salud Pública, de la juventud, defensa. De tal manera, explica Pablito, que se le hagan sugerencias específicas al gobierno territorial, pero también al nacional.

En la reunión, aparte de los visitantes extranjeros y los anfitriones, están sentadas otras quince personas. Cinco de ellas, mujeres. Todos atienden a las palabras del visitante. Al concluir, da las gracias y se sienta en una de las sillas habilitadas en la saleta al final de la casona.

El primero en intervenir es Alejandro Cervantes, del Partido Democrático 30 de Noviembre. Se refiere a su trabajo a lo largo de muchos años en la disidencia. Su estancia como preso en las UMAP, por ser católico. Cómo fue detenido por desacato y peligrosidad, y además tuvo que cumplir otros cuatro años, en el 88, por salir desde la Iglesia de la Caridad con un cartel alabando a Jesucristo.

Cuando termina Cervantes, le sigue un señor del Partido Ortodoxo. Refiere la importancia de la educación de las masas para poder construir la nueva sociedad. Habla tan lento y plano que la mitad de la sala "se rinde a sus pies". Así es con casi todos lo que le siguen, y la percepción de los visitantes cuatro horas después, cuando todos se marchan, es que … o el público no entendió nada, o Pablito no supo explicarse en absoluto.

5

García Álvarez traspasa la puerta, abierta por el edecán. Una docena de oficiales le observan entrar, y ocupar el lugar reservado para él. Se quita la gorra, la pone en la mesa frente a él. Saca su bolígrafo Parker y la libreta Moleskine y los pone juntos. Treinta y cinco segundos después se abre la puerta y entra el Ministro. Todos se ponen en posición de firmes.

—Siéntense, compañeros —saluda el recién llegado—. Este encuentro se relaciona con un problema y las contramedidas a tomar —Toma aire y observa a los presentes—. Sepan que la alta dirección del país está y estará al tanto de la discusión aquí y las conclusiones a las que lleguemos. Dirigirá la reunión el General Mainet, jefe de la escolta del Jefe. Habrá intervenciones específicas del Coronel Alberto Delgado de la Dirección de Seguridad Personal. Como ven —toma otra pausa—, tenemos aquí a los compañeros de la Dirección de Contrainteligencia Militar del Ministerio de las Fuerzas Armadas, dirigidos por el Coronel Sarduy, para que estén al tanto de la discusión y de las medidas aprobadas. ¡No los demoro más! Y sale como mismo entra, con los reunidos puestos de pie.

—¡Ah!, disculpen —retrocede el Ministro, algo inusual en él y se vuelve a ubicar desde donde acaba de dar la alocución—. Mayor García Álvarez, por favor, siéntese aquí adelante, en este puesto —Y le indica el lugar. Nadie se mira. Todos intentan comprender de qué va el asunto con el General Mainet y el Coronel Delgado al frente de la reunión. ¿Un ascenso? ¿Un "truene"? Como se dice en el ejército, al corresponder los ascensos: este año ascienden o encienden.

García Álvarez, ahora más preocupado que nunca, pero disciplinado, se sienta en el lugar indicado y mira directo al General Mainet.

6

A las 5 de la tarde, la Médico militar sale de su consulta. Se despide de su asistente, luego de guardar las cosas en la cartera de mujer donde, como dicen las cubanas, "allí puedes encontrar cualquier cosa". Se detiene a conversar un minuto con unas colegas, mientras se inclina hacia el lado contrario de donde lleva la cartera. A ellas les pregunta "rapidito", como es su muletilla, sobre cómo conseguir uniformes escolares para sus hijos. Los que el Ministerio de Educación vende a la gente, dice angustiada, ya le resultan chiquitos a los niños. Sus colegas concluyen que conocen a una persona que, "por la izquierda" y algo más de dinero, consigue los pantalones y camisas para la secundaria. Lo dramático para los padres es que, sin uniforme, los profesores no admiten a los alumnos en la escuela y, por lo general…, que no existe regla sin excepción, esta es una tarea que recarga más las responsabilidades familiares de la mujer.

De qué sirve el uniforme escolar, argumenta una de sus colegas dedicada a la dermatología. En el mundo actual, en la mayoría de las escuelas públicas del mundo, los alumnos no llevan uniforme y los pedagogos consideran el escoger cómo vestirse como una forma de reafirmar su personalidad y definir el carácter. Más conservadora, la psiquiatra que participa de la tertulia de pasillo afirma que el uniforme escolar ayuda, "así no tenemos que destinar más dinero al problema". No se tiene que comprar ni ropa, ni zapatos extra, que duran muy poco en los muchachos. De hecho, menos que un merengue en la puerta de un colegio, concluye, y asume la más docta de sus posiciones. Una tercera opinión la iba a dar, entusiasta, la Jefe de Quemados del hospital, madre de dos pares de jimaguas… y la oftalmóloga pide disculpas "rapidito" por retirarse. El tiempo pasó y tiene que tomar la guagua del hospital, que la lleva hasta su barrio.

Camina rápido, piensa en qué tendrá su esposo hoy para cenar y sonríe en pensar la sorpresa que les dará con el regalo de una paciente. Nada más y nada menos que una lata de jamón de una libra y dos botellas de jugo natural de mango, comprado en la chopin. Verdad que esa vieja es buena, piensa, menos mal que tiene un buen hijo que le manda dinerito del norte. Absorta, pasa la verja de seguridad y se incorpora a Avenida 31, donde nota la presencia de más gente de lo acostumbrado para esa hora "pico". Presta atención a algún camello roto, o algún camión de transporte obrero en igual condición. Pero nada. Usa la mano en forma de visera para saber cuándo llega la guagua de los médicos militares. Mira al Este y ve un cartel en una de esas viejas casas de los militares de la República y lee un cartel que siempre llama su atención: Noraluciana. ¿Qué querrá decir?, se pregunta. ¿Puede ser la contracción de tres nombres Nora-Lucía-Ana? ¿Pero también puede ser otra cosa? Cavilando está cuando un fuerte rumor le llega desde la esquina donde debe aparecer su transporte. La gente se ve exaltada. Gritan. ¿Qué gritan?, se pregunta y escucha de inmediato el acoplado coro… ¡Co-man-dan-te! ¡Co-man-dan-te!, escucha. Un auto negro, con hombres vestidos de verde y las cabezas por fuera de las ventanillas, se asoma a la avenida, despacio, viniendo de 114. Desde esa distancia puede ver los cañones de sus fusiles pegados a las puertas. La gente sigue gritando: ¡Co-man-dan-te! ¡Co-man-dan-te!, mientras los más fervorosos acompañan los gritos con ¡Viva el Comandante! ¡Viva la Revolución! Y el coro apoya con ¡Viva! Emboca a la avenida un segundo auto más grande, y un tercero que, al igual que el primero, lleva los hombres con las cabezas por fuera y los fusiles visibles. En el segundo coche, en el asiento detrás del chofer y entre las cortinas, logra ver la silueta de un hombre con gorra militar, espejuelos y barba cana, absorto en la lectura de algo. Identifica al Comandante. Emocionada, se suma al coro que clama su nombre, mientras los autos sobrepasan el punto donde se encuentra. Excitada, ante la aparición de su máximo líder, ve como los coches se alejan aumentando la velocidad.

7

El General Mainet es de Palma Soriano, en Oriente. En su juventud debió parecerse a los actores Marlon Brando o Enrique Almirante y con esa pinta se unió a los rebeldes del Comandante. Estaba a su lado durante la famosa alocución antes de entrar a Santiago de Cuba, una plaza asegurada por el Comandante Hubert Matos. Tranquilo y ejecutivo, dice que, al retirarse, se dedicará a cuidar el jardín de su casa en Miramar. Su trabajo en los últimos veinte años es crear el diamante de seguridad interior del Caudillo.

—¡Compañeros oficiales!... luego de la introducción del Ministro solo espero la presentación del informe del Coronel Alberto Delgado de la situación operativa y la solución.

—Compañeros —comienza el Coronel—. Toda la información que se vierta en este encuentro está prevista como Secreto de Estado, nivel 4. Todos tienen delante un fail con diez cuartillas para que lean el informe. No se puede tomar nota. Estas carpetas, al terminar esta sesión, serán destruidas hoja por hoja. Dicho esto, les informo de manera oficial que el Jefe sufre de serios trastornos de salud, producto de su adicción al alcohol, a ingestas fuera de horario, al tabaquismo y la promiscuidad sexual, esto último le ha traído como consecuencias un grupo de ETS. Tales hábitos se permean por espacios de tiempo de alta depresión o euforia, provocando inestabilidad en su persona.

—¿Que es ETS? —pregunta en un siseo Ernesto Samper.

—Enfermedades de Trasmisión Sexual —responde en el mismo tono Sarduy, quien ya tuvo una experiencia de ese tipo.

—¡Ah!, claro.

—La inestabilidad —continua Delgado—, le provoca gastritis por inflamación del revestimiento de las paredes del intestino. La

131

inflamación le provoca dolores abdominales, náuseas y vómitos. Los estudios indican el alojamiento de una bacteria, la helicobacter pylori, como infección viral, combinado con algunas de sus adicciones. Los gastroenterólogos del equipo del Dr. Salman hablan también de úlceras péticas, llagas y erosiones en el revestimiento del intestino delgado o duodeno. Estas úlceras son las causas de la indigestión y también lo pueden ser de las hemorragias abdominales que tratan los médicos. Motivo y posibilidad de ulceras crónicas. También, afirma el equipo médico multidisciplinario, la presencia de un esófago inflamado por la presencia de ácido gástrico productor de la llamada pirosis, conocida como reflujo. Por último, los desórdenes en el hígado a causa de los tóxicos consumidos provocan una cirrosis aún bajo control, pero con tendencia a hacer mella en su sistema. Incluimos la presencia de cálculos biliares que inflaman el páncreas y el colon. Estas deformaciones provocan la pancreatitis y la colitis. Es lo que los médicos ven con mayor peligro a futuro, pues puede crear un cáncer de colon.

8

Luego de la cena de bistec de carne de puerco, con arroz con frijoles caritas y unas frituras de malanga, fritas en la misma manteca de puerco, y un mojo criollo con ajo, pimienta, hierba buena y manteca con sal, Orosmán invita a los visitantes a sentarse en el pasillo lateral. Llega con una botella de Ron Corsario, que le envía de vez en cuando su prima Virginia Aleaga, maestra ronera, de la destilería del ingenio azucarero del Francisco, al sur de Guáimaro. Reparte los vasos entre los hombres y enciende un tabaco artesanal.

—Oye, guajiro, esto es un banquete, coñó. Hace tiempo no comía algo así —dice confianzú el del pulóver verde, mientras se pasa la mano por el flaco abdomen, ahora hinchado.

—No creas, habanero. No siempre se come así, ni en el campo. Esta es una suma de coincidencias que se detuvieron en esta calle en un momento dado.

—Si tú supieras. Yo soy de Manzanillo, pero llevo tantos años en la capital que la gente no se da cuenta de que soy oriental. Y bueno, Pablito tampoco es habanero, lo que se dice habanero. Es de Baracoa.

—¿Guantánamo? —pregunta asombrado el guajiro.

—No, provincia Habana, en la carretera del Mariel —responde el aludido.

—Bueno, pal caso es lo mismo —Y termina la oración tomándose medio vaso de ron de una vez.

—Güajiro, usted le da duro —y hace una señal al vaso—. Ven acá, ¿no tienes un limoncito por ahí o un pedacito de hielo? —sigue el del pulóver verde.

—Mire que ustedes los habaneros son flojitos. ¿Quién ha visto a un manzanillero que le eche hielito al ron? Ustedes son los padres del Ron Pinilla, que bien compite en años con el Bacardí. Según tengo entendido, en 1901 la Pinilla ganó Medalla de Oro en la Feria Comercial de París. Espere un momento. ¡Camila! Coge un limón de la mata del patio de atrás y pídele hielo a Marcela por la ventana, que ella seguro tiene —Y volviéndose hacia Pablito, le pregunta directo y mirándole a los ojos como hacen los tipos francos—. ¿Cómo viste la reunión?

9

Delgado hace un paréntesis largo. Los presentes gozan de un alto nivel de información sobre las actividades y padeceres del Comandante, sin embargo, están sorprendidos. Sarduy es el menos extrañado por su cercanía con el hermanísimo del Comandante, pero, de todas maneras, la posibilidad de la muerte del máximo líder planea como tiñosa sobre los presentes.

García Álvarez, luego de la angustia inicial, comienza a comprender por qué el Jefe nunca estuvo disponible durante los sucesos de Bacuranao, Cojímar o Regla. Él debió autorizar la operación Martillo de Plomo. Los Casas Regueiro no actuarían sin su aprobación en el hundimiento del Remolcador, pero a la vez, él no estaría de acuerdo con aquella chapuza. Por eso se demoró la Operación Maleconazo, porque no estaba disponible. Su sorpresa inicial pasa, tras el análisis y la comprensión del problema, a su consabida confianza. Siempre lamenta no haber estudiado lógica matemática, haberse metido en el campo de los sistemas de modelos y de conjuntos.

Mientras algunos de sus compañeros expresan opiniones, él comienza a elaborar ideas que resuelvan la situación. Establecer nexos entre diferentes nociones, de donde surja la aplicación de cómo llevarlo a cabo. Mira a Mainet y retoma la opinión de que el actor Enrique Almirante puede ser su doble. ¡Un doble, ese es el asunto! Recuerda entonces un filme español que vio a finales de los ochenta: *Espérame en el Cielo*, se titula. En la película, un hombre tiene un gran parecido físico con el Generalísimo Franco y es secuestrado con el fin de utilizarlo como doble en las apariciones públicas de riesgo. El hombre es sometido a un entrenamiento riguroso sobre los gestos y modos del dictador. Al final asume la personalidad del caudillo de España de tal manera que ni la esposa es capaz de diferenciarlo. Nadie, en absoluto. Será esa una de las soluciones. Mira a Sarduy, a su derecha. Saca un cigarrillo, le da un primer golpe contra la esfera del reloj y pide la palabra.

—Diga usted, Mayor, y preséntese.

—Mayor García Álvarez, de la Octava Dirección.

10

Ana baja la escalinata de la Facultad de Artes y letras, pasa por la Secretaría y recoge un mensaje de un alumno llamado García Álvarez que hoy demorará en pasar a verla, pues tiene una reunión de última hora. Le llamará a su casa antes de visitarle. No puede ocultar la sonrisa en sus ojos y la asistente de la Secretaría afirma con un sonido característico: ¡ujumm!, andas en algo bueno, y te gusta. Pero eso queda en la complicidad de las compañeras de trabajo. Sale de nuevo a la escalinata, se detiene ante algunos de sus alumnos y les recuerda la bibliografía a consultar para el próximo seminario y la importancia de trabajar en equipo, para un mejor proceso de aprendizaje.

Uno de ellos no pierde la oportunidad de recordarle sus hermosas piernas. Ella, sonriente, le responde: —Calabaza y bicicleta, es todo lo necesario. Llega por fin hasta la planta baja y va directo al cubículo donde se guardan los ciclos de alumnos y profesores.

Por 148 pesos obtuvo el ciclo chino, de un modelo de antes de la Revolución, que les asignaron a los profesores. La de ella, como todas las de hembra, es de color rojo y tiene la marca *flying pigeon*. Son ligeras y pequeñas, a diferencia de las de hombre. En las actuales circunstancias, no existe nada mejor que ese artilugio para trasladarse. El gobierno compró, ante la escasez de transporte en 1991, más de medio millón de un viejo modelo, y ahora las ensambla bajo la marca Minerva. Pero, como dice su amigo, el del pulóver verde, nadie supo lo bueno de las bicicletas rusas hasta que llegaron las chinas y sabrán que las chinas son buenas cuando aparezcan las cubanas.

Toma su ciclo y lo lleva al exterior del edificio, pone su cartera en una bolsa que tiene en el manubrio, hecho con los tubos desechables de los refrigeradores y, convertida en el último grito de la moda ciclística nacional. Aprovecha la bajada de Calle Universidad para dirigirse a casa de sus padres en Buena Vista, toma Avenida Zanja, pasa por el costado de la antigua prisión del Castillo del Príncipe, inmortalizado en el famoso estribillo del popular guaguancó del barrio de Atarés: *Palo mayimbe lo llevan pa la loma,/ lo llevan caminando/ lo llevan pa la loma.* Pasa por el lado del Hospital Fajardo y, al acercarse al semáforo de Zanja y Paseo, un policía le detiene al igual que a todos los que tratan de cruzar la intersección. Solo espera un minuto y ve pasar delante de sus ojos tres coches negros, en uno de los cuales, un hombre sentado detrás del chofer, con gorra verdeolivo, barba canosa y espejuelos va absorto leyendo

11

García Álvarez apaga el cigarrillo, observa a los jefes y se sienta. Detrás de él, otros oficiales proponen ideas más menos viables. Pero, sin lugar a duda, él no está sentado en ese grupo por favoritismo, acaba de encestar otra vez.

—Para precisar un plan de control —vuelve a tomar la palabra el General Mainet—, que evite la prolongada ausencia del Comandante en los medios y evitar los comentarios del imperialismo y los gusanos internos, se hará un estudio de la propuesta al mando y se consultará con él, para establecer la figura de un doble que, en determinadas circunstancias, aparecerá en público para dar la impresión de estar activo y trabajando.

—¿Coronel Delgado? ¿Algo que aportar?

—No, compañero General.

—¿Oficiales?, ¿algo que aportar? —Se mantiene el silencio.

—Compañeros, comienza la Operación Roberto, como sugirió el Mayor —Senén recoge los fail y verifica que tengan las cuartillas—. ¡Pueden retirarse!

XVI
MARZO 19, DEL 95

1

Los cuatro grandes de la trova cubana son Sindo Garay, Rosendo Ruiz, Manuel Corona y Alberto Villalón. El atrevido del pulóver verde incluye a María Teresa Vera y en ella a los dos dúos que la inmortalizan. Primero con Rafael Zequeira, en las décadas del diez y el veinte. Más tarde, en el treinta, con Lorenzo Hierrezuelo. Pero esa es su opinión personal. Además, no es musicólogo ni ocho cuartos para hacer esas definiciones. Quien mejor puede hablar del tema es Lino Betancourt, un guantanamero residente en la capital, como todo oriental respetable. Lino dedica una parte importante de su vida al estudio de la trova tradicional cubana y hasta tiene un programa en la emisora turística Radio Taino, donde habla del tema y "pincha" discos viejos.

Poco después del fin de la República, el caudillo, instigado por la ortodoxia comunista y la tesis de la construcción del hombre nuevo, cierra espacios para el juego, clubes nocturnos, cabarets y otros establecimientos asociados al estilo de vida hedonista de la liberalidad democrática. Censura el filme *PM*, de Jiménez Leal y Sabá Cabrera Infante que, sin estructura clara, recoge la manera de divertirse de un grupo de citadinos. Cierra el semanario cultural *Lunes de Revolución* por el corte liberal e intelectual de sus páginas. Tales decisiones tienen impacto sobre la vida social y cultural. Sobre la noctambula bohemia y, por supuesto, sobre los trovadores. Con la dictadura moviéndose al comunismo de guerra se incrementó el control. Muchos centros sociales y culturales fueron cerrados. Incluso, en el 62 se cierran las sociedades afrocubanas de negros y mulatos, de ayuda mutua, para abrir sociedades racialmente integradas. Las festividades en privado se limitan a fiestas de fines de semana y se confiscan los fondos a organizaciones y asociados.

El 68 fue el año de las "medidas especiales" y la Ofensiva Revolucionaria. Todavía peor para los que se dedican a la música popular. Así le dijo un día Leonardo Acosta, otro autorizado como Lino, mientras beben ron Peleón en la casa de los escritores y artistas, en el palacete de 17 y H, en el Vedado.

—El 68 fue el desastre para la música popular cubana a causa de medidas cuyos efectos negativos aún se sufren —dijo Leonardo, esa tarde, mientras apuraba un vaso con ron. Estaba la Ley Seca, hecha cumplir por la actuación de oficiales ortodoxos que cerraron los cabarets, intervenidos antes por el gobierno. Incluso el famoso Tropicana, que ahora se vende a los turistas con su estética de la década del cincuenta. También se cierran, a lo largo de aquel año aciago, bares, clubes y miles de bodegas y casetas. La vida nocturna junto a su música y el espectáculo se vio seca. El cuarenta por ciento de los músicos fue desempleado.

—¿No exageras un poco, Leo? —pregunta el del pulóver verde y se quita una hormiga que cayó del árbol y le muerde el cuello como perro rabioso.

—¿Cuándo tú has visto que exagero, compadre? Si escribo, o digo algo, trato de tener una opinión lo más equilibrada posible, para eso mismo, para ser creíble. Esa gente que va de un lado al otro del espectro sobre cualquier tema al final hace daño a la discusión. No existe nada que le reste más razón a cualquier polémica que la emoción. Es más, mientras más emoción, menos razón. La emoción es inversamente proporcional a la razón.

—Eso está bien, Leo, pero vuelve al tema. Te fuiste por la izquierda —comenta el interlocutor y aplasta con placer y ensañamiento a la responsable de una roncha en su cuello.

—Sí, Sí. El daño todavía hoy es irreparable y esta ciudad, famosa por su vida nocturna, jamás ha vuelto a ser la misma. Esa política de cierre es la explicación más directa de porque tantos músicos buenos, porque en este país si tenemos músicos buenos, se fueron al extranjero, se quedaron sin trabajo, y por qué declinó la Trova Tradicional. ¿Dónde murió Ernesto Lecuona y Pérez Prado?, ¿dónde viven Bebo Valdés, Paquito de Rivera y Arturo Sandoval?, por solo poner pocos ejemplos.

De forma contradictoria, el Festival Pepe Sánchez se inaugura en el 64 como un festival para promover una trova tradicional aséptica. Más bien, revolucionaria. Ahí es donde se tiene que inventar entonces la Nueva Trova, que no se funda en Santiago de Cuba, donde están sus raíces más profundas y patrióticas. Ahí están las canciones de Sindo Garay y Miguel Matamoros. La Nueva Trova, se funda en Manzanillo en el 72, con poetas, cantores y apologetas al gobierno y sus burócratas, como el chicharrón de Carlos Puebla.

2

Presiona el cloche, pone la primera velocidad y saca su pie izquierdo despacio mientras empuja con su pierna derecha el acelerador. Sale del parqueo de la Facultad de Artes y Letras, se para en la intersección con Avenida Universidad y, al ver que no viene ningún ciclista, se incorpora a ella. Ana, a su lado, comenta entre risas el último de los percances con sus alumnos. A diferencia de sus colegas, a esta profesora le divierte este tipo de historias.

—¿A dónde vamos? —pregunta García Álvarez por puro trámite. Va de civil, con camisa de discretos cuadros rojos-amarillos y pantalón de caqui beige. Su vestuario no encuadra en la imagen del militar, parece más un "yuppie". Pactó con Ana en verse para salir a bailar música tradicional. Si se da la oportunidad, irán a la casa que ella tiene en San Miguel del Padrón. Ya tuvieron sus primeros escarceos sexuales, pero la primera vez que "durmieron" juntos, eso fue lo que hicieron. Dormir. Se pasaron de rosca en la cerveza y el baile y, de tan cansados, al llegar al cuarto alquilado acabaron dormidos.

La casa de Ana está en Monterrey, un barrio periférico del sureste. Está vacía. Ella decidió regresar a la paterna en Buena Vista, por la violencia escolar en aquel barrio rodeado de otros de marcada marginalidad como La Cuevita. Con el traslado, ella, madre trabajadora, garantiza mayor presencia familiar para su hija de catorce años. De mantenerse allí, sería dejarla por la mañana y no verla hasta por la tarde. ¿Y qué hacen los adolescentes si no están los padres? Eso, ella no quiere ni preguntárselo. Lo mejor fue mudarse a la casa paterna, mientras sus vecinos cuidan la casa de ladrones y rateros que pululan por allí. De paso, la limpian y mantienen en orden.

—Quedamos que iríamos a bailar boleros al Hotel Plaza y, después, a mi casa en San Miguel —dice ella, enojada, de solo pensar que se puede romper su planificación. Es que los hombres no son conscientes de cuánto debe planificar una mujer para poder salir, piensa. Tengo que dejar comida y desayuno hecho para todos o si no, quién lo haga, saber dónde se quedará la niña, y quién la despertará por la mañana. Garantizar la ropa de ella y la mía... y después ver si puedo tener un orgasmo. Aunque estoy segura de que Pepe no padece de diabetes, y sonríe maliciosa y casi húmeda, por crédito a futuro.

—Ok, solo confirmaba lo acordado —Trata de calmar el enojo.

El sol cae sobre la ciudad y el auto se detiene frente a la Manzana de Gómez, en el Parque Central. Existen pocos lugares donde ir a bailar, y mucho menos danzones o boleros. Timba o Salsa, puede ser, a lo mejor. Y hasta bailables populares, pero danzones y boleros, solo unos pocos. Uno es la Casa de los Estudiantes Universitarios a un costado de la colina, y el otro, el roof garden del Hotel Plaza, un edificio en Zulueta y Neptuno, previsto para ese fin desde la década del veinte.

—¡Es una arquitectura preciosa! —afirma él con la cabeza en alto, como si quisiera devorar con la vista el edificio entero. Entran por la sala principal, y se dirigen a los elevadores.

—¿Qué es lo que más te gusta? —pregunta ella en posición de profesora que evalúa conocimientos.

—Lo principal: la alineación de su fachada ecléctica, con esos balcones art decó que se pierden en la perspectiva. En el interior, su decoración. Luego, la ornamentación del vestíbulo principal, hecha de escayola y yeso policromado, pero los pisos de cerámicas pulidas le dan un acabado genial. Y… bueno —dice, mientras se recrea mirándola—. Algunas visitas que llegan a esta hora a bailar boleros…

—Mira que eres relambio, chico. No puedes con esta negra y lo único que haces es vacilarla —dice ella, picarona.

—Yo, ¿por qué? —Y se hace el tonto.

—Dale, anda, hace mucho calor, vamos a tomar limonada en la azotea —Y lo empuja, cariñosa, dentro del elevador, a sabiendas de sus planes para después del baile.

3

Los tres Cessna Skymaster rugen en la pista del aeropuerto de Opa Locka antes de comenzar la carrera de despegue. El capitán del primero, José Basulto, pide permiso para despegar y, al recibir la autorización, suelta los frenos y se lanza a toda máquina para alcanzar la velocidad de despegue. Gradualmente levantan el morro los tres aviones. Al llegar a los quinientos metros de altura comienzan a girar al sur - suroeste, a cumplir su tarea de identificación de posibles balseros. Sobrevuelan los cayos. Vuelan en paralelo con la carretera US-1 y se adentran en el Estrecho de la Florida, a velocidad de crucero y por debajo de la corriente en chorro. Vuelan en un cuadrante determinado por Varadero y Caibarien, o sea entre los 79 y los 82 Oeste, y los 22 y 25 Norte, por el Canal Viejo de Bahamas.

—Vamos a desplegarnos. Oeste - Sureste 120º, Pablo, ábrete dos millas al sur —Habla a la radio el líder de la troika, apretando la pleca.

—Basulto, voy a bajar un poco, tengo viento fuerte de babor y me empuja al sur —contesta el piloto, mientras baja el timón y lo mueve a la derecha.

—René, ubícate media milla al sur de Pablo. Estabiliza a mil quinientos metros para ganar observación. Dile al colombiano, esté al tanto y no se duerma como la otra vez —vuelve a hablar el piloto del avión uno.

—No te preocupes, mi socio. Tú sabes. A este colombiano lo voy a poner a bailar tango hoy —contesta René. Tiene el indicativo tres, y ríe para la radiofrecuencia.

—René. No se te ocurra entrar a las doce millas. Los americanos avisan de que los Mig de Santa Clara están de maniobras hoy, y a lo mejor quieren hacerse los payasos. Advierte Basulto, al piloto del avión tres.

4

En uno de los refugios de la Base Aérea de la Guardia, Batalla de Santa Clara, un planchetista sigue el vuelo de los tres aviones en el Canal Viejo de Bahamas por la información que le envía el radar de Corralillo. En una sala aledaña, otro soldado transcribe en tiempo real la conversación entre los pilotos enemigos. Detrás de la plancheta, un acrílico transparente con cuadrículas donde se marca el vuelo de los objetivos, está la plana mayor de la Brigada Aérea. Está el Jefe de la base, oficiales superiores y sus asistentes. A un costado, dos oficiales del Ministerio del Interior observan el desarrollo de las acciones.

La fuerza aérea cubana tiene como nombre DAAFAR. Significa Defensa Antiaérea de las Fuerzas Armadas Revolucionarias y se funda en el 62. Tras la crisis de los misiles. La fuerte influencia de los comunistas en el recién estrenado gobierno del Comandante, resultó en la influencia de los militares soviéticos, de ahí que su doctrina de defensa aérea se base en la contención. Algo parecido a las actuales fuerzas de autodefensa de Japón o Suráfrica, con misiones defensivas. Tiene su fortaleza en los misiles y artillería antiaéreos, aviación interceptora, radares, comunicaciones y retaguardia.

Este tipo de fuerza fue seleccionada por los soviéticos bajo el supuesto de que el Comandante no invadiría o atacaría a otros países. Pero ya mandaba tropas a Argelia, a la *Guerra de las*

Arenas, infiltraba militares en Venezuela y Argentina, despliega baterías antiaéreas en Viet-Nam, envía miles de tropas a participar en combates en el Congo, Angola y Etiopía, hunde un guardacostas bahamés en aguas internacionales, amenaza con bombardear ciudades portuarias del norte de República Dominicana e interviene en la guerra civil en Nicaragua, El Salvador y Guatemala. ¿Se equivocaron los rusos?

En Corralillo, al norte de Las Villas, el vigésimo séptimo regimiento antiaéreo, equipado con misiles Pechora, está de guardia y sus radares observan a los aviones que buscan balseros en el Canal Viejo de Bahamas. El jefe de Regimiento indica seguimiento automático para las baterías de misiles sobre los posibles objetivos. Espera la orden de fuego. A cincuenta kilómetros, el Onceno Escuadrón de Caza, compuesto por Migs-21 está de guardia y un par de aparatos tiene a sus hombres en Posición Uno, dispuestos a despegar. Los técnicos, después de aprovisionar de combustibles los aparatos, enganchan los cables de electricidad y arrancan las turbinas. El atronador silbido sacude los potreros cercanos. Se cierran las cabinas y se retiran las escaleras. Sin embargo, los aviones no salen aun de sus refugios. Esperan la orden.

5

No tiene la menor idea de que lo observan. Avanza confiado, disfruta la geografía. Volver a Santiago de Cuba siempre es un placer. Recuerda de niño la primera vez que fue a la Casa de la Trova. Entonces era una barbería chiquita en Heredia y San Félix, detrás del Hotel Casagranda. Para él, la trova, siempre será Santiago.

Camina por la Alameda hacia el edificio de la Aduana, sube por Castillo Duany y dobla en Barracones a la derecha. Aunque aún es zona de almacenes, el fin del comercio de cabotaje restó importancia y movilidad al puerto. Frente a esos almacenes, en la próxima esquina, una humilde casa con la puerta abierta, como la mayoría de las de la ciudad, tiene unos niños que juegan animados.

—¿Está Toni? —pregunta el recién llegado a los muchachos

—¡Mámaaa! —salta uno de ellos, en pantalón corto, descalzo y con el torso desnudo—. Un hombre busca a papá. ¿Y tú quién ere? —pregunta, indiscreto, al hombre alto con pulóver verde.

—Soy un amigo de su papá, traigo un mensaje de Lazarito —responde el visitante.

—¡Mámaaa! Dice que trae un recado de Lazarito —vuelve el muchacho a gritar para el interior de la casa—. ¿Mámaaa, tú no oye?

—¿Que tú quiere, muchachoemielda? —responde una mujer y viene por el pasillo desde el final de la casa, secándose las manos con un sucio paño de cocina. Al ver al hombre, cambia de compostura y se dirige a él—. Dígame, señor. ¿En qué le sirvo? Porque Toni no está.

El recién llegado se presenta y continúa: Mire, yo vine a verlo de parte de Lázaro González. No soy de aquí, de Santiago, y aunque la conozco, no tengo arientes, ni parientes. Por eso, debo esperarlo. Si le molesto, vengo más tarde.

—¡No, mijo, nooo! —responde el ama—. Uste quédese aquí hasta que venga Toni. Si él quedó con usted que estaría aquí, no se preocupe. ¡Él viene! Salió tempranito por la mañana a Marverde —y señala al oeste—, a bucar una gallinas, y seguro ya está de regreso. Claro, lo camiones etán dificile para allás. Pero no se preocupe, que horita etá a llegar. Venga, siéntese en la sala. No le enciendo el ventilador, pué no hay corriente. Pero horita viene también. Tonito —se dirige entonces a su hijo—, vaya a casa de Geña a buscar hielo, coja, lleve veinte kilos, compre un jarrito.

—¡No, máma, no! Yo no quiero ir a casa de Geña —dice el muchacho, berreando porque lo sacaron del juego con sus amigos—. ¡No, máma, no!

—¡Vaya a donde le dije ahora mimo!, no quiera uted que me moleste y le dé con lo primero que tenga a mano —Y la madre asume una actitud y un rostro de *haces lo que te digo o te va a pesar*. El codo apuntando al objetivo y la mano hacia atrás sobre el hombro.

—Está bien, máma, ya voy a ir, pero no me pégue, máma —Y sale corriendo con el jarro y la moneda de veinte centavos.

—¡Mira, Tonito! —La madre escupe en el piso, y pasa la suela de la chancleta por encima del escupitajo—. ¡Ante que se seque, te quiero aquí!

6

Con par de cervezas saben lo que pasa y, con media docena, también. Así que luego del baile, tomaron el auto. A esa hora de la noche no tienen competencia ni de sus homólogos, ni los peatones, solo de los ciclistas noctámbulos. Bordea la Terminal de Trenes, pasa el monumento a La Coubre, y deja atrás la paralizada termoeléctrica de Tallapiedra, los elevados del ferrocarril y el Castillo de Atares. Se incorpora a Vía Blanca hasta Virgen del Camino. La ciudad está oscura. Tiene sistema de alumbrado público, pero no electricidad. Por eso, aunque la calle está vacía, tiene cuidado con ciclistas y transeúntes. Sube por Calzada de San Miguel, Loma del Zapote, Jacomino, Cuevita hasta llegar a Monterrey, que se caracteriza por tener más de cincuenta pinos, algo poco común para la vegetación insular, y espectacular para quien lo ve desde la Autopista Nacional.

Parquean y, antes de darse cuenta, se besuquean en la cocina. Él la monta sobre la meseta y ella le mordisquea la oreja. Se detiene y ella advierte de no hacer ruido, los vecinos saben que vendrá hoy, pero el lugar es silencioso y todo se oye. Se van al cuarto. La tira sobre la cama con fuerza y ella no tiene otra cosa que decir: ¡Oye, se rompe! Y los dos comienzan a reír, mientras le tapa la boca, para que no lo haga alto, y él le muerde la mano con suavidad y le chupa los dedos y busca su boca y le pasa su saliva y ella se la devuelve mientras se desabotona la blusa y libera al cinto de su saya y sigue al cinto de él, a su botón, a su cremallera y comienza a bajarle el pantalón, mientras él le toma por las manos y las pone en cruz para besar su cuello y bajar por el centro de sus senos y crucificarla con sus labios, primero el derecho y luego el izquierdo, y sigue su descenso hasta el ombligo, y la consiguiente cosquilla notado en el vientre de ella. Su descenso lo interrumpe la saya, ella afinca la planta de los pies, levanta las nalgas y, al buscar el broche trasero, ya las manos de él se adelantaron, zafaron botón y cremallera y de a poco le quita la saya y ve sus muslos, esos muslos que tanto ambicionó y toma el blúmer por el elástico superior y lo hace descender a través de sus piernas torneadas, razón para que le preguntaran alguna vez, niña, ¿tu papá es carpintero? Él ya lo sabe, se quita el pantalón y con él lanza sus mocasines a donde caigan. Comienza a besar sus muslos desde las rodillas, y los mordisquea y los lame y sube, y le abre las piernas, y se encuentra ante un coño floreciente, palpitante, oloroso, dispuesto a ser lamido. Saca la lengua y lame con placer y mete su nariz y sopla sobre el clítoris y un temblor conmueve a la dama. Reposado, le abre los muslos con su cabeza y con sus manos alineadas le abre los bembos de la vagina y comienza su ascenso al calvario, con la cruz del sexo y el deseo contenido por ambos durante tanto tiempo. Lame con placer y recrea su lengua dentro de la vagina y termina abierta en su clítoris. Repite el ejercicio aprendido en una vieja historia que no viene al caso ahora, y lo repite diez veces, cincuenta veces, cien veces hasta que ella contrae la pelvis lanza un bramido y un chorro de líquido semi ácido sale disparado por su vagina y le moja al Mayor García Álvarez la cara, los ojos y hasta la boca.

7

El cielo de marzo, por lo general, es despejado. El descenso del nivel de humedad relativa en el Estrecho de la Florida y el Canal Viejo de Bahamas permite un mejor enfoque sobre el área de observación. Hasta el momento, los pilotos de Hermanos al Rescate cumplen sus rutinas, según plan de vuelo.

—Control de Vuelo Habana. Buenos días. Somos Hermanos al Rescate. Le habla su Presidente, José Basulto. Estamos cruzando el paralelo 24 en este momento.

—Recibido y verifique el código respondedor —contesta el Centro de Control de Vuelo del occidente del país.

—Doce veinticuatro —contesta Basulto

—¿En qué zona va a realizar el trabajo? —pregunta el Centro de Control.

—La información está en el plan de vuelo —contesta tajante Basulto— con el indicativo Gaviota uno.

—La zona norte está activada. Corre usted peligro al penetrar por debajo del 24 norte —apunta el controlador y refiere a los sistemas de defensa antiaéreo—. O sea, los aviones pueden ser derribados o por las defensas terrestres, o los aviones de combate, si lo consideran pertinente.

—Somos cubanos libres y desarrollamos tareas de rescate en el área. Nos mantendremos a la escucha —concluye Basulto y mantiene su aparato volando en paralelo a la costa norte de Matanzas, pasa Varadero, Cárdenas y Cayo Cruz del Padre, el punto más al norte del archipiélago.

—Gaviota uno, me muevo un poco más al sur para pasar cerca de Cayo Piedra hasta la altura de Isabela —Pablo mantiene el rumbo mientras espera instrucciones y escucha la voz de Basulto.

—No te pegues mucho. Bordea la parte exterior de Cayo Fragoso y llega hasta la altura de Caibarien. Gaviota tres, mantente, sube a mil setecientos y cruza sobre Gaviota dos.

—Jefe, tengo un problema en el motor delantero —Llama René—. No puedo levantar el morro.

—¿Cómo se mantiene el motor de atrás? —pregunta Basulto.

—Funciona bien, pero el aparato escora a estribor —responde René desde Gaviota tres.

—Dile al colombiano que revise los parámetros y cumpla los protocolos. Aumenta la velocidad, gana altura y observa el consumo de combustible. De regreso tendremos viento de cola, pero no te confíes.

8

—¡Esa es la maniobra que esperamos! —dice eufórico el oficial a cargo por el Ministerio del Interior.

—¡Despeguen los aviones de inmediato! —indica el General, jefe de la Base Aérea de Santa Clara, perteneciente a la 1ª Brigada de la Guardia "Batalla de Santa Clara", adscripta a la Zona Aérea Central.

El Mayor está satisfecho. La operación se realiza según plan. El Oficial de Guardia Superior da la orden de preparados para el despegue a los aviones de guardia. Transmite la misma firmeza que el oficial a cargo. Pero se siente incómodo, un extraño dirige las operaciones en su base aérea. A todas estas, el Jefe de la DAAFAR, General Martínez Puente, observa el comportamiento de sus subordinados.

Los aviones salen a la pista. Taxean despacio. Los pilotos, dos ases aéreos, se graduaron en la escuela de aviación militar soviética. Tienen experiencia de guerra en Etiopía, Angola y Siria. Llegaron con sus aparatos a realizar maniobras de rutina. Solo al llegar a Santa Clara hoy, al analizar el plan de vuelo, se habló de la presencia de las avionetas contrarrevolucionarias sobre las que tienen información preliminar.

Están en la punta sur de la pista. El luminoso sol de marzo lo ilumina y lo ensombrece todo. Relajados, dispuestos a derribar, se concentran en los relojes y en la conversación con los oficiales de inteligencia.

—Cisne ocho ¡Veintitrés, listo! —dice el líder.

—Cisne ocho ¡Veinticinco, listo! —apunta su acompañante.

—Veintitrés y Veinticinco. ¡Despeguen! —ordena la torre de control de vuelo del aeropuerto militar de Santa Clara.

9

La limonada está buena pero fue hace cuatro horas. Al hombre del pulóver verde ya le duelen las nalgas de estar sentado en el mismo lugar y lo único que puede hacer es cambiar de posición; cada vez que intenta pararse, el ama le recuerda que Toni está a punto de llegar. El barrio sigue sin electricidad y el calor y el sudor, convertido en bochorno le hicieron cabecear par de veces. No tiene dónde dormir y menos dónde comer. Los fondos, además, son escasos. Está decidido, se va aunque tenga que volver más tarde. Esta vez no escuchará la voz de la mujer, será correcto, pero firme, Muchas gracias, pero me voy, se dice a sí mismo, ¿pero adonde iré?, conozco Santiago, ¿pero a donde voy a ir? Los santiagueros son las personas más hospitalarias de este país. Eso fue antes de La Gran Crisis. Se dio cuenta de que, en casa de Toni, no tienen nada de comer. Ese niño lo más que tiene encima es café claro y un pedazo de pan. De almuerzo, boniato y plátano hervido. Esta gente la pasa mal. Pero ¿a dónde iré? Estoy perdido. ¡Qué va!, me voy.

—Señora, gracias, pero debo… Se levanta el visitante.

—Usted es el habanero —dice el recién llegado, un negro grande y flaco, con un saco de yute al hombro, con tres gallinas revoloteando adentro.

10

Cultos, encantadores. La postcoital es la madre de todas las conversaciones. Desnudos, disfrutándose con la vista, con la piel, con el escarceo de palabras entre combate y combate, comentan lo anodino y lo supremo. El placer de la plática. En un gesto físico el hombre se lanza sobre ella, y la profesora, riendo, le pregunta: ¿Otra vez?

—No exageres, voy a coger los cigarros —contesta, sorprendido de la pregunta-propuesta.

—No fumas mucho, ¿verdad? —pregunta ella mirándole los ojos, sin interesarle la respuesta.

—Soy fumador social. De eventos que valen la pena. Y este, te aseguro, vale la pena. ¿Y tú? —Trata de ser honesto, cosa que siempre le sale afectado y falta de gracia, algo importante en momentos como este. Por eso le devuelve la pregunta.

—No, no fumo. Nunca me ha gustado. Ni en la secundaria, ni en la Universidad. Nada. Me parece da garbo a algunas personas, pero en definitiva es una inutilidad como otras tantas cosas. Un símbolo posicionado en el hipotálamo de muchas personas por cultura, comunicación o lo que gustes. Pero no me molesta que fumes. Es más, te vez más macho —Lo mira libidinosa y continúa—. Me gusta la cerveza, sobre todas las cosas. ¡Ah! Y el café por la mañana. No hay nada como levantarse y hacer una coladita de café. No importa si es de la bodega, si tiene chícharo o cualquier otra cosa. El café matutino me levanta el espíritu.

—¡Ya tú ves! A mí el café me gusta por la tarde, sobre las tres, más o menos. La cerveza, bueno, ya nos dimos cuenta… ¡somos cerveceros! Pero en los alcoholes, mi preferido es el wiski de malta.

—¡Wow!, cómo les gusta a ustedes la bebida del enemigo —ríe, encantadora, de la broma que acaba de hacer.

—¿Sacaste ese bocadillo de la película *Fresa y Chocolate*? Creo que a Perogurria, le quedó mejor —Al oficial de inteligencia del estado totalitario, que niega todo lo que sea libertad y hedonismo, le molesta la afirmación. Pero, la deja pasar.

—¿Tú crees? —continúa ella. Sabe que lo puso en posición incómoda.

—Por supuesto. Perogurria la ensayó muchas veces antes de decirla en el cine —continúa él en posición defensiva.

—Hablando de cine —Redirecciona la conversación al notar su incomodidad—. Aquel día en La Rampa. No me querías ni saludar. Si yo no te pinto mil murumacas, tú ni me vez.

—Claro, chica, llevabas tres horas sentada allí con la colección de brujas del Departamento de Arte, y yo todavía estaba deslumbrado del sol de la calle y no veía nada en la Sala.

—Eres artista. ¿Siempre eres así con todas? —pregunta.

—Soy bastante concentrado en el trabajo. Además, tú tampoco eras muy *openmind* cuando dabas clases. Entiendo lo del matrimonio, y el niño chiquito. Pero de todas maneras, ni una sonrisa a este infeliz mortal.

—Para qué te preocupas si ahora tienes la sonrisa y hasta los dientes —Y se ríe de satisfacción, mientras abre y cierra los muslos—. Es como las películas de Chaplin, al final uno no sabe si busca drama o comedia. Él tenía la forma de darle magia a la conciencia social, como en *Luces de la Ciudad* o *Tiempos Modernos*. Me reí muchísimo en *Tiempos Modernos* cuando él recoge la bandera roja caída de un camión y empieza a agitarla para que el chofer se dé cuenta, y de pronto dobla una manifestación obrera detrás de él, y el agitando la bandera roja, y aparecía como el líder de la manifestación. Como reí con esa película.

—Pero *El Gran Dictador* es diferente. Es una película más profunda en lo social y su crítica al nazismo —Lo dice mientras cruza la pierna y recuesta la cabeza sobre la almohada.

—A mí —se sienta ella sobre la cama y recuesta la espalda contra la pared—, lo que más me conmovió fue ver a Paulette Goddard declamar su parlamento sobre la libertad, y la gente empezó a aplaudir, y se pusieron de pie. Fue algo mágico. De pronto, hubo una conexión entre la realidad de la gente y lo que decía ella. ¿Y a ti? ¿Cuál fue la parte que más te gustó?

11

—Gaviota tres, dime si ya resolviste el problema con el motor delantero —pregunta Basulto a su compañero.

—Ya el colombiano lo soluciona. Parece falla eléctrica —responde René—. Estabilizamos altura y horizonte.

—Gaviota uno, tenemos compañía. Tenemos compañía —dice Pablo, alarmado, desde el Gaviota dos—. Tenemos compañía a estribor. Tenemos Fishbed a estribor.

—Centro Santa Clara, tenemos aviones de combate en el área —claquea por radio Basulto.

—Entendido —responde el Centro de Control de Vuelo de Santa Clara responsable de que los Mig-21 estén en el aire.

—Mantengan curso y velocidad —ordena Basulto a sus acompañantes.

Los cazas de combate se ubican desde el aire sobre los aparatos de Hermanos al Rescate, y se comunican con su base: "Cisne ocho, aquí 23. Tenemos a dos de los piratas en la mira. Son dos avionetas. Indique". Se produce largo silencio en la base, como si debatieran qué hacer.

—Cisne ocho, a veintitrés y veinticinco. Fuego de advertencia —ordena la torre.

—¿Cómo? —repite cisne ocho. Pregunta, asombrado, el líder del tándem luego de quitar el seguro al lanzador de misiles.

—Cisne ocho a veintitrés y veinticinco. ¡Fuego de Advertencia!

—Recibido, cisne ocho. Veinticinco, vamo a darle pol culo a los singaos estos —Habla el líder, y cada uno de los migs escoge a su víctima, y abre fuego.

Gaviota dos y tres ven pasar las trazadoras cerca del ala derecha. Unos segundos después, los *Fishbed* pasan sobre ellos a solo metros del timón de cola, y crean una gran inestabilidad en el fuselaje de los aparatos, seguido de la perdida de altura.

El piloto del Gaviota Dos tiene un nudo en la garganta y un sudor frío le baja por la nariz, mojándole los ojos. Preso de la situación, toma el micrófono y grita por radio.

—Basulto, nos disparan, nos disparan. Nos van a derribar. Nos van a derribar.

—No seas pendejo, Pablo. Aguanta, cojones —Es René quien, también advertido por los cazas cubanos, mantiene la sangre fría que lo caracteriza. De inmediato se comunica con Gaviota Uno—. Basulto, nos están disparando y acaban de pasar pegados por arriba de cola. La turbulencia puso a bailar la mierda esta. ¡Habla con el centro de vuelo, Coño!

—Ok, René —responde Basulto a su compañero, sin perder la compostura y se dirige a los controladores—. Centro Santa Clara, nos están disparando.

—Gaviota, están advertidos de no bajar al sur del 24. Esta zona está activada.

—Gaviota dos, tres, ¿están bien? —Basulto debe tomar una decisión, y la asume—. Gaviota dos y tres. Subamos al 24, por ahora. Enciendan el radiofaro.

12

Los aviones de combate regresan a la base. Está convocada una reunión con los jefes donde los pilotos involucrados explicaran el comportamiento de las avionetas. Están solo los oficiales superiores del ejército Central, de la base aérea y los operativos de la inteligencia. Satisfechos al final de la reunión, el General jefe de la Base envía a su asistente a ubicar a los oficiales de inteligencia en la ciudad.

—Permiso, compañero Mayor —se dirige a Alejandro el teniente, asistente del jefe de la base—. El General pregunta si dormirán en la ciudad o regresan esta noche. Recomienda no viajar de noche por el estado de la carretera. Si se quedan en Santa Clara —continúa el asistente—, disponemos de dos ubicaciones preparadas. Una cabaña para cada uno en el Hotel Los Caneyes. Como saben, está en las afueras de la ciudad. O una habitación doble en el Hotel Santa Clara Libre, frente al Parque Vidal, en el centro de la ciudad. Como ustedes decidan.

Alejandro se vira hacia Reymundo. Busca respuesta. Al encontrarla, se vira hacia el teniente.

—Nos quedaremos en el Santa Clara Libre. Está más céntrico y, si deseamos movernos a cualquier lugar, es más cómodo.

—Como usted diga, compañero Mayor —Y se retira a preparar la logística. Se aleja y sonríe para sus adentros—, así que estos dos, en vez de coger dos habitaciones separadas en Los Caneyes, meter jevitas y armar tremendo vacilón con ron, jama y piscina, se van para el Santa Clara porque es más céntrico. ¡Verdad que Dios le da pan a quien no tiene diente!

13

Pepín es tremendo tipo. Está preparado. Fue profesor de filosofía de la Universidad de Oriente, hasta que lo expulsaron por crear los Centros de Cultura Cívica aquí en Santiago —comenta Toni al hombre del pulóver verde mientras caminan por la Alameda, a la altura de la antigua fábrica Bacardí.

—¿Dónde es que vive, me dijiste? —pregunta.

—Acá cerca, antes de llegar al fortín de Yarayó. Una casa de madera de las de antes. Que esta buena, pero el tiempo no perdona y la falta de mantenimiento se nota. Pero todavía está buena. El hace tremendo trabajo de conciencia con la gente, y ya se crearon otros tres centros. Uno en el Centro, por Calle San Pedro, y otro por Ferreiro, a un par de cuadras de Avenida Garzón.

—Qué bien. ¿Y qué hacen en los centros? —pregunta el visitante y mira de soslayo a una hermosa mujer que lleva una sombrilla verde para protegerse del duro sol del Caribe. Un sol que raja las piedras.

—¿Está buena? —comenta malicioso el poblano.

—Ni que lo digas. Está buenísima. Además, tiene unas caderas adorables —El del pulóver verde recuerda entonces a su amiga muerta en el remolcador —. Pero nada, no te preocupes. No estoy aquí pa' eso.

—Ay, nagüe, ¿Cuál é el problema? Aquí se chinga por ver la leche correr.

—Está bien, pero no vine aquí a eso.

—¡Ah!, ¿qué pasa, nagüe, ute e cundango? —dice el negro, riéndose de su recién conocido amigo, y confianzú como todos los santiagueros.

—Verdad que ustedes los santiagueros son del carajo.

—No, nagüe. Uted sabe que al pájaro se le conoce por la cagá.

—Usted es simpático, caballero. Mira, mejor explícame qué hacen Pepín y los puñeteros Centros de Cultura Cívica.

—No se ponga guapo. E jarana. Mire, hay qué decir como dice Celia Cruz: hay que gozar / que la vida es un carnaval —Pero como no le sigue la rima, el santiaguero cambia el tono.

—Lo primero: los Centros de Cultura Cívica son como una sociedad de amigos, como los masones, digamos. A la casa de nuestros hermanos, donde están los centros, se van a debatir cuestiones de interés: La crisis en la que estamos, los problemas de los hospitales y policlínicos, los problemas de las escuelas. Aquí están destruidas, pero, además, la necesidad de la libertad para elegir la educación para nuestros hijos. La seguridad ciudadana. La importancia de la libre sindicalización para que los trabajadores mejoren su vida. La autogestión empresarial. Además de una cosa que se llama la resistencia no violenta, basada en la propuesta de Gandhi y Luther King. En estos centros reunimos literatura de cualquier tipo, pero priorizamos la de política e historia, libros censurados por la dictadura, que nos llegan de Miami o cualquier otro lugar.

—Coño, está bueno eso. ¿Y desde cuándo lo desarrollan?

—Mira, mejor te lo explica, José Ramón, que eta e su casa —Toni concluye sus palabras entrando al portal de una casa que ya vivió sus mejores años, y que aún conserva su hermosura. Toca la puerta y un hombre con pronunciada calvicie, bajito y que en algún momento fue rollizo, les abre la puerta, desconfiado. Le estrecha la mano a Toni y pregunta. ¿Y este quién es?

—Ete e el que te dije viene de parte de Lázaro Gonzále. La gente de Concilio.

—Pasen —En la sala, sentados, una mujer del Comité Ciudadano, un señor ciego del Movimiento Cubano por la Libertad, otro joven blanco flaco del Club de presos y expresos políticos, un mulato viejo de Plantados hasta la libertad y la democracia, otro flaco del colegio médico, un guajiro grande de la Liga Campesina, una señora del colegio de Pedagogos, una blanca preciosa del Instituto de Cultura y Democracia, y una señora mayor del Movimiento 20 de Mayo. Pepín presenta al recién llegado.

—Hermanos y hermanas, les presento a un hermano de la capital que viene de parte del abogado Lázaro González. Él va a explicarnos cuál es la idea de Concilio.

—Buenas tardes. Concilio es una idea…

XVII
MAYO 21, DEL 95

1

Sale del apartamento con su mochila, pero sin la bicicleta. Las mañanas frescas de abril dejaron de serlo para convertirse en húmedas y calurosas. Esto matiza la belleza matutina. Como aun no empieza la temporada de lluvias, el polvo está por donde quiera. Se encamina a la parada del ómnibus, y varias decenas de personas se aglomeran a la espera. Al llegar el transporte, el público se arremolina sin orden ni concierto para ascender. Pujan por un espacio con las casi trescientas personas que ya ocupan el desvencijado remolque. El hombre del pulóver verde ayuda a subir a un señor mayor, escuálido y con la ropa ajada. Se acomoda en una esquina de la puerta. Acomodarse en esa cabina es un eufemismo. La violencia dentro de ella comienza temprano y aunque pocas veces termina en riña, se representa en sus sonidos, olores, forcejeos, codazos y pisotones. En esta fiesta no faltan carteristas, jamoneros y comemierdas. El del pulóver verde lo describe como la clasificación de las películas de adultos con Sexo, violencia y lenguaje de adultos. A punto de ponerse en marcha, se cierran las puertas con estrépito y reacomodan los pasajeros. El hombre pide permiso por aquí y por allá, adelgaza un poco más por aquí y contorsiona otro poco por allá, hasta subir al nivel superior en la parte delantera. Allí se concentra en el largo viaje que le espera.

Colapsado el transporte público por carretera, cabotaje, ferrocarril o aéreo, los que se trasladan a las provincias hacen una maroma apta solo para iniciados, consistente en llegar hasta un punto en la carretera a la salida de la ciudad que llaman Los Amarillos. En ese lugar señalizado, y desde las seis de la mañana y por doce horas, un par de personas, hombres o mujeres, con un sofocante uniforme de color amarillo imperio y una tablilla de reporte están autorizados a detener a todos los vehículos pertenecientes al Estado que transiten por allí y, si tienen espacio, ubicar personas para trasladarlas hasta donde vaya el chofer. Como se ven pocos autos, la mayoría de los vehículos que se detienen en esos puntos son camiones, viajando sin mercancía. La esperanza de los viajeros al abordaje es un transporte directo al destino, aunque existen también los que por otra lógica, hacen el viaje por tramos.

El camión proveniente de Alamar se detiene en la Virgen del Camino. Desciende el hombre del pulóver verde, cruza el parque, bordea la escuela primaria y cruza Calzada de Güines. Allí abordará algo para el Cotorro, desde donde tomará otro vehículo hasta la cercana Ciudad Condal de Santa María del Rosario, una bicentenaria y bucólica comunidad, coronada por una iglesia católica, que guarda una de las piezas pictóricas más viejas de la cultura cubana. Luego de caminar hasta la Autopista Nacional, donde tienen una caseta Los Amarillos, emprenderá su viaje a Santa Clara.

2

−Los convoqué a esta reunión para abordar otra provocación contrarrevolucionaria. Nuestros agentes dentro de los grupos contrarrevolucionarios en Miami nos alertan de una reunión que se organiza a nivel nacional de los principales grupúsculos y personajes contrarrevolucionarios. Todavía es un proyecto en ciernes. Pero debemos empezar a obtener toda la información posible a partir de los agentes de campo y darle seguimiento.

El hombre vestido de blanco encabeza el encuentro con miembros de la Octava Dirección y de la Sección Veintiuno, de la Dirección General de la Seguridad del Estado. Por la Octava está el Mayor García Álvarez y, por la Veintiuno, el Mayor Ernesto Samper. Contemporáneos, ambos llegaron al G-2 por diferentes vías. Uno estudió inteligencia en la Unión Soviética en la academia de la

KGB, y el otro, Ciencias Políticas, en una escuela militar cubana. Los une la rivalidad, la calificación y el exceso de celo en su trabajo.

—Permiso, jefe, Mayor Samper, jefe de equipo de la Sección Veintiuno. Nuestros agentes de campo tienen ideas poco precisas sobre lo que se genera. Solo se habla de un posible encuentro entre varios de estos grupos para establecer alianzas y desarrollar trabajo conjunto. Nosotros tenemos penetrados a estos grupos con agentes y también existen grupos de nuestra creación, y es improbable el desarrollo tal maniobra. Según la información que poseemos, el proyecto lo maneja el abogado Leonel Morejón Almagro, un hombre con historial contrarrevolucionario y encargado de la defensa legal de algunos cabecillas contrarrevolucionarios. Toma una pausa Samper, y continúa con aire de seguridad. Este mercenario tiene como características principales el entusiasmo, carisma, capacidad de convocatoria y la ejecutividad, pero también la inestabilidad y la autosuficiencia. En opinión de nuestro equipo, no debe convertirse en un peligro por esos mismos rasgos.

—Mayor Samper, ¿qué medidas toma su equipo sobre el tema?

—Jefe, la medida más importante es el examen del comportamiento de los grupúsculos y sus cabecillas. Pero a ciencia cierta, no existe mucha información sobre cómo se piensa hacer y sus posibles integrantes.

—Mayor Samper, lo cité en especial a usted a esta reunión, pues el anterior representante de su mando tampoco sabía sobre el tema. Es evidente que nuestros agentes de campo en el sur de la Florida, entre las organizaciones apátridas ya tienen información de que fueron contactados por mercenarios dentro de la isla, para unirse a tal proyecto.

—Permiso Jefe, Mayor García Álvarez de la Octava Dirección. En opinión del equipo que represento se debiera observar el desarrollo del proyecto para ver potencialidades o amenazas a futuro. Estamos en un momento de reacondicionamiento de las líneas generales del Estado con una mayor apertura a la comunidad internacional y empresarial. Reprimir a estos grupúsculos en este momento, más que permitir la estrategia prevista por el mando de la

Revolución, podría ser un freno. En este momento, el Presidente de los Estados Unidos decide una moratoria en el cumplimiento de la Ley Torricelli. Se desarrollan acuerdos migratorios y otros que avanzan. Como el encuentro entre el compañero Presidente de la Asamblea Nacional, y Jorge Mas Canosa. Además, del apoyo que las iglesias protestantes y el Reverendo Lucius Walker, dan con las caravanas de Pastores por la Paz, desde el 92. También con la Unión Europea, se firman acuerdos importantes, y puede mejorar el posicionamiento de Cuba en ese escenario.

No obstante, tenemos un enfrentamiento con los países de Europa del Este y del campo exsoviético y ruso, en especial con el Presidente Ruso, Boris Yeltsin y el checo Vaclav Havel. Este último con mayor intención de apoyar a la contrarrevolución interna. Pero, sin lugar a dudas, actores menores.

Una ofensiva frontal contra esos grupúsculos sería un uso desmedido de la fuerza. Sugerimos un mayor trabajo de inteligencia y penetración. El uso de la fuerza, solo en caso excepcional.

—Interesante su punto de vista, Mayor García Álvarez. Pero le aseguro que en el caso de las iglesias protestantes norteamericanas están controladas por nuestros oficiales en los Estados Unidos. En el caso de Pastores por la Paz, nuestros compañeros del Instituto Cubano de Amistad con los Pueblos, en especial Sergio Corrieri y Enrique Román, son excepcionales agentes de los intereses de seguridad de nuestro pueblo. También tenemos a los compañeros del Centro de Estudios de los Estados Unidos, encabezados por Esteban Morales y los de FLACSO-CUBA, que hacen un excelente trabajo de penetración en la sociedad académica norteamericana.

3

Santa Clara no pierde su aire de pueblo de campo por mucho que la modernidad le alcance en la década del cincuenta con la Universidad Central de Las Villas, o el Hotel Santa Clara. O que sus epónimos, Gerardo Machado y Martha Abreu, le dieran algunos edificios eclécticos que la caracterizan como el Palacio de Justicia, el Teatro la Caridad, la Terminal de Trenes o el Gobierno Municipal.

La mayoría de las dictaduras latinoamericanas del siglo XX plantearon el pensamiento desarrollista como paradigma económico. Como propuesta para salir de la rivalidad centro industrial versus periferia agrícola, decidieron impulsar la industrialización para potenciar el progreso autónomo. El gobierno insular no fue ajeno a ello, y Santa Clara desaprovechó la planta industrial azucarera construida en los últimos doscientos años, pero se benefició con la fábrica de utensilios domésticos, las construcciones de escuelas con el sistema Gran Panel y perdió la importancia como centro de comunicaciones, al perder importancia la Carretera Central, ante la Autopista Nacional.

El que viaja por la Autopista desde occidente y se dirige a Santa Clara, entra por la bifurcación en el kilómetro 261, si va en coche. Si va de polizón, desciende en la gasolinera, dos kilómetros antes, o se plantan en el mismo cruce. Eso hizo el hombre del pulóver verde, tras un viaje rápido. Solo tres horas sobre la cama de un camión de caña, junto a otras treinta personas sentadas en aquel piso mugriento, pero felices de la oportunidad.

El camión del Ministerio del Azúcar tenía destino en Ciego de Ávila y el chofer pretende llegar a tiempo a su base. Así, a las once de la mañana, se detuvo en el cruce de caminos, donde se baja parte importante de su pasaje. Pero recoge más de veinte personas que esperaban en el mismo lugar para seguir hacia el oriente.

Como todo cruce de caminos en medio de la nada, el de Santa Clara recuerda a aquel en el Estado de Mississippi donde Tommy Johnson hizo el pacto con el diablo para ser el mejor guitarrista de blues. Pero para el hombre del pulóver verde, ateo y agnóstico, lo mejor es encomendarse a algún camionero que lo lleve al pueblo todavía distante diez kilómetros. Se considera ateo, por no creer en la presencia del arquitecto universal. Agnóstico, porque si a la gente la creencia le hace ser mejor persona, pues le parece bien. Pone la mochila en el suelo. Se ajusta su viejo sombrero angolano y espera paciente al socorro.

4

—Compañeros oficiales, pueden retirarse. Mayores García Álvarez y Samper, por favor, los espero en mi despacho —De esa manera el hombre vestido de blanco termina la reunión con los operativos. Los funcionarios se levantan y dirigen hacia la salida, en lo que Samper y García intercambian miradas y permanecen sentados. El oficial de la Octava Dirección saca su caja de cigarrillos del bolsillo izquierdo de su camisa y su Zippo y comienza su rutina de golpear el cigarrillo contra la esfera del reloj. Mientras se arrellana en el asiento, espera la salida del último. Sus pensamientos van de una esquina a la otra, desde los intereses que pueda tener el hombre vestido de blanco hasta cuál será la posición de Samper en esta reunión sin previo aviso.

Al vaciarse el salón, Samper se levanta y se cruza en la puerta con García, quien mira la llama azul de su fosforera y la lleva a su cigarrillo. Absorbe el humo con lentitud y le pasa la mano por la espalda a su colega —¿Qué te parece el asunto? ¿Cómo crees que lo resolvamos?

—Mira, García, aquí el tema es de Seguridad Nacional. El jefe dejó claro que la información viene de la gente de Línea y A, donde controlan a los activos de allá. A lo mejor lo que plantean no lleva a ningún lugar. Pero el estar en combinación con la gente de Miami, es otro asunto. No sabemos cuáles son los contactos en el exilio: si es la Fundación Nacional Cubano Americana, Hermanos al Rescate, Comandos F-4, o Alfa-66, no tengo la mínima idea, pero el hecho de estar en matrimonio significa una escalada en la atención del mando. Te sugiero estar atentos a lo que dirá el jefe. ¿Ok? Por cierto, te debo una. ¿Cuándo vamos a la Casa de Oficiales a tomarnos un par de cervezas y almorzar? Lleva a tu esposa y las niñas. Yo llevo a mi mujer, y pasamos una tarde allá conversando.

—No me debes nada, Samper. Además, si trabajamos en colaboración, tenemos y debemos de apoyarnos. Cuidarnos las espaldas mutuamente, pues ellos son jefes. ¿No? Estoy seguro de que si Alejandro hubiera estado en esta reunión te estaría preparando el ataúd. Ese hubiera aprovechado la oportunidad para pasarte por arriba y, de paso, degollarme. Sin hablar que todos los del proyecto ese serían fusilados hoy a las nueve de la noche, como hizo con la gente del remolcador.

—¿Cómo es eso de fusilarlos a las nueve de la noche? —El rostro de Samper muestra asombro, pues, aunque tiene conocimiento por su nivel de información sobre los fusilamientos en los últimos años, no conoce del protocolo horario y menos del sitio de ejecución. En concreto, pensaba que fusilaban a los reos en las canteras de Piedra, por una leyenda oída en su natal Santiago de Cuba.

—¿Coño, no joda, Samper, no sabes que los paredones hace años se hacen a las nueve de la noche en los fosos de la Fortaleza de La Cabaña para confundir los disparos con el cañonazo de las nueve? —pregunta, sorprendido, García.

—¿Y eso como lo sabes? —Samper no sale de su asombro.

—Tú estudiaste en la Unión Soviética, ¿verdad? Yo estudié en la Escuela de Cadetes de La Cabaña y, estando de guardia de fusil, en dos ocasiones vi fusilamientos. No digo que haya tantos fusilamientos. Pero si te digo: en mi guardia coincidí con par de ellas. Los cadetes sabían que había paredón porque a las ocho de la noche entraba una caravana de carros del Minint. Llegaban por la posta uno, cruzaban la explanada a salir a la explanada del Cristo, por ahí, bajando a Casablanca, está la entrada de los fosos de la fortaleza…

—Oficiales —interrumpe el asistente del jefe—, por favor pasen.

5

El camión lo deja en la salida de la carretera de Antón Díaz. Cruza la rotonda y se interna por una calle sin aceras cubierta de polvo, que lleva hasta el centro de la ciudad. La distancia es larga, la ventaja está en no perderse por los callejones. Al llegar a la dirección aprendida de memoria, pasa del mediodía y el agotamiento mella el cuerpo. Tiene fortuna. El viaje que a algunos les dura un día completo, él lo hizo en no más de seis horas. Con suerte, antes del próximo mediodía hará el resumen a Pablito Silva y a Leo.

—¿Ramón Silverio? —preguntó a un blanco alto joven con nariz de águila y ojos saltones, delante de la puerta de la dirección indicada.

—¿Usted es? —pregunta el residente, y abre aún más sus ojos de sapo.

—El amigo de Leo —responde el viajero.

—Pase, le esperábamos —Abre la puerta y deja pasar al invitado y sube una escalera de casi cuarenta escalones. Al llegar al piso alto, el anfitrión le indica pasar a una sala contigua, premiada por un balcón por donde entra un fresco agradable y donde un discreto grupo de personas habla animada hasta la llegada del extraño. Entonces, se impone un silencio de atención.

—Caballeros, este hermano viene de la capital a presentarnos un proyecto de unidad de la disidencia —Las palabras de Silverio devuelven la confianza al público y, resuelto, se levanta a saludar al recién llegado, da la mano derecha a los hombres y un beso en la mejilla a las mujeres. Luego de las presentaciones, que incluye el nombre de pila de cada persona y la organización que representan, compuestas por lo general por pocos miembros, el dueño de la casa sugiere sentarse y, sin otra introducción, invita al hombre del pulóver verde a dirigirse al público.

—Muchas gracias —comienza el viajero—. Bueno, ante todo, agradecerles que estén aquí. Como ustedes saben, uno de los problemas importantes para una salida democrática al desarrollo de Cuba es la unidad de la oposición democrática, para demandar ante todo el respeto a los derechos humanos y encontrar una salida pacífica, gradual y gobernable. De tal manera, un grupo de hermanos de diferentes organizaciones tratamos de organizarnos alrededor de la idea democrática. Proponemos hacer extensiva esa agenda a ustedes, compartirla con ustedes y ver cuáles son sus puntos de vista para acoplarlos en la medida de lo posible y coordinar acciones.

—Pero ¿en qué se basa, de manera concreta, su proyecto? —pregunta un tipo apuesto, arrellanado en su asiento, que mira con desconfianza a su interlocutor.

—Mira, es una idea compleja. Es crear una plataforma donde todos los grupos de la oposición se sientan representados. En una primera instancia se divide en una organización temática y otra territorial. La temática, es crear un grupo de paneles o comisiones que traten sobre los diferentes problemas que, en opinión de todos, son el meollo del arroz con pollo. Temas como el laboral, la educación, la salud pública, el servicio militar, y así. La territorial, se dirige a la estructuración de las diferentes organizaciones a nivel territorial para poder hacer trabajo conjunto y expandir nuestra idea a los diferentes municipios, y que no se circunscriba solo a las cabeceras provinciales. Claro, tenemos información de que existen organizaciones en algunos municipios con fuerza territorial.

—¿Y quién dirigirá este proyecto? —pregunta de nuevo el arrellanado, sin inmutarse.

—Se trata de crear una dirección colegiada donde predominen las agrupaciones con más peso en los territorios, los líderes con mayor capacidad de liderazgo o visión, y que sea participativa y competitiva al interior. O sea, todo lo contrario de los comunistas.

—¿Y quién evalúa la preminencia de una organización u otra, o los liderazgos? Seguro que la gente de la Capital. Son quienes tienen más contactos con el exterior y visitan las embajadas. Y a nosotros, los guajiros, que nos pase el tren por arriba. Continúa su discurso el irreverente.

—Tony, a mí me parece que la idea no es mala en sentido en general —interrumpe el anfitrión—. Nosotros tenemos el problema de la comunidad gay aquí. Por una parte, no estoy de acuerdo con lo que dice nuestro ilustre visitante. Si no fuera por el trabajo de Mario Bermúdez y Lázaro Expósito, el primer secretario del partido y el presidente del gobierno en la provincia, nosotros no hubiéramos podido establecer el Centro Cultural El Mejunje. Que, en esta islita, todo el mundo sabe es el único lugar donde los homosexuales podemos expresarnos como artistas. Pero, por otra parte, me parece que participar en un acuerdo general ayuda a construir un país mejor, más inclusivo.

—Eso está muy bien, Silverio. Pero ¿cuál es la realidad? Los habaneros, al final, son los que imponen su posición en un proyecto de ese tipo, por la razón que tú quieras —protesta el arrellanado y continúa—. Yo creo en la nobleza de tu propuesta, ¿pero tú crees que la apertura del Mejunje tiene que ver con la liberalidad de los comunistas?, o ¿con la importancia de abrir un espacio de una sociedad que se ahoga? Nosotros aquí debemos escuchar a todo el mundo, pero también debemos tener mucho cuidado en sumarnos a propuestas que no sabemos de la misa la mitad. Andar con vista larga, paso corto y mucha, pero mucha, mala intención.

—Señores, yo solo traje una propuesta —Acostumbrado a este tipo de discusiones en los diferentes lugares donde estuvo en los últimos meses, el hombre del pulóver verde, pasa a la ofensiva—. El tema es que ustedes la conozcan. Que sepan, existe. Y sobre eso quisiera darles la palabra a otros de los presentes.

La discusión continuó con la marcada preocupación de los poblanos a verse absorbidos por la capital. Tres horas más tarde, y después de tomar dos tasas de infusión de romerillo cortesía de la casa, y comerse unos masarreales —una pelota de engrudo en la boca, y para lo que se necesitaba agua, mucha agua—, los visitantes se retiran de uno en uno y, a pesar de la acalorada discusión, le brindan afecto al viajero.

Silverio y el huésped, solos en la sala, se miran. El hombre del pulóver verde va a hacer el ademán de despedirse y Silverio se adelanta:

—Quédate hasta mañana… Hoy tenemos espectáculo en El Mejunje, y es probable que Mario Bermúdez, el primer secretario del Partido, vaya. Para que puedas oír sus opiniones. Por supuesto, sé cuidadoso con las tuyas.

—Por supuesto. ¿A qué hora será eso? —pregunta.

—A las nueve de la noche. Como tienes tiempo, báñate y tírate un rato en mi cuarto. Yo tengo que salir… Por la noche, yo dormiré en el cuarto de mamá.

—Coño, compadre, yo creo que es mejor irme esta noche para llegar temprano en la mañana a la casa.

—No, hermano, quédese esta noche. Mañana a las cinco, sale una guagüita para la capital y te vas a poder ir ahí. A las ocho, a más tardar, ya estarás en Alamar.

—¿Estás seguro, Silverio? —pregunta, porfiado, el visitante.

—¿De qué te puedas ir en la guagüita? Claro que sí, nosotros aquí nos apoyamos.

—No, de poder encontrarme con Mario Bermúdez.

—Sí, mijo, sí.

6

—Dígame, Samper, ¿cuál es su propuesta? —El oficial vestido de blanco observa a García Álvarez mientras interroga a la contraparte. Se interesa en saber cuál de los dos oficiales está en mayor capacidad para controlar el nuevo escenario creado por los contrarrevolucionarios pagados por la CIA, el gobierno norteamericano y los colonialistas europeos. Por suerte, los agentes de la contrainteligencia en Estados Unidos alertaron, porque los lerdos de la Sección 21 no se enteran aun—. Dígame, Samper —repite.

—Jefe, en nuestra sección estamos preparados para llevar adelante las misiones que nos encomiende. Vamos a analizar las nuevas medidas de penetración en el terreno. Pero debe considerar que todos y cada uno de ellos apenas se conoce y mucho menos tiene capacidad de convocatoria entre los mismos contrarrevolucionarios. Además, muchos de los desafectos del proceso, salieron del país con la crisis de los balseros. Algunos de ellos están en la Base de

Guantánamo. Otros parece que murieron en el mar porque nunca llegaron a los Estados Unidos, según la información que poseemos.

—Samper, ¿y si los norteamericanos cogen a los balseros en la base y les dan entrenamiento militar y los preparan como a la brigada mercenaria que desembarcó en Girón?

—Jefe, eso es imposible. Nosotros tenemos observación directa sobre los cubanos en los Campamentos X-Ray y Delta. Además, confirmamos con otras direcciones que tenemos al menos de dos a tres agentes infiltrados en cada uno de los campos. La intención de los agentes es atacar la confianza mutua, las normas afectivas y las redes sociales y cualquier otro factor que los aproxime como individuos y les permita realizar acciones de visión colectiva y para el bienestar del grupo. Agentes con varios propósitos como hablar de las malas condiciones de vida en el lugar, crear e incentivar los conflictos entre los balseros para generar inestabilidad e ingobernabilidad entre los detenidos, que preocupe a los mandos de la Base. Pero, sobre todas las cosas, permitir en su momento la migración al territorio continental y la conversión en sembrados en diferentes puestos, según los intereses planteados. Por eso le digo, jefe, con la mayor humildad, eso es imposible.

—¿Estas convencido, Mayor García? —El jefe, ahora sonriente, se adelanta sobre la mesa y llama por el intercomunicador—. Senén, trae algo para merendar que esta conversación se pone interesante.

—¿Qué desea, Jefe? —responden por el intercomunicador.

—Trae helado menta chip para tres y bocaditos bien surtidos —Se dirige a los interlocutores y pregunta—. ¿Ustedes quieren algo más? —Presto, García Álvarez, que conoce de las reservas del hombre vestido de blanco, le dice.

—Jefe, para mí, refresco Sprite y, si puede, una caja de H.Upman.

—¿Para usted, Samper? —pregunta, sin mirarle

—Nada, jefe.

—Senén —aprieta el botón el jefe—. Trae una rueda de cajetillas de H Upman, y par de refrescos Sprite.

—Como usted diga, Jefe.

7

—¡Y ahora! ¡Lupita D´Alessio! El presentador, sonriente, entrega el micrófono a un hombrón que debe trabajar por lo menos de herrero o forjador de metales, pero que, equivocado, está vestido de mujer. Cubre los brazos musculosos y velludos con unos guantes de encaje negro, le cubren desde la muñeca hasta un poco más arriba del codo. Domina perfecta sus zapatos de noche de dos pulgadas de tacón y, al subir a la tarima, es aclamado por el público que corea con él la grabación de una de las canciones de la cantante mejicana. El del pulóver verde está a punto de vomitar ante lo complejo y repulsivo de la escena. Silverio lo deja solo en la mesa donde se da unos cañangazos de Ron Pinilla, cortesía de la casa, y come unas croqueticas muy sabrosas. Entretenido está mirando a una mujer pelirroja, con unas piernas preciosas, sentada detrás, a su izquierda, que conversa con un tipo con pinta de nuevo rico, cuando llega Silverio con un hombre alto, esbelto, rubio, ojos claros y un pulóver con una consigna revolucionaria.

—Siéntese, Mario —dice Silverio al recién llegado y de inmediato se vira malicioso hacia el del pulóver verde—. Te presento a Mario Bermúdez, el Primer Secretario del Partido en la provincia.

—¿Qué tal? —preguntan los dos a la vez, y se logra una empatía o química difícil de comprobar. Sonríen y el recién llegado se adelanta`, jovial—. Creo que, para la próxima, debemos ensayar.

—Como no —responde el del pulóver verde y siente comodidad al lado de esta persona, contemporánea, que llega acompañado de su esposa a aquel antro llamado El Mejunje.

—¿Como la pasa en Santa Clara? —Y lo mira directo a los ojos, forma que tiene el político de interpretar a sus interlocutores.

—Muy bien, gracias —responde directo a su escucha, y acepta el desafío de la valoración mutua.

—Nosotros sabemos que este tipo de espectáculo es bastante contraproducente en algunos sectores de la sociedad —comienza su alocución el político—. Tratamos de abrir espacios sociales que sean inclusivos. Sabemos de las críticas. Pero mira, aquí en este mismo lugar, tenemos otras actividades para los niños, los sábados y los domingos. También funciona como teatro y centro cultural durante los demás días de la semana. Pero la fama nacional del lugar lo da el desfile travesti.

—Sí, me doy cuenta —El hombre del pulóver mide con micrómetro cada palabra que dice. Es la oportunidad de decir ciertas cosas, pero no puede pasarse de tonto, pues abortaría la misión principal que le ubica allí. Y del Mejunje a la Carretera de Placetas, donde está el cuartel de la Policía Política, solo media una patada en el trasero. Además, ya le advirtieron que el jefe de allí, de apellido Abella, es peor que Caín. Si el tal Abella detuviera a su hermano, que es cardiólogo, él mismo lo haría confesar—. Yo le apunto —retoma la conversación—, que reconocer a la sociedad gay es importante, y también lo es darle importancia y promover otros sectores de la sociedad como el empresarial, los campesinos y los servicios gastronómicos. Discúlpeme, Miguel, sé que esto se puede ir de guion. Y no quiero confrontarlo, ni aprovechar la oportunidad para descargar, pero me parece, ya que tengo la oportunidad, que es el momento de decirle algunas ideas que a lo mejor coinciden con las suyas —Toma aire—: ¿Usted estudió…?

—Ingeniería Electrónica. Y no te preocupes —se revela, sonriente, el político—, estoy acostumbrado a escuchar cualquier tipo de queja. Y tú, ¿qué estudiaste?

—Soy autodidacta. Lo más que tengo es noveno grado. Pero, me muevo en el área de la comunicación social.

—Qué bien, porque necesitamos comunicadores que promuevan la obra que realizamos y los avances que tenemos. Pero —y se detiene—, que también enseñen las partes blandas, las oscuras, para poder erradicarlas.

—¿Estuviste en África? —Se atreve el del pulóver verde. Esa pregunta, en sí misma, sube el nivel de cualquier conversación entre los funcionarios y miembros del Partido del Comandante. Es como una credencial de sacrificio que da credito al portador.

—No. Estuve en Nicaragua. ¿Tú estuviste en Angola o en Etiopia? —Esquiva el golpe el político, con elegancia, y registra al interlocutor.

—En Angola. En el cerco de Cuito, en el ochenta y dos. Era parte de la columna que rompió el cerco desde adentro. Allí gané la medalla al valor —Las pupilas de los interlocutores se dilatan de forma imperceptible, síntoma del impacto. El antiguo soldado, sabe que hizo diana con su disparo.

—Supe de eso. Se dice, fue duro —sostiene Mario.

—Seguro —reafirma el hombre del pulóver verde.

—Amigo mío, fue un placer conocerlo. Comprenderá que tengo otras tareas…

—Cómo no. Lo mismo digo —responde, cortés, y observa cómo se marcha un tipo que parece puede llegar lejos, sin saber que su conversación era espiada palabra por palabra, gesto por gesto, por la mujer pelirroja que sentada a solo dos metros de distancia, supuestamente se deja cortejar por un borracho, con pinta de nuevo rico.

XVIII
Junio 6, del 95

1

—¡Déjalo, Miguel! ¡Déjalo! ¡Miguel, déjalo! —dice la mujer, en medio de la bataola de gritos y confusión creada en la intersección de las Avenidas Camagüey y Mayía Rodríguez. Un lugar quebradizo. Está a la entrada del cuartel general de la policía política. Allí fueron a manifestarse promotores de derechos humanos. En cuanto llega, el pequeño grupo es atacado por manifestantes gubernamentales. Las dos docenas de activistas denuncia la existencia de presos políticos, las torturas contra disidentes y la falta de libertades mínimas para la población. Los atacantes, vestidos de civil, cumplen órdenes de La Pesada. Entre los agresores están los miembros de los diferentes equipos nacionales de artes marciales como karate, judo, boxeo y taekwondo, traídos para la ocasión. La eficiencia en sus golpes es demoledora. Brazos partidos, cabezas rotas, hombros y rodillas dislocadas es parte del paisaje después de la batalla, como dice Andrej Wajda. Al retirarse los deportistas, entra a golpear la turba del lumpen proletario que, en la euforia de violencia, patean y pisotean a los caídos.

—¡No lo puedo dejar! ¡No lo puedo dejar! —Se niega el joven y ayuda a incorporarse a un hombre con pulóver verde, ahora manchado con la sangre que brota de la sien. Un negro karateca hizo su agosto con los indefensos protestones, le golpeó la rodilla y, de caída, pegó en la cara. Al desplomarse, se golpea de nuevo con el asfalto.

Firme, el socorrista pasa sus brazos por entre las axilas del caído e intenta levantarlo por atrás, pero, desmadejado, el hombre del pulóver verde apenas puede levantarse. La mujer que antes invoca huida, ahora se suma. Ayuda, da su asistencia, y sacan al herido por detrás de un carro hasta llevarlo a Espadero, una de las bocacalles cercanas. A rastras, por la acera y entre los arboles, lo llevan hasta Calle Goicuría, algo más lejana. Su gesto lo apoyan otros dos jóvenes que, a riesgo de ser atacados por la turba, se suman a ayudar a los heridos, sacándolos del campo de batalla.

—Recuéstenlo aquí —dice un hombre calvo y viejo, y abre la puerta de su casa para dar auxilio al herido y los socorristas—. ¿Cómo te sientes? —pregunta y continua el cuestionario, mientras le abre los parpados y observa la reacción a los estímulos iluminándole las pupilas.

—¿Cómo lo ve, señor? —pregunta uno de los jóvenes.

—¡Está mal! Parece que perdió el conocimiento en algún momento. ¿Ustedes lo conocen? —se dirige hacia las cuatro personas, y solo uno de ellos asiente con la cabeza—. Sugiero dejarlo aquí. Si vuelve a salir a la calle, puede cogerle la turba de nuevo y hasta matarlo —Toma aire y mira hacia la izquierda, arriba—. Recuerden los muertos por los mítines de repudio en el ochenta, cuando el Mariel. Así que, por favor, déjenlo aquí. Después que descanse un poco, yo lo oriento para que vaya a su casa. Tú eres Miguel, ¿no? Déjame un número, Miguel, donde te pueda localizar para que vengas a buscarlo si es necesario. Ahora, por favor, salgan de uno en uno, y en distintas direcciones para no llamar la atención de los esbirros que están en las esquinas.

Está claro el viejo. Tras la reyerta, en las esquinas se ven grupos de tres a cinco personas entre hombres y mujeres, con palos y tubos, de vigilia en la calle.

2

—Ja, ja —Bate la mandíbula—. Tremenda paliza les dimos a los gusanos. —El Mayor Alejandro sigue por las cámaras de seguridad del lugar lo ocurrido en la intersección de Camagüey y Mayía. Se fija más en el monitor. Una figura le parece conocida. Un hombre con pulóver verde llega al lugar con otras tres personas. Se encadenan por los brazos. Avanzan desafiantes por el medio de Calle Mayía Rodríguez, a sabiendas de lo que les espera. ¿De dónde lo conozco?, se pregunta, mientras ve por el monitor cómo se abalanza sobre ellos el grupo de compañeros del Equipo Nacional de Karate-Do y, con rápidos movimientos de llaves y katas, separan a los cuatro. Un negro grande de ciento veinte kilos de peso escoge como uke a la figura que a Alejandro le parece conocida. Le lanza una patada a la pierna derecha y, cuando cae producto del dolor, le da con el codo en el costillar y, para rematar, asesta otro golpe de mano invertida a la sien. El hombre resiste, su rostro lo denota, pero se desploma en el asfalto. ¡Ja, lo jodió to! Estos gusanos no nos van a joder. Grita a sus compañeros y ellos asienten con gritos de júbilo. Solo uno no se une a la algaraza. Lo mira con desprecio. Alejandro se da cuenta de la situación y se esconde, con la mirada clavada en el monitor Para evadir la situación intenta recordar ¿Quién era el tipo al que el negro descojonó? ¿De dónde lo conozco?

3

—¡Deja la duda, Belén! —le dice Reymundo que, desde atrás, se inclina sobre el oído de la oficial de Logística, concentrada en el análisis de una tabla algorítmica.

—¿Ahora eres Pedrito Calvo? —se vira la joven teniente de hermosos ojos azules, entre sorprendida y risueña. Al virarse hacia él, cruza sus torneadas rodillas, y lo desconcierta.

—¿Quien? —pregunta el capitán, aturdido y sorprendido por la comparación.

—Pedrito Calvo, el cantante de los Van-Van. ¿No me digas, que no sabes quién es? —La referencia a una de las míticas bandas de música popular bailable.

—Sí. No me daba cuenta. Pero ¿por fin? ¿Qué harás hoy? —repite la pregunta. Ella toma nota de la ansiedad y la inseguridad de él, que se comportó de manera arrogante y seguro en otras oportunidades.

174

—Nada. Voy para la casa —Posicionada, ella presiona para que muestre sus cartas.

—¿Y los niños? —Vuelve a la carga, para ver si tendrá tiempo y espacio con la hembra.

—Están para casa de su papá —dice ella, relajada, pero de inmediato retoma la palabra—. ¿Cuál es tu preguntadera? —El cuestionamiento en forma descompuesta, no es animadversión, solo su disgusto consigo misma por dar información relevante para el caso. Si la hubiera dosificado, conocería más de las intenciones del hombre, y hasta donde podría llegar a corto y mediano plazo.

—Nada. ¿No quieres que te lleve a tu casa? —Transa, y comercializa el hecho al ver disminuir las posibilidades de acercamiento intra-género. Pero como no quiere perder prenda, decide continuar con su propuesta hasta el final.

—¿Ah, sí? ¿desde cuando eres tan amable? —Mantiene ella el control de las acciones, dando la imagen de rechazo para evaluar su tenacidad—. Porque cuando no andas con el Mayor de Operaciones, solo vienes a hablar con el oficial de la oficina de al lado.

—Desde hoy —Reymundo capta la señal y sube la parada a ver a donde le puede llevar, sin realizar esfuerzos mayores.

—¡Que interesante! Y permanece mirándolo y calcula el próximo paso. Ahora si puede ser, piensa. Cambia la posición de las rodillas. Intenta desconcertarlo de nuevo. Sonríe y sus ojos azules brillan para él, estimulándolo a continuar. A que dé el próximo paso.

—Todo comienza un día —El capitán confirma la tendencia que ella quiere seguir, así como el juego de cambio de la posición de la rodilla, y supone encarrilada su intención de dormir con ella.

—¡Qué bien! —dice la teniente y piensa: ¡hoy, habrá alegría pélvica!

4

—¿Qué pasó? —se pregunta y vuelve al dolor que le atormenta e impide abrir los ojos—. ¿Estoy en Cuito? ¿Dónde cayó el morterazo? ¿Ya retiré a esta gente del carro de exploración? ¿Dónde están? ¿De quién era la pierna que cayó sobre mí? ¿Por qué la BTR del Puesto de Mando está volcada? ¡Ahhh, me duele! Tengo que apurarme a sacar a esa gente. ¿Habrá alguien vivo? ¿Por qué no me puedo mover? ¿Qué le pasa al jefe de la Columna? ¿Por qué el teniente lo abofetea? ¡Ah, el maricón está apendejao! Hijoeputa, tan arrogante. No, no estoy en Cuito. Rompí el cerco después del bombardeo con Napalm de los Mig-21 y llegamos a donde estaban los nuestros y nos reunimos con la contraguerrilla, en el cruce del río después del combate. Me duele la pierna derecha ¿Estoy herido? ¿Estoy en Angola? No, yo regresé a Cuba —Recobra el conocimiento poco a poco. Tiene dolor de cabeza, sobre todo en la sien, donde le arde un chichón y una herida que se hizo no sabe cómo. También le duele la rodilla derecha y las costillas

Mira a su alrededor. Un señor muy viejo, flaco con espejuelos enormes, lo mira. A su lado, una anciana. Debe ser su esposa, también lo mira. Qué pareja de viejitos más bonitos. ¿Por qué me miran? —¿Cómo te llamas, hijo? ¿Te sientes mejor? ¿Qué día es hoy? No te preocupes, yo fui preso político en Isla de Pinos, en los sesenta.

Escucha las preguntas y responde: —Seis de junio.

5

En el Centro de Monitoreo en circuíto cerrado regresa la calma luego del control de la situación por la porra revolucionaria. La policía acordona el área, deja salir sin tropiezos a los deportistas, e introduce a la turba para hacer su trabajo de demoler a los manifestantes tirados en el suelo. De a poco, algunos de los vecinos del lugar, ajenos a la represalia, se acercan a ayudar a los heridos.

Tengo que hacer girar la cabeza hasta que mi oscuridad se vaya, piensa el Mayor García Álvarez, ve con desagrado la alegría de sus compañeros al aplicarse la violencia cruel contra personas indefensas. No fue extremista, por eso cada vez más se siente desbordado por las situaciones donde la violencia se impone sobre la razón.

Tiene dudas constantes sobre su actuación. ¿Quién es?, ¿que hace? Ahora mismo no le convence lo que ayer era simple y natural. No puede estar de acuerdo con lo visto. La muerte de personas inocentes en el hundimiento del remolcador, en el muelle de Cojímar o en la costa de Bacuranao.

Una cosa es el orden, la justicia, el equilibrio social, la seguridad nacional, y otra, matar personas sin más razón que el escarmiento. Pero ¿debo estar equivocado?, piensa. Todo el mundo apoya eso. ¿Soy yo el que no ve, o no comprende lo que sucede? Si la mayoría de mis compañeros consideran justo acabar con los contrarrevolucionarios, deben estar en lo cierto. ¿Tantas personas pueden estar equivocadas? ¿Soy yo el perdido en este campo de lechugas? Nadie me convencerá de que golpear a personas indefensas está bien. Eso es cobardía, o abuso, al menos. Eso no está bien. ¡No está bien! Con ese pensamiento, García Álvarez sale de la Sala de Circuíto Cerrado de Televisión y el húmedo calor de junio le golpea el rostro, pegándole la ropa al cuerpo por la transpiración.

Sale del edificio principal. Va al parqueo. No se mueve una hoja y el Mayor suda. Monta en el auto. Bordea el terreno de pelota en el área sur de la instalación. Aminora la marcha al pasar por la posta. Saluda y, al salir a Camagüey, mira a ambos lados de la calle. Se incorpora a la desierta vía rumbo al Parque Córdova. No es consciente de que una de las cámaras de televisión, que van a los televisores que hasta hace solo unos minutos miraba, le sigue, ni de que el controlador, uno de sus compañeros, anida pensamientos poco hidalgos.

Conduce hacia el sur, donde un inmenso cúmulonimbo, gris oscuro, augura tormenta.

6

En Marianao no llovió tanto. En otro lugar de la ciudad, pudo ser. Pero en Marianao, por el antiguo hipódromo, apenas un chubasco con viento. El aire de lluvia refresca la temperatura.

Relámpagos y centellas electrizan el escenario. Desde que entra al chato apartamento, en un pasillo en Calle 59, del barrio Los Quemados, Reymundo no pierde tiempo. No más cerrar la puerta a sus espaldas, se abalanza sobre la teniente. Le busca la boca, le mordisquea los labios, le pone las manos en las nalgas y las siente duras. Le quita la blusa en lo que desabotona el pantalón. Como si sus manos tuvieran el poder de la ubicuidad. Hombre listo, no tiene problema para saber dónde está el cuarto y hacia allí la empuja poco a poco, en lo que ella se resiste con aquello de no quiero, no quiero, échamelo en el sombrero. Un hermoso busto yace delante de él, puntiagudo, frondoso, y de pronto baja al sur de su garganta y se hunde ambicioso en el valle intramontano.

7

La noche cae sobre una ciudad húmeda y hambrienta. El hombre del pulóver verde sale a la calle. Camina, adolorido, por entre las penumbras. Hay corte de electricidad y, tras la tormenta, los vecinos se mantienen en sus casas. Es notable observar a través de la ventana de cada casa una vela, un mechón, un quinqué una lámpara de electricidad recargable, definitivo y enjundioso estudio de las posibilidades económicas de cada vecino. Le duele la cabeza, en especial, la parte de la herida y el chichón. También le duelen las costillas y todos los músculos cercanos. Por no hablar de la rodilla derecha. Avanza poco a poco, auxiliándose de un palo de escoba, para poder llegar a la parada del autobús que lo llevará a Alamar. Tiene suerte. El auxilio de su compañero y los viejos que lo acogieron con solidaridad fue una bendición del arquitecto universal. Y eso que él se proclama ateo.

No sabe qué sucedió con sus hermanos de la manifestación y no tiene forma de comunicarse con ellos de manera inmediata, preguntar a sus familias, saber si están presos. Tampoco sabe que cuatro años atrás, en el 90, nace la segunda generación de la telefonía móvil. La que la democratiza y favorece que cualquiera pueda tener un teléfono en la mano veinticuatro horas al día, y en casi cualquier lugar del mundo. El desarrollo de la nueva generación comunicacional llega al mundo con el desarrollo de la digitalización y el fin de la guerra fría. Un lugar donde al dictador le gusta tener anclada a la isla con su mensaje apocalíptico. Esas comunicaciones digitales ofrecen calidad de voz y aumenta el nivel de seguridad. En estos días nacen estándares de comunicaciones móviles para Estados Unidos, Asia y Europa, como el GSM o Sistema Global para Comunicación Móvil, una oportunidad para implementar el acceso múltiple, por división de tiempo y de códigos, sobre las redes. Esta aplicación logra la migración de la señal analógica a la digital sin cambiar elementos como torres, antenas, cables y frecuencias de radio, permite varias conversaciones simultaneas, aumenta la capacidad operativa y el número de usuarios en la red en una misma línea, en un momento dado. Por eso, en el mundo se disparó el servicio de telefonía móvil, superó con rapidez, a la telefonía fija.

Pero el hombre del pulóver verde no sabe del desarrollo de la telefonía móvil. El caudillo odia los teléfonos móviles y las comunicaciones en general. Algún día lo reconocerá en público. No existe secreto entre cielo y tierra. Por eso controla los diarios, la televisión, el cine, la telefonía fija, e impide la introducción de la telefonía móvil y hasta los bípers. Termina el siglo XX y Cuba es uno de los países con menor índice de teléfonos por personas en el hemisferio. Los teléfonos privados no abundan, los públicos escasean, además de estar más de la mitad fuera de servicio. El hombre del pulóver verde tendrá que esperar, en medio de la Revolución de las tecnologías de la informatización, a recuperarse de la golpiza, para saber qué sucedió. Por lo pronto, rumia su dolor y espera, sobre un banco mojado por la lluvia, la llegada del autobús.

8

—Tú eres gay, ¿verdad? —Le mira con sus enormes ojos azules y él no sabe si responder a sus ojos, o a sus caderas, que reposan sobre la cama, y crean ese arco de guitarra tan sensual. No obstante, se decide y la enfrenta.

—¿Gay? Gay, lo que se dice gay, no —El Capitán mira arriba a la derecha y continúa—. Pero coincides conmigo en que se ven hombres muy atractivos. ¿Algún problema?

—Por mí no —responde, y sonríe en su interior al validar su intuición, y continúa—. Eso para mí no es problema —Mira hacia abajo—. A los jefes les molesta ese tema, pero a mí no. Ellos son homófobos, se creen súper machos y tienen razón en todo lo que dicen y ordenan. Y al final, tienen un pensamiento rural, vertical e intolerante. Para ellos, ser maricón es ser débil y afeminado, y eso es una estupidez, es tratar de encasillar a las personas por las preferencias sexuales. Es como toda la histeria alrededor del SIDA. A esos pobres enfermos que los encierran en la prisión Arcoíris. Porque eso, no es un sanatorio. Es una prisión. Además, concluye, hay mujeres muy atractivas también.

—¿Qué quieres decir con eso? —El capitán se sienta en la cama dispuesto a saborear mejor la conversación, y trata de encender un cigarrillo con una caja de fósforos de cera. Ella le indica que, en la cocina, empotrado en la pared, se puede ver un encendedor eléctrico. Pero para no perder la conversación, en cuanto él regresa a la cama con su cigarrillo encendido, le espeta.

—Lo mismo que has dicho tú. ¿Por qué? Algún problema —Mucho más audaz, se lanza a fondo y ubica a su contraparte, por si las dudas.

—No que va. Me gusta lo que oigo. Un pie no puede avanzar mucho, si el otro es cojo. Y me refiero a la intimidad. Siempre es de dos.

—Me gusta lo que dices. Muchas personas se equivocan y rápido piensan en un trío —A la memoria de ella regresan imágenes de momentos desafortunados con algunas de sus parejas sexuales, que equivocaron la gimnasia con la magnesia.

—Pues no. Ahora la que te equivocas eres tú. No soy santo, pero disfruto el orden y la sinceridad en estos asuntos. Es más, sin viajar al futuro, creo este encuentro se podría repetir. Y suave, se abalanza sobre ella que, codiciosa, lo toma todo para sí.

XIX
JULIO 18, DEL 95

1

Llueve desde hace dos días. El Capitán Reymundo detiene su auto oficial en el punto de control de pases del Ministerio del Interior. Su compañera sentimental, la teniente de escandalosos ojos azules, se vira hacia él, le da un beso en los labios y sonriente le recuerda que pase a buscarla al terminar. Desciende del auto y camina hacia su destino en lo que él la sigue con la vista, embelesado con su nuevo amor. No se da cuenta de que alguien se acerca y le toca en la ventanilla con fuerza.

—¡Te veo bien! Tenemos que hablar, y es en serio —El Mayor Alejandro lo mira con la desconfianza habitual e imponiéndole una fuerza especial a sus palabras. Ve cómo su relación sentimental con Reymundo se desmorona y recuerda los juegos de palabras del comediante Enrique Arredondo: *"lo que fue y no es, es como si nohubiesefuesesido"*. Un hilarante disparate lingüístico, propio del legendario *Tres Patines,* pero que a él en estos momentos le crea pesar, dolor. Su amor hacia Reymundo es genuino, profundo y se siente traicionado por lo impensable: una mujer, que ni bonita es. Piensa él. Pero eso no es lo importante—. Hoy vamos a aclarar esto. Así que llama a la piruja esa y dile que hoy no podrás verla más tarde.

—¿Me lo dices como Jefe, o como socio? —pregunta Reymundo y simula sarcasmo para esconder su nerviosismo. Sabe que su excompromiso es cruel y vengativo.

—Ni como jefe, ni como socio. Como Alejandro. Y más te vale hablar conmigo. No sabes lo que soy capaz de hacer.

2

Un bastón no se relaciona bien con el piso mojado. El hombre del pulóver verde sortea cada charco para avanzar. La lluvia cae en todo el occidente de la isla. No da respiro a la macilenta sociedad capitalina que decidió no salir de sus casas hasta que escampe. Pero él, como siempre, hijo del deber, sale a la calle a cualquier costo. Se acerca a una puerta en la otrora vistosa Neptuno, una de las arterias llenas de comercios en la República, pero ahora desvalida, sucia, fea, y toca el aldabón. Un hombre le abre la puerta, al reconocerle, le sonríe e invita a pasar a la sala, donde un grupo de personas están reunidas.

—Pensé, no llegaría —Es su saludo a los presentes—. Está cayendo un palo de agua del carajo para Alamar. No hay quien salga a la calle —Aprovecha y se sienta en un viejo balance de madera, imitación de la mueblería francesa.

—¿Cómo sigues de la rodilla, mi hermano? —Se levanta Abdel, el anfitrión del encuentro, para darle la bienvenida.

—No me digas nada, mi socio, me duele cantidad —Y se toca la rodilla, para continuar—. Un fisioterapeuta me sugirió unos ejercicios. Y mejoro. Pero dice que debo alternarlo con reposo. Y si hago reposo, cómo resuelvo lo demás.

—Señores, comencemos. Se hace tarde para lo demás y, si sigue la lluvia, hoy no regresaremos a la casa —interrumpe Leonel, el organizador del encuentro—. Vamos a ver. Dime, mi hermano, ¿cuál es tu percepción del trabajo realizado, y cuál es la visión en las provincias de la propuesta que estamos haciendo?

—Mira, Leonel. El trabajo que realizamos se enfrenta a dos o tres problemas mayores —comienza el del pulóver verde—. Ante todo, tenemos el asunto de los supuestos líderes que dicen contar con organizaciones, y solo son él, la mujer y el gato. Yo pienso que algún día alguien creará una organización que se llame Somos +, cuando en realidad debiera llamarse Somos Tres. O sea, organizaciones sin membresía. Segundo, encontramos, y lo digo en plural, pues no obstante viaje a varias provincias, pocas veces lo hice solo, encontramos resistencia en varias de las organizaciones provinciales a trabajar con otros proyectos. Quizás se reunieron con nosotros, pues le interesa oír lo que teníamos que decir, pero como dice la gente en la calle: "hasta ahí las clases". No avanzaron mucho más allá. Luego del encuentro, no se comunicaron con nosotros. Pero tampoco respondieron al tratar de localizarlos para darle seguimiento a nuestra propuesta. En los proyectos más organizados no vemos definición de objetivos, estructura organizacional o cosas así. Son organizaciones muy empíricas, hechas a modelo y semejanza del Partido Comunista, en el sentido de un líder fuerte. Cada jefe de organización regional es un diminuto Cacique sin tribu, pues además no existe institucionalidad, capacidad de convocatoria o poder real.

—¿Y la policía política? —se adelanta, Odilia—. Esa gente los tiene a todos controlados. Aquí no se mueve nadie sin que ellos no lo sepan. Seguro esos grupos están penetrados por el G-2. ¿Cómo fueron los encuentros con ellos? El G-2 permitió que ustedes pudieran llegar a los lugares para poder controlar a los disidentes de allí. ¿Ustedes se fijaron bien si no eran seguidos por otras personas? Además, si no eran seguidos, quién quita de todas maneras ser observados, en los amarillos de las carreteras, o en las terminales. Ellos tienen gente donde quiera. Y esa gente, solo con llamar al Puesto de Mando, y decir: ya fulanito pasó por aquí, o menganito fue para tal lado, tiene controlado el asunto. Nadie sabe hasta dónde nos dejan correr.

—Mira, Odilia —interviene el del pulóver verde—. Como película de terror, me parece muy bien para aterrorizarnos e impedir nuestro trabajo. Pero no es suficiente. No es menos cierto que la policía política hace su trabajo, pero ellos no lo saben todo. Muchas veces, saben más de nosotros por nuestras indiscreciones. Y lo otro es el tanteo. La pregunta al vacío, para ver qué decimos y de esa manera sacarnos información. Pero te repito, no lo saben todo.

—¿Sí?, ¿y cómo supieron que íbamos a manifestarnos frente a Villa Marista? —Alza la voz, manotea al aire, y mueve los hombros abarcando espacio—. Porque de algún lugar salió la información. —Y mira a todos, amenazadora. Las últimas palabras de Odilia son del macho que lleva dentro. Pero no del gentil varón, educado,

183

medido, cortés, racional, si no del controlador, el presidiario, el matón, el mentalista que le llena al intentar liberarse de esa feminidad que le oprime.

—Primero —interrumpe Pablo—, Odilia, tú puedes tener razón en lo que dices, pero estamos analizamos el resultado de los viajes, y la participación de los hermanos de las provincias. No la actuación de la policía.

—¡Ah! Porque ahora yo soy la loca —Se monta de nuevo Odilia en la discusión—. La que ve policías por todas partes, y ustedes no. No me hagan caso, bobitos, y verán cómo todos terminamos en Villa Marista. Pero no tirados en la calle, como mi amigo el cojo —y mira al del pulóver verde con desprecio—, si no en los calabozos. Podríos allí días, meses, años. Y nadie. Escúchenlo bien, nadie se va a acordar de nosotros cuando estemos enterrados vivos. En ese momento, recuérdenlo, nadie se acordará de nosotros.

—Por cierto, para variar —interrumpe Héctor—. Eso de enterrados vivos es un buen título para un libro.

—¿Ahora vas a hablar de literatura? —interviene Cosano, riéndose—. Coño, esto le ronca el mango. Por favor, concentrémonos en la experiencia de las reuniones en provincia para poder tener una visión de los problemas que tenemos.

—Pero también de las oportunidades —interrumpe el del pulóver verde—. Y digo esto —continua—, pues podemos aprovechar esas debilidades o problemas y convertirlas en oportunidades.

—Ahora salió el Comandante a convertir el revés en Victoria. Como en la zafra de los Diez millones —interrumpe de nuevo Odilia, y deja claro no poder ver, ni en pintura, al del pulóver verde.

—Odilia, no interrumpas. Deja que los hermanos expresen sus puntos de vista —interrumpe, severo, pero amable, Leonel, que ha permanecido todo el tiempo en un segundo plano, observando a todos, para tratar de captar la esencia de la discusión y sacar sus propias conclusiones.

—No, Odilia, no es convertir el revés en victoria, y no soy el Comandante. Si este equipo tiene un líder y un alma es Leonel, y a mí asumir ese liderazgo no me interesa. Me interesa trabajar y punto. Pero vuelvo al tema: Las debilidades de los grupos en provincia son puntuales y propias del poco desarrollo del pensamiento político. A lo mejor tienen formación ideológica, o histórica. Pero no pensamiento político. De ese necesario para hacer avanzar un proyecto de este tipo y fortalecer nuestro trabajo. Yo dije los problemas. Pero les voy a decir ahora las oportunidades. Son individuos que tienen valor, madurez y conciencia. La mayoría son personas calificadas. Eso les permite absorber la información y, además, tienen mayor capacidad de trabajar en equipo. Ah, a eso se le une que son familiares y personas mayores de treinta años, lo que les hace maduros, estables y menos emocionales a la hora de asumir retos como este. Lo malo… tienen pocos jóvenes.

—Les agradezco la información —Leonel se arrima a la punta de su asiento. Queda en la punta de la nalga con los codos sobre los muslos y las manos entrelazadas—. Pero quiero hablarles de un tema sensible —Se hace un largo silencio. Leonel mira al suelo y después enfoca a cada uno de los presentes—. Estamos —comienza— al habla con nuestros compatriotas del exilio.

3

—¿Qué pasó, Alejandro? —Llega Reymundo al lugar de la cita y, más que saludar, cuestiona, para mantener a su amigo a la defensa. Los Paragüitas de Prado, un lugar del que solo subsiste el nombre, es perfecto. Céntrico. Frente al Capitolio Nacional. Cerca del Gran Teatro. La fuente de La India. El edificio del antiguo *Diario de la Marina*. Los tribunales de justicia. El Hotel Inglaterra. Un lugar cosmopolita, de mucho tráfico. Punto de reunión de la comunidad homosexual habanera. Pero, sobre todo en esos días de lluvia, perfecto por los largos portales que permiten guarecerse a esos dos militares, vestidos de civil.

—¿Cómo que qué pasó? Serás cínico —ataca directo Alejandro—. Ahora vives con la tenientico esa y no recuerdas nada, ni a nadie. Ella te absorbe el cerebro a tal punto que, desde que saliste esa tarde con ella, no nos hemos encontrado más. No me llamas. Y si te llamo, no respondes, no estás en el lugar, o estás ocupado. ¿Qué carajos te pasa? ¡Dime! Sé macho y di: no te quiero… ver más. Dímelo, pedazo de maricón —Arranca, insultado.

—Ey, bajito, estamos en público —replica Reymundo. Pide cordura y con su pie derecho apunta hacia afuera. Busca salida a la incómoda conversación—. ¿Ves?, por eso no deseaba reunirme contigo. Sabía que armarías un escándalo. Mira, Alejandrito… —continúa en el intento de bajar el nivel de la discusión y pretende pasarle el brazo por arriba de los hombros, mientras los dos están recostados contra una de las grandes puertas de bodega, en el sitio.

—¡Alejandrito, ni carajos! —interrumpe él y se quita el brazo de Reymundo de los hombros—. ¡No me toques, pedazo de… maricón!

—Mira, Alejandro, deja los adjetivos para poder entendernos. Lo nuestro estuvo bien mientras duró, pero ahora yo encontré a esta muchacha y me va bien con ella. Además, ella tiene un par de niños de lo más inteligentes, y me va de lo mejor con ellos.

—¡Ahhh!, ya veinticuatro horas después de singarte a la puta esa, ya eres padrastro. ¿Cómo se te ocurre decirme eso? ¿De qué van? ¿De matrimonio? —Está punto de llorar por la emoción contenida.

—No hables así, Alejandro —trata de explicar Reymundo—. Creo que no te puedes lamentar, ni me puedes atacar por desear un hogar como el tuyo. Aspirar a una vida de familia como es. Tú siempre has mantenido tu matrimonio, tu hogar, tu relación con tus hijos y yo nunca me metí en eso. Todo lo contrario, siempre te apoye en todo como un amigo, jugábamos pelota con los muchachos, los llevábamos a pescar, y también al estadium a ver los juegos de Industriales. ¿O no te acuerdas ahora de esos momentos?

—¡No te metas con mis hijos, maricón! Ellos son intocables. Esto es entre tú y yo. No metas a nadie más en esto —Agotado por tanta emoción, comienza a dar señales de agotamiento emocional, de desear salir del círculo vicioso en que se convirtió la conversación. Se separa de la puerta y comienza a caminar por el portal, sin darse cuenta de que la discusión es observada por un bugarrón que, recostado a una de las columnas, fuma un apestoso cigarrillo Aroma.

—Alejandro, no estoy hablando de tus hijos. Hablo del apoyo que siempre les di cuando salíamos —Reymundo sabe que necesita aplacarlo, y continúa el camino, al lado de él.

—¡Me chantajeas ahora, maricón, hijo de puta! —Y aprieta el paso.

— No, Alejandro, hablo del apoyo que debemos darnos en estas situaciones —Sigue Reymundo detrás de él hasta comprender que su amigo necesita soledad. Por eso se aleja, internándose entre el grupo de personas que por allí deambula. Reymundo se detiene. Cansado de la situación, gira sobre sus talones. Eso le impide ver cómo el tipo que observó la escena se acerca y le brinda un cigarrillo.

4

Al escampar, la mayoría de los reunidos en la casa de Calle Obispo se marchan. El cielo sigue encapotado y la humedad irrita. Un chinchín se mantiene como espada de Damocles sobre los habitantes de la ciudad. No obstante, los ciclistas, algunos con grandes naylons, siguen moviéndose de un lado a otro de la urbe. Un café llega a esa hora de la cocina y los beneficiados se recuestan para disfrutar. Leonel prueba el café y, de inmediato, tira la pregunta al ruedo.

—¿Que tú crees del informe de la visita a provincias? —Sus palabras van directa al anfitrión que, como miembro de la masonería Grado 33, tiende a ser un caballero equilibrado y agudo en sus palabras y análisis.

—Yo coincido en parte importante con la exposición de este muchacho. Además, coincide con lo dicho por Pablito y Lázaro, que estuvieron juntos en algunos de esos viajes, como en Cabañas y

Camagüey. En mi opinión, de alguna manera esos son los retos por delante. Me parece que fueron expuestos de forma convincente y con su respectivo análisis. Ojalá todos los informes aquí fueran de la misa, la mitad. Además, este hermano me parece preparado para lo que hace.

—Pero, tú me perdonas —interrumpe Odilia y manotea al aire—. Yo lo veo muy flojito. A él le faltan datos. Además, esa forma de hablar inentendible. ¿Y si él es de la Seguridad, infiltrado entre nosotros? Con esas ideas tan súper inteligentes, súper organizativas. Y lo que quiere es saber cómo pensamos. Nosotros no podemos organizarnos tanto. Si no, viene la monada y nos carga. ¿Y có-mo que-do yo? Esa gente que quiere el trabajo tan organizado es porque quiere tenernos controlados por todos lados. Nos están midiendo, y no es pa´ ropa.

—Odilia, ya empezaste a hablar boberías y ver fantasmas donde no los hay —interrumpe Cosano, un activista que lleva años trabajando por la democracia y la libertad sindical. Por su trabajo y activismo nunca estuvo preso, pero sí lo apalearon un par de veces y, desde hace diez años, nadie le da trabajo. Vive de la caridad pública, y de su biblioteca, donde se refugia leyendo cuando tiene hambre.

—Sí, claro, Cosano, yo estoy loca. A mí siempre me dan por loca, por paranoica. Pero los policías nunca me interrumpen una actividad o reunión que doy en casa. Porque me protejo de los chivatos, que llegan aquí con el pretexto de cómo trabajar como activista en cualquier tarea, y al final todo es para informar al G-2.

5

—¿Quieres un cigarro, socio? —El viejo que observó la discusión se acerca servicial a Alejandro. Su figura es característica. Su hablar con boca virada, vulgarizada con un diente de oro y sodomizada por una media sonrisa, vende rápido una imagen clara de quién es y qué busca. A lo anterior, le acompaña la estampa de chuchero de la década del cincuenta, con pantalón tumbadora y tenis chupameao de dos colores. Una cadena amarilla sale de una de las trabillas del pantalón y se hunde en el bolsillo, y otra del mismo color con la estampa de una virgen colgada al cuello. Está a medio afeitar, lleva la camisa abierta y enseña la camiseta.

—¿Quién eres? —salta el oficial de inteligencia al interior de Alejandro, y el cerebro se pone en guardia de inmediato. Pero está en la curva descendente de la ira, no puede contener la necesidad de recibir afecto. Ese que nunca recibió del padre, a quien tanto quiere y admira, pero que nunca regala un abrazo, un poco de ternura. Por el que se sacrificó, alistándose en el ejército y combatiendo en África, donde ganó la medalla al valor. Y en el G-2, desde donde ahora combate a la contrarrevolución interna y al imperialismo, para que su padre supiera que también era hombre como él, además de casarse con la mujer más bonita de la cuadra y del barrio. La más inteligente. La hacendosa. La elegante. No porque le gustara, si no para demostrarle que él la podía conquistar. Y le dio dos nietos varones, con quienes juega los fines de semana. Pero a él… nunca le dio afecto. El afecto que él necesita en este momento y que un bugarrón y chuchero le brinda en uno de los momentos más críticos de su vida.

—Nada, compadre, vi la discusión que tenías con tu amigo y me sentí mal por ti. ¿De verdad no quieres un cigarro? Son suaves —El bajeador tiene a su víctima calculada y sabe caerá de un momento a otro, por lo que no se apura, solo trata de saber de sus intereses y debilidades.

—No, yo fumo fuertes —Ya no interesa nada. Alejandro se quiere dejar llevar por la situación. Tanto tiempo enmascarado cansa. A él nadie lo conoce por ahí. Puede conversar con cualquiera, gritar ¡soy maricón! y lo único que hará el público es tildarlo de loco. No es problema para nadie, en medio de tantos conflictos reales, como el hambre, la necesidad y la lucha por el día a día. En medio de todo eso, a quien le importa un maricón más o menos. Además, a nadie le importa quién es él, ni lo que sufre.

—¿Tomas ron? Aquí en la esquina está El Bar de las Viejas Tristes —invita, solícito, el chuchero, le abre paso entre los transeúntes, y le hace un guiño a una vieja maricona con colorete en el rostro, que observa el panorama vespertino nocturno.

—Ok, vamos —Y se deja llevar por una noche lluviosa y el desencanto amoroso.

6

En la noche, en la oficina del oficial que viste de blanco, se recibe un cablegrama de la Sección 21.

Confirmado.

Uno de nuestros oficiales de enlace, corrobora que una fuente afirma que se conversa con el exilio para hacer un frente común contra el gobierno. La fuente indica que el interés en la reunión está en la importancia de una unidad de fuerzas políticas para hacer propuestas de salida a la "crisis".

Firmado: Mayor Ernesto Samper.

Oficial Operativo

XX
Septiembre 4, del 95

1

— ¡Hoy es El Día del General! —dice el viejo revolucionario, y mira al hombre joven esperando su reacción, mientras se estira con los brazos hacia arriba y abriendo la boca descomunalmente con un bostezo.

—¿Como? —se cuestiona el oyente, que por primera vez escucha la frase.

—Hoy es El Día del General. Un día como hoy había fiesta en la fortaleza de Columbia, en Marianao, para los miembros del ejército. Y las negras iban a mover las nalgonas y los negros a vacilar y tomar cerveza, a la fiesta de las clases y soldados, en honor del General Fulgencio Batista y Zaldívar. El General.

—Coño, puro, ¿tú no eres el presidente del Comité de Defensa de la Revolución?

—Chama, vive y deja vivir. Tú eres un fuera de vista. Qué tiene que ver la gimnasia con la magnesia. Antes, Batista era el hombre. Y antes que Batista, Machado era el egregio. Ahora es el Comandante. Cada momento tiene su pasito y la sabiduría está en adaptarse para sobrevivir —Arremete el puro contra el juvenazo con la siempre inalcanzable filosofía de la universidad de la calle.

—¿Y por qué era la fiesta? —Vuelve sobre el tema el ignorante.

—Para celebrar el cuatro de septiembre —El puro toma aire, recuerda su juventud, cuando él, un joven estibador en la Plaza de Marianao esperaba con expectativa la fecha para estrenar su última coba en la fiesta donde se reunían sus ecobios de Pogolotti—. El cuatro de septiembre de 1933 fue el día en que los sargentos y soldados, mestizos en su mayoría, se sublevaron contra la oficialidad machadista, blanca y procedente de los generales mambises. Los múcaros ya estaban acomodados al poder. No deseaban soltar el jamón treinta y tantos años después de la independencia. Y El General, un sargento taquígrafo, dirigió la sublevación.

—¡Ah! ¿Cómo los revolucionarios de ahora, que dicen luchar por el bien de los demás y son una pila de ladrones y bandoleros?

—Sonríe el joven y recuesta el pie a la columna, mientras raya uno tras otro los fósforos de cera hasta encender el cigarrillo.

—Sí, como los revolucionarios de ahora. Estos cogieron el jamón en el cincuenta y nueve, y treinta y pico años después siguen ordeñando a la vaca, y así seguirán durante veinte años más.

—¿Tú crees? —dice en sorna el juvenazo, mientras desvía la vista para mirar a una jeva buenísima, en short y camisetilla, que pasa por la esquina. Se relame de gusto con los ojos y le lanza un beso, que ella evade graciosa con el desvío de la vista a otro lado, mientras junta los labios en un sonoro: ¡Bah! Y él sonríe libidinoso.

—A mí no me creas —dice el viejo, sin darse cuenta de la subida de testosterona de su interlocutor, ni del escarseo galante—. En 1956, el senador Díaz Balart, el viejo Rafael, advirtió al Senado de la República que, si amnistiaban a los asaltantes al Cuartel Moncada presos en la Isla de Pinos, seguirían jodiendo hasta tomar el poder e imponer la dictadura durante por lo menos diez o veinte años —Cierra los ojos con dolor y mueve la cabeza en negación—. El viejo Balart, Senador por Oriente, se quedó corto. Van por treinta y no sé cuántos, ya. Claro, Don Rafael conocía el paño del entonces joven pandillero, porque eran vecinos allá en Oriente, y además ¡cuñados! Por eso, para mí el único revolucionario es Batista, el indio. Negro como nosotros, de abajo. La Revolución del 59 la armaron los blanquitos. Los universitarios del 13 de Marzo, que ponían bombas y mataban policías. Fíjate, ahí hubo pocos niches. La mayoría eran blanquitos de buena familia. Batista ganó las elecciones para Presidente en el cuarenta. ¡No se puede negar! Dio el golpe de Estado del 52, pero también organizó elecciones en el 58. Y lo preparó todo pa pirarse después de las elecciones que ganó Andrés Rivero Agüero. Pero ¡Ay!, qué casualidad, el Comandante ni aceptó esas elecciones, ni hizo otra cualquiera hasta el setenta y seis. Diecisiete años después, cuando ya el asunto estaba amarrao, y bien amarrao. Fíjate si es perversa la maquinaria creada, que después, aún durante veinte años, preguntaban en el cuéntame tu vida a los que buscaban trabajo con el Estado, o sea, a todo el mundo —Y hace una mímica pícara, como en el teatro bufo cubano, o quizás una imitación del negrito de Enrique Arredondo—: ¿Usted participó en las elecciones del 58? Si decías sí, ya sabes: No te daban trabajo y te miraban con sospecha.

—¡Coño, puro, eso fue duro! Yo no sabía eso —dice, asombrado, el ignorante, pero riéndose de la mímica del viejo.

—Así mismo, mijo. ¿Y tú pensaste leerlo en el periódico de los comunistas? Recuerda lo que dijo Napoleón, preso de los ingleses, en la isla de Santa Elena: "Si yo hubiera tenido un periódico comunista como el *Granma*, nadie sabría que perdí Waterloo" —concluye el puro, mientras se pasa la mano por la barba rala, y los dos sujetos ríen del chiste.

2

Elizardo levanta las manos. Pide calma a los alborotados polemistas luego que los miembros de la Corriente Socialista Democrática Cubana proponen la idea de entrar en negociaciones para hacer avanzar el proceso de transición.

—¡Caballeros, por favor, cálmense! Pidan la palabra para continuar con el encuentro. A ver, Odilia, dinos.

—Es impensable —comienza Odilia—, que aquí se hable de cuadrar con la dictadura comunista. Unos hijos de puta que lo único que trajeron es dolor, miseria, muertos, presos, exilio, división de la familia y todas las desgracias humanas, habidas y por haber. ¿Y quienes hacen la propuesta? Los dialogueros. Los que quieren que tanto crimen permanezca impune. Quieren dejar las cosas como están, o ver si los comunistas les dan un cachito de pastel. Pero sepan, socialistas, que su propuesta no será aceptada.

—Odilia, tú eres emocional. Debes entender. Para poder construir un espacio común, todos debemos exponer nuestros puntos de vista con respeto y de esa manera rebatir. No se puede atacar a las personas o a los grupos, pues se forma el jirigay. Debemos rebatir las ideas, no atacar las personas —La intervención de Lázaro González fue aprobada por la mayoría de los presentes y, a disgusto, la impetuosa mujer hace silencio y se vira hacia el lado. Señal de rechazo a los próximos parlamentos. Una percepción imprecisa, pues su ánima polémica le impide la inacción.

—Debemos respetar todas las opiniones —se introduce uno de los dialogueros—. Como dice nuestro amigo —y señala al del pulóver verde—, "la suma de las opiniones es mejor que la mejor de las opiniones". Y no es por gusto. La suma de las opiniones es ante todo un consenso. Debemos abandonar las tendencias individualistas a favor de tendencias corporativas e institucionales. Al enfrentamiento ideológico al que estamos abocados no se puede ir desunido. Estamos yendo a una competencia contra una institución fuerte, solida. Y una variable asimétrica provoca no solo la pérdida de la perspectiva, también la derrota.

—Como es eso de la competencia —interrumpe Héctor, con cara de susto y pocos amigos a la vez—. Una competencia incorpora el reconocimiento del otro y nosotros no podemos, ni debemos reconocer a este gobierno, que enluta a nuestro pueblo y lo lleva a la pobreza de manera tan infame. ¿Cómo vamos a reconocer a este gobierno, que acaba de provocar la muerte de miles de personas en su huida en el Estrecho de la Florida, hace menos de un año? Con cientos de presos políticos. Que golpea a los disidentes, los secuestra, los arresta y los desaparece. ¿Cómo vamos a reconocer a este gobierno infame, que desgobierna este país desde hace treinta y seis años? Lo mata de hambre y lo pone a comerse los perros y los gatos callejeros —La discusión sube de tono, y casi todos los presentes tienen algo que decir a favor en contra. Lázaro mira contento a Leonel, a su derecha, al lado del hombre del pulóver verde. Le gusta la polémica, la discusión. En una sociedad sodomizada por el gobierno, esa explosión de puntos de vista es marco y esperanza de poder lograr cosas.

—Por favor, pensemos de otra manera —retoma el líder de los socialistas—. Pensemos en clave política. Como el proceso de tomar decisiones que se aplica a los miembros de una sociedad. Como el arte, doctrina u opinión referente al gobierno del Estado. Como una rama de las ciencias sociales ocupada de la actividad, en virtud de la cual una sociedad libre resuelve los problemas planteados por la convivencia, en función del bien común.

—Sí, pero esta sociedad no es libre ni un carajo. ¿De qué se habla aquí? —Uno de los hombres reunidos se levanta indignado—. ¡Me voy al carajo! —Mira a uno de sus compañeros de grupo y les hace seña de que se van. De inmediato, sus dos compañeros asumen la misma posición y salen hacia la puerta de la calle.

La partida de los tres hombres deja un silencio grave en la sala. Por segundos nadie interrumpe. La mayoría de los presentes mantiene la cabeza baja. Esperan a que alguien interprete el hecho y reencauce el encuentro.

—Bueno, menos mal que no soy la única que se calienta en este lugar con las ideas de algunos de "nuestros hermanos" —Odilia rompe el hielo con una sonrisa cínica y controladora. El hombre del pulóver verde desconfía de su intervención. Ella salvó el momento, como en la famosa frase: *No todo el que te tira a mierda es tu enemigo, ni el que te saca de ella, es tu amigo.* Por lo pronto se rompe el hielo. El encuentro recomienza, y él se atreve.

—Caballeros, ante todo comprendamos las propuestas de cada uno de nosotros. Sin coincidir completo con los socialistas, es importante asumir este asunto como un espacio de negociación.

—Pero ¿quién cree que este gobierno autoritario, totalitario, o todos los arios que se le pueda ocurrir a cualquiera de nosotros, tiene la menor intención de trabajar con nosotros y por el bien de la sociedad? —arremete el representante de la democracia cristiana—. Eso es iluso. Este tipo de gobierno no cede, a no ser por la presión de adentro y de afuera.

—Y qué cosa es la presión si no una forma de negociación —retoma la iniciativa el del pulóver verde—. Al nacer, nos dijeron: los principios no se negocian. Y parece bien. Pero pasó el tiempo, y uno maduró, y luego de treinta años comprendes que para ellos todo son principios, y al final nada es negociable. Cuando lo cierto, como dice una de las leyes de la mercadotecnia, ¡Todo es negociable! Todo tiene un precio y debemos saber si se puede o se quiere pagar y/o cobrar. A mí me gusta un exergo de los israelíes: "Negocia cuando eres fuerte. Cuando eres débil, no puedes negociar". Y nosotros ahora somos fuertes.

3

—¿Qué información tenemos de la reunión de Concilio? —pregunta García Álvarez a su segundo al toparselo en el pasillo del apartamento convertido en oficina. Tiene varios asuntos pendientes, entre ellos, tres presos políticos en huelga de hambre en la prisión de Boniato en Santiago de Cuba; el tema de las avionetas de Hermanos al Rescate acercándose al espacio aéreo nacional, y una información sobre grupos de contrarrevolucionarios en el exilio contratando mercenarios centroamericanos para hacer explotar bombas en hoteles de la capital. Sin embargo, el tema en pleno desarrollo, el de Concilio, les interesa más a sus jefes que la vida de unos miserables contrarrevolucionarios. Y necesita estar informado.

—Ninguna hasta ahora. Esperamos termine la reunión de hoy para contactar con nuestro informante —Alejandro no tiene el menor interés en dar información a su jefe inmediato. Desea pasarla al hombre vestido de blanco y ganar los méritos para el ascenso. Pero debe dejar sus ambiciones a buen cobijo, por ahora.

—¿En qué momento será eso? —La insistencia se reafirma con la mirada a los ojos del interlocutor y el sondeo a la información extraverbal que pueda ocultar.

—Después del noticiero de la televisión. Sobre las nueve de la noche. En un parque cercano a su casa. Esperamos no llueva; si es así, el contacto sería en el portal de una bodega cercana. Y de ahí, se decide a donde se va, para hablar con detalles.

—Esa persona ¿es solo informante? —precisa el jefe, que enmarca las cejas y entrecierra los parpados escrutando al subordinado.

—No. Nuestro informante tiene instrucciones de provocar discusiones que permitan perfilar a futuro a cada contrarrevolucionario presente en esas reuniones. Además, debe mantener una posición de liderazgo, que no lo haga responsable de las decisiones, pero que estas sí se canalicen a través de él. Por lo pronto, ya se sugiere su nombre para recibir algunas de las ayudas que envía el exilio. Tanto desde aquí como desde allá. Si las ayudas llegan hasta esa persona, entonces podremos controlarlas y utilizarlas según nuestros intereses en el reclutamiento de otros agentes, o para crear inestabilidad y rencilla.

—¿Cuál es el nombre clave para esa persona? —pregunta, satisfecho, García Álvarez de que vació la fuente de información de Alejandro.

—Juana —responde el otro con desgano.

—¡Muy bien! Continúen con el control y manténganme informado —Y sigue su camino. Esta vez recuerda llamará a Ana para verse esa tarde noche como acordaron.

—Afirmativo —contesta llevándose la mano a la sien, mientras piensa: Esto no me volverá a pasar.

4

—¿Sí, y cuantas divisiones tú tienes? como le preguntó Stalin al Papa. ¿Cuantas divisiones tenemos nosotros? ¡No tenemos a nadie! ¡No tenemos nada, para negociar! Esta es una reunión de cuatro gatos —La indignación de otros de los reunidos es evidente. Si no se sale del callejón sin salida en que se convirtió la reunión, todo puede acabar como la Fiesta del Guatao. La antológica celebración del siglo diecinueve cubano trascendió al imaginario popular por comenzar con alegría y terminar en pelea.

—Trincheras de ideas valen más que trincheras de piedra, dice el apóstol —Entra de nuevo el democristiano, esta vez despacio, con calma, para evitar el desmadre—. Tenemos nuestras convicciones, que nos hacen fuertes, y nuestro deseo de construir un país mejor… y eso, que no es suficiente, sí ayuda a establecer estrategias comunes y a trabajar en conjunto.

—Eso está muy bonito —Odilia se reincorpora a la discusión—. Pero precisemos cómo lo vamos a desarrollar. La idea de nuestros hermanos del campo socialista —y se ríe a carcajadas burlándose de los que hicieron la propuesta y clara referencia a una frase del caudillo—, nos lleva directo a trabajar con la policía política. Y digo con, y no para. No por falta de valor. Sino porque está por demostrar a dónde nos lleva esa posición.

—Señores, de todas maneras, existen cosas que se deben salvar del sistema, como la salud pública y la educación. Gratuita y universal.

—¿Y también quieres salvar a los Comités de Defensa de la Revolución? Ese discurso socialista mantiene a la sociedad esclavizada por el estado. Y no lo digo yo, lo dice José Martí en su carta a Herbert Spencer refiriéndose a la muerte de Carlos Marx. El socialismo es la esclavitud de los hombres. Debemos disminuir al máximo la presencia del Estado para que los ciudadanos desarrollen sus posibilidades.

—Sí, puede ser que el Estado se encargue de los menos favorecidos. Pero por qué no mejor dejar que las entidades creadas por la sociedad se encarguen de ella. Y solo como ejemplo, ahí está Alcohólicos Anónimos, una organización que trabaja con los enfermos de alcoholismo. Por cierto, en Cuba está prohibida. Esa es una de las tantas formas en que la sociedad puede trabajar a favor de los más necesitados sin la intromisión del Estado —La intervención de Fernando, por los liberales, da cierto equilibrio al encuentro que, de nuevo, se encauza por la discusión inclusiva.

—Señores, entonces lo más importante es definir las diferentes comisiones. Quienes serán sus líderes, y que cada una haga sus propuestas, en consenso con sus miembros. ¿Les parece bien? —La mayoría de los presentes asienten de la nueva propuesta de Leonel, quien se dirige entonces a Lázaro y pregunta—. ¿Cuantas comisiones tenemos previstas?

—Once.

—Y cuántas divisiones territoriales…

—Ocho. Una por cada provincia donde tenemos miembros.

—Bueno, caballeros, cada uno de los líderes de comisión comience a trabajar con sus miembros. Las divisiones territoriales cedan parte de sus integrantes y comience el trabajo en conjunto para el 10 de Octubre, aniversario de la proclamación de la independencia —Se levanta un murmullo—. Ese día —retoma su intervención— vamos a tener la organización y la estructura en funcionamiento, para más adelante proclamarla y presentarla en público. ¿Están de acuerdo? —Los participantes dan su aprobación y comienzan a levantarse para irse. Es el momento que Odilia espera para intervenir de nuevo, pero esta vez para preguntar sobre un tema en el que le interesa indagar.

—¿Y cómo nos integramos con nuestros hermanos del exilio? Porque ellos deben ser parte importante de todo este proceso.

—Eso lo veremos más adelante.

Uno de los participantes, aun sentado, no deja pasar la pregunta, ni la respuesta, aunque prefiere mantenerse en silencio.

5

A las once de la noche la urbe está vacía. Oscura, apagada. No se ven transeúntes ni automóviles. Alejandro acaba de recibir la información sobre la reunión de los opositores que le pidió por la tarde el Mayor García Álvarez. Pasa por la estación del Departamento Técnico de Investigaciones DTI por un asunto con un detenido con expediente CR, o contrarrevolucionario. Al salir de la estación, en Calle Empedrado, camina hasta Ánimas, donde tiene parqueado el coche.

Antes de abrir la puerta del carro se recrea mirando el juego de sombras y luces que proyecta el Museo de Bellas Artes, un majestuoso edificio inaugurado en el gobierno del General Batista, donde estuvo hasta el 48 el antiguo Mercado de Colón. De corte racionalista, el edificio inaugurado en 1954 tiene amplios espacios libres, susceptibles para modificaciones, rampas hermosas, plazas con fuentes, según los códigos de la arquitectura moderna y en especial la incidencia del arquitecto suizo-francés Le Corbusier. Pero también está marcado con los elementos de la tradición arquitectónica decimonónica con el patio central y el uso de la piedra Jaimanitas en la fachada.

Quizás, sin saberlo, pensaba en el "Poema del Angulo Recto", del propio Le Corbusier.

Asentado en demasiadas causas mediatas
asentado junto a nuestras vidas
y los otros están allí
y por todas partes están los: «¡No!»
Y siempre más contra
que por
No condenar pues a aquél
que quiere asumir su parte en los
riesgos de la vida. Dejad
que se fusionen los metales
tolerad las alquimias que
por lo demás os dejan libres
de castigo
Es por la puerta de las
pupilas abiertas por donde las miradas
cruzadas han podido conducir al
acto fulminante de comunión:
«El ensanchamiento de los grandes silencios»...
La mar vuelve a descender
a lo más bajo de la marea para
poder subir de nuevo a tiempo.

Un tiempo nuevo se ha abierto
una etapa un plazo un relevo
Así no nos quedaremos
sentados junto a nuestras vidas.

Despierta de la hipnósis creada por el edificio y su entorno, por las luces y sombras de una Habana apagada. Monta en el auto, lo enciende y retrocede despacio. El aguacero de la tarde refresca la noche. Enciende las luces y va directo hasta el Pare que indica Calle Zulueta. Se detiene, y en vez de seguir hacia Prado, decide doblar a la izquierda y se incorpora detrás de un bus turístico. Pasa entre el Hotel Plaza y un edificio que reconstruyen en la esquina de Neptuno. Disfruta del costado del Parque Central y frente a la esquina del Fornos sigue pensando en las ruinas de lo que fue el Hotel Telégrafo.

Se incorpora a Prado y disfruta del Hotel Inglaterra y la Acera del Louvre, punto de reunión de los independentistas, y donde el honesto capitán Federico Capdevila rompió su espada por el injusto fusilamiento de los estudiantes de medicina en 1871.

El Gran Teatro García Lorca, el Cine Pairet, ahora sin luminarias, el ring de boxeo Kid Chocolate, el Capitolio. Cruza Dragones y dobla en Reyna en dirección a Carlos III. Una imagen oculta entre las sombras se vuelve atractiva y decide arrimarse.

—¡Buenas! —dice la figura sabiéndose observada. Se acerca al contén, sin aproximarse mucho al carro—. ¿Me llevas? —Y sonríe.

—¿A dónde vas? —Pregunta nervioso. No sabe qué otra cosa decir. Su corazón late de forma ensordecedora. Cualquiera a tres kilómetros a la redonda sabría que es él, si le interesara el tema.

—Contigo, muñeco, hasta el cielo —le dice el joven y acerca su mano a la manigueta de la puerta.

—¿Seguro? Todos los cielos no son azules, ni están con Lucy y sus diamantes —Habla dubitativo, pero interesado.

—¿De qué te preocupas macho? —dice el jovenzuelo, pues sabe que la presa está atrapada—. Llévame a donde tú quieras... —Y pronuncia libidinoso la última frase.

XXI
OCTUBRE 10, DEL 95

1

Al hombre del pulóver verde siempre le cayó bien Blake Edwards, el padre de *La Pantera Rosa*. Disfruta su sentido del humor en los cortos animados o en *Some Like it Hot*, pero también en películas serías como *Missing*, sobre la instauración de la dictadura militar en Chile, o *Días de Vinos y Rosas*, una amarga comedia referencial sobre los problemas del alcoholismo.

En este último filme los actores principales son Jack Lemmon y Lee Remick. Un drama común. El muchacho se enamora de la muchacha, se casan, tienen un bebé, pero… y siempre existe un pero, el muchacho bebe cada vez más y, lo peor, arrastra también a su mujer al alcoholismo. La pareja se convierte en alcohólicos. En sus momentos de sobriedad piensan en cómo dejar la bebida. La película es realista. Muestra que las adicciones son enfermedades que, a diferencia de otras, dependen en exclusiva de la voluntad del enfermo para recuperarse. Voluntad que algunas personas no poseen, ni son capaces de crear para sí mismas.

Eso piensa mientras cruza la Plaza de Armas entre el Templete y el Castillo de la Fuerza. Recuerda… Diez años atrás conversó con Jack Lemmon en ese mismo lugar. Jack dejó hablando como metralleta al historiador de la ciudad, "Chevy" Leal, para conversar de manera inexplicable con este hombre común, solo distinguido por el pulóver verde, que salía esa tarde entre otras decenas de personas de la lanchita de Casablanca, en el Muelle de Caballería. Se encaminaba al Hotel Ambos Mundos, el *headquarter* de las farras del mismísimo Papa Hemingway en las décadas del cuarenta y cincuenta. Reservaría para una noche con su amiga Laura, algo impensable ahora que a los cubanos se les niega hospedarse en los hoteles del gobierno. Racismo, apartheid turístico, estupidez económica, discriminación pura y dura. ¿Quién sabe?

Diez años después, el hombre del pulóver verde hace la misma ruta. Deja atrás la Plaza de Armas, siempre hermosa a pesar de los años, el Palacio de los Capitanes Generales, el Hotel Ambos Mundos, el Ministerio de Educación y se enfrenta a Calle Obispo, en octubre, y a la reunión donde participará dentro de una hora.

2

—¿Tú conociste a Carola? —Le espeta García Álvarez a Ana, en su recurrente postcoital.

—¿Quién? —pregunta la mujer, mientras dormita tras el intenso placer, que ya ni le interesa se moje la cama con sus fluidos orgásmicos.

—¿Carola? la que se comió el gallo —Y se ríe a carcajadas. Recuerda García una de las frases del popular programa radial *Alegrías de Sobremesa,* escrito por Alberto Luberta y transmitido todos los días de la semana por Radio Progreso.

—¡Mira que eres bobo! —Ana se vira para el otro lado e intenta descansar.

—¿Así que no sabes quién es Carolina de Mónaco? —Sigue chivando el ahora simpático y familiar oficial. Acaricia las caderas de su amante y lleva sus dedos hasta los hombros de ella en un recorrido de ida y regreso.

—La princesa. La hija de la actriz… Grace Kelly y el Príncipe Reinerio de Mónaco —dice y arquea las cejas con los ojos cerrados. El placentero y postcoital deseo de dormir pasará de largo esta vez. Su amante tiene una carta bajo la manga y, para descansar en algún momento, debe hacerse la sorprendida para complacerlo. ¡Los hombres!, al final son unos niños con un letrero en la frente.

—¿De dónde tú sabes eso? ¡Ehhh!

—De la revista *¡Hola!* —Se vira entonces hacia su interlocutor, preguntándose a dónde quiere llegar él—. Yo sé que a ti no te gusta porque es una revista del corazón, o de chismes, como la califican los medios. Pero a mí sí. Además, conozco a mucha gente que le gusta. Varias personas la traen de afuera, la mayoría de España o México, pero por lo general es difícil encontrarla. De todas maneras, aquí no se puede encontrar nada parecido. La revista *Mujeres* sería lo más cercano. Pero es un bodrio donde se mira el ombligo la feminidad oficialista. Tiene cosas interesantes, pero nada más. *¡Hola!* por su parte, tiene fotos, te habla de personajes y personalidades, sus textos son ligeros, ves lo bonito del mundo, mientras que *Mujeres* te habla, por ponerte un ejemplo, de una cortadora de caña, muy buena ella, con siete hijos y madre ejemplar y esposa ejemplar. En la fotografía aparece tiznada porque estuvo en el corte durante doce horas en saludo al Comandante. ¿A quién le interesa eso? ¡Dime! ¿Yo creo que ni a ustedes los hombres les interesa tanta politiquería? Es más, no es un problema de género. Es un problema de gusto, de interés. A ustedes, a lo mejor les gusta más la revista técnica *Mecánica Popular,* por solo ponerte un ejemplo. O tú, que eres militar, una que hable de temáticas propias. No sé. ¿Y a qué viene eso?

—Un compañero del Correo Diplomático vino de Madrid y trajo un par de *¡Hola!* Las pedí para ti —Se inclina hacia el borde de la cama y saca las revistas de su cartera de trabajo, tirada en el piso, esperando la oportunidad, y se las enseña. Ella las ojea con interés. Después, lo mira a él, maliciosa o libidinosa. Eso nunca lo comprendió el oficial. Y, dirigiéndose hacia él en cuerpo y alma, le dijo al oído.

—¡Coño, papi! Me sorprendiste. Eso merece un fellatio.

—¿Un qué? —Se pregunta, mientras nota sonriente cómo ella, tirando las revistas al piso, busca con interés bucal su músculo primo.

3

—Me parece bien, pero debemos ajustar más las agendas en el tema de los sindicatos.

—Creo existe consenso en la importancia de la libertad sindical, la libre sindicalización y el contrato colectivo e individual de los trabajadores y, sobre todo, el fin del stajanovismo, que ahora se disfraza con el tema de los Contingentes Laborales, donde los obreros trabajan por ocho horas y más, y hasta doce, si al Estado le interesa, violando la demanda obrera de las ocho horas laborales.

—Hermanos, si estamos de acuerdo en que la agenda sindical está ajustada, pasemos entonces al punto de los servicios sociales y, en especial, de la medicina. Este tema está caliente en nuestra agenda, pues existen varias posiciones de cómo resolver la seria carencia de medicinas, la destrucción de la infraestructura e, importante, los salarios de los médicos.

—No comprendo por qué siempre hablan del salario de los médicos. El tema de los salarios es para todo el mundo. Ahora mismo, el cambio del dólar está a ciento cincuenta pesos por dólar. O sea, los que ganan trescientos o cuatrocientos pesos, solo ganan dos o tres dólares. Entonces, el tema del salario de los médicos debiera más bien pasarlo al tema sindical, con un lema que rece: salario justo por trabajo hecho. Cuando este salario resuelva las necesidades siempre crecientes del trabajador y le permita, además, la acumulación de riquezas…

—Señores, por favor, concentrémonos en el tema de la salud pública. Lo del salario ya está en la agenda de la libertad sindical.

—Nosotros apoyamos que la salud pública debe concentrarse en manos del Estado. Es el único que puede garantizar cubrir a toda la población con ese servicio.

—Si se sigue con el Estado como propietario de la salud seguiremos con los mismos problemas. Lo importante es que el Estado impide el desarrollo del individuo y controla qué va a hacer con su destino, económico, social, o de salud. Un ejemplo, ¿por qué no se habla de la eutanasia como una forma de suicidio asistido?

—Mira, la eutanasia…

—Caballeros, vuelvan al centro, no se vayan por las ramas.

—La necesidad de que coexistan una salud pública y otra privada, pienso, es la fórmula perfecta.

—La suma de los diferentes caos es el mejor de los caos —parafrasea al socio de la otra vez—. La medicina debe ser privada, en las diversas funcionalidades conocidas durante la República. En esa época estaban las Casas de Socorro, las Casas de Beneficencia, los hospitales mutuales, las clínicas especializadas y otras tantas formas con las cuales la mayoría de la población recibía tratamiento médico sin la intervención del Estado, que trata de controlarlo todo. Y ojo… también existía el hospital público, como el Calixto García, al lado de la Universidad.

—Pero esa medicina privada dejaba mucha gente fuera.

—Sí, es verdad. Había personas que no llegaban al sistema de salud, pero así ocurre en todas partes del mundo y para todo. Existen pobres y analfabetos. En Cuba, en el 58, había un dieciocho porciento de analfabetos. Eso indica que el ochenta y dos por ciento, la mayoría de la población estaba alfabetizada y le permitía participar en el proceso de creación de riquezas. Igual pasa con la medicina. Todos no tenían acceso a la medicina, pero la mayoría sí. Y hoy mismo es igual. Tu acceso al sistema de salud no es lo mismo si tienes una enfermedad y vives en Imías, Guantánamo o en Marianao. Te digo, el fatalismo geográfico existe, y las intenciones de desarrollarse de los individuos, también, y entonces de qué hablamos. Siempre habrá una disparidad. El asunto es cómo crear mecanismos sociales para emparejar. No es pasar una tabla rasa en la que todos seamos pobres, si no establecer las herramientas que permitan a las clases y los grupos sociales menos favorecidos encontrar resortes que los impulsen hacia arriba, al esfuerzo, al desarrollo.

—Como siempre, muy bonito, ¿y cómo implementamos eso? —La intervención de Odilia de nuevo crea la desazón y la preparación para una nueva vuelta en la polémica.

4

—¿ Y cómo vamos a hacer ahora, Pedro?

—Ahora no vamos a hacer nada. Tú te vas por tu camino y yo por el mío. Si me has visto, no te acuerdas.

Pedro es el alias elegido para andar en el mundo homosexual. Como viejo seguroso, creó su manto y leyenda para ocultar su identidad, por instinto. A lo anterior, le ayuda su auto oficial del Ministerio del Interior con matrícula particular.

—¿Por qué, Pedrito? Si nos va tan bien. Yo sé que sales con algunos de mis amiguitos, pero eso a mí no me interesa. Yo sé que para ti ellos son un pasatiempo. Pero yo te quiero, eres tan macho, tan duro. ¡Ay!, no me resisto a dejarte ir.

—Echa pa'llá, Clodomira —Alejandro usa ahora el alias impuesto a su amante para ocultar la información.

—No me digas, Clodomira. No me gusta. Dime Yuli. Así fue como yo te dije desde el primer día. Me suena despectivo si me tratas con un nombre de esos que a ti se te ocurren. Además, no sé de ese secretismo con tu trabajo, total, aquí se sabe todo. Esto es una isla chiquita y aquí se sabe todo, a la larga y a la corta. Sobre todo, a la larga. Como tú, portento.

—Deja el portento y lo demás, que no te conviene. Y te digo más: deja de preguntar en qué trabajo, pues no te conviene para nada saber de mí más allá de lo que ya conoces. Mucho menos de las cosas que puedo y hago en mi trabajo.

—¡Ay, mi macho!, cómo me pones el culo cuando me hablas así —Y el Yuli le lanza la mano a la pinga de Alejandro, que se aparta y repite.

—Echa pa'llá, maricón. Te voy a despingar to'.

5

La reunión se detiene durante un rato para tomar agua y un café claro. La discusión, que tuvo momentos álgidos, necesita de ese respiro para las conversaciones interpersonales y el reajuste de agendas. Bladimir se reúne con Elizardo y Héctor, en un aparte en el portal trasero de la casa.

—Caballeros, tenemos que ayudar a Leonel en este asunto. Se le puede ir de las manos con esta discusión cada vez más vacía que impide llegar a acuerdos mínimos —Arranca Elizardo, sin lugar a dudas, el político más avezado de los tres.

—A mí me preocupa la tendencia centrífuga del ambiente, con una pila de soquetes que ni saben dónde están parados y quieren llevar este proyecto a la anarquía —continúa Bladimir, menos capaz, pero certero en algunas de sus apreciaciones.

—Bladimir tiene algo de razón —incorpora Héctor su punto de vista, mientras se pasa un pañuelo por su redondo y sudoroso rostro—, pero no apostaría por una situación tan anárquica. Existen diferentes puntos de vista, pero es normal en cualquier movimiento opositor. Lo que sume es lo más importante. Pero, además, como siempre, mi viejo precepto: unidad en la diversidad.

—¿Y que tú quieres, Héctor?, ¿que esto se desmadre y lo controle la policía política, o el grupo de mamertos que van a caer en manos de la misma policía más tarde o más temprano? —A Bladimir le tiembla el labio inferior, señal predecible de su incomodidad e intolerancia. Su patriotismo no está en duda, su soberbia tampoco. Hijo de un ilustre revolucionario, no deja atrás la época en que sus pedidos eran órdenes para los que le rodeaban. Y se comporta así, sin reparar en que el escenario opositor es diferente. La oposición nacida de los tantos años de dictadura es más bien como en la adolescencia: la rebeldía brota contra casi cualquier cosa que no esté racionalizada y, si bien fuera así, los egos personales y las ambioncillas femeniles, como le dijo José Martí al General Máximo Gómez en la famosa carta: "General, los pueblos no se fundan como se manda un campamento", florecen como la yerba tras un aguacero de mayo".

—Caballeros, tomemos calma —Apunta Elizardo, el más reprimido de los tres por el gobierno, pues estuvo preso varias veces y durante años por su pensamiento libertario. Sus palabras son espaciadas para transmitir ese estado de ánimo—. Puedo hablar con Leonel aparte y hacerle una propuesta que le puede interesar. Él tiene capacidad de convocatoria, y tiene personas leales junto a Lázaro y el tipo del pulóver verde. Él necesita de nosotros. Tenemos un nivel de influencia en otros niveles, como los internacionales, por ejemplo. Esa influencia sirve para apoyar su idea y su esfuerzo.

—Elizardo, no sé cómo lo tomará la gente, pues este tipo de equipo suprainstitucional se verá mal por las bases, aunque en principio yo estoy de acuerdo en que hables con él —Apoya Héctor, a punto de exprimir la toallita llena de su sudor.

—Por mí, dale adelante. No puedo ver cómo los roñosos se apoderan de esto con sus discusiones estúpidas que solo ralentizan las decisiones a tomar para sacar al hijoeputa ese. ¿Cuándo se lo vas a decir a Leonel?

—Ahora mismo, que viene por ahí —Y Elizardo gira directo sobre el que pasa y deja a sus compañeros con la palabra en boca.

—Caballero —se dirige a Morejón Almagro—, quisiera escuchar su opinión sobre el siguiente tema…

6

—Pepito, ¿y qué vamos a hacer el fin de semana? —pregunta Ana, muy acaramelada, todavía impresionada por las revistas regaladas por su amante y, mientras, le pasa su muslo por encima.

—Vamos a ir de cacería a Pinar del Río. A uno de los cotos de caza que tiene el Comandante por allá. ¿Te imaginas que el jefe de aquel lugar dopaba los venados para que el Comandante los pudiera cazar sin esfuerzo? Y ese tipo, haciendo eso, llegó hasta el Buró Político del Partido.

—Coño, Pepe, mira que exageras —se ríe Ana, pero, rápida y preocupada, agrega—: ¿Y con quién vamos? ¿Con "él"?

—No, vamos con el Contralmirante.

—¡Ah! ¡Ufff! A mí no me gusta estar donde esté "él". Toda la esquizofrenia que arman los guardaespaldas, y Joseito, el jefe de ellos, siempre tan maniático, paranoico y descarado. Se vuelven insoportables. Donde esté "él", yo quiero estar a tres kilómetros y medio, y cuidado. Si estas en la misma carretera, sin poder explicar por qué estás ahí, te pueden arrestar, no para saber qué haces, si no solo hasta que él se vaya. Yo tengo un amigo, siempre con un pulóver verde, que en primer año de la universidad de aquí tenía una novia en la Universidad de Santa Clara. Un fin de semana sí y otro no, él iba a verla allá. ¿Te imaginas?, eso sí es amor. Pues resulta que un día coincidió con que el Comandante inauguraba una textilera en la carretera de Camajuaní, la que pasa por la Universidad; de hecho, está como a diez kilómetros. Para ese día reforzaron la seguridad en la Universidad y lo detectaron, pues claro, él no era de ahí. Y así mismo, con dieciocho años, lo metieron en un calabozo de la Seguridad del Estado en la carretera de Placetas y allí se estuvo hasta dos días después. Solo por ir a ver a su novia. ¿Te imaginas? ¡Qué manera de molestar a los demás tienen esa gente de la seguridad personal! Por eso me alegro de que vayamos con el hombre vestido de blanco, al final me cae bien y es menos excéntrico, megalómano y loco que el otro. Además, se ve que quiere a su mujer. ¿De dónde trajo a esa mujer? De Angola, por lo menos. Además, le lleva como veinte años o más.

—¡Ana, por favor, congela esa lengua! Menos mal que estamos en tu casa. Si fuera la mía, te sugeriría no hablaras así —Le dice García Álvarez a la maja, con fuerza y ternura a la vez, pues evita a toda costa que su trabajo interfiera en su relación sentimental.

—¿Por qué? ¿Crees que chequean tu casa? —pregunta Ana llena de estupor ante una situación cuya sola mención ve como amenaza a su persona.

—Yo no diría que no, pero, por si acaso —García Álvarez escoge las palabras, pues no quiere pasar más temor del que ya tiene a su mujer, y se sensibiliza por primera vez del poder de un Estado revolucionario sobre sus ciudadanos. Espiar mis conversaciones, piensa. Y lo que hasta hace un momento veía como algo normal, como forma de mantener la seguridad interior de su trabajo y su persona y compañeros, y hasta lo justificaba, ahora lo ve como algo aborrecible, extraño, ajeno. Y piensa en Orwell, en su libro *1984*; en Philip K. Dick y su novela de ciencia ficción *¿Sueñan los androides con ovejas eléctricas?* Libros futuristas sobre una sociedad controlada por el Estado.

—¿Quién tú crees que te monitorea? —Vuelve la mujer desnuda sobre la pregunta, y esta vez lacera la razón del oficial de inteligencia, y comprende que también debe desnudarse ante su amada, pero, con cautela…

—Para mí, el seguimiento lo tiene montado la gente de la técnica. Me vigilan, ante todo, el Vicealmirante. Él piensa en la línea de ascenso que le continúa. Algo muy normal en mí trabajo. Para ello utiliza a mis dos subordinados principales, Reymundo y Alejandro. En especial, el primero es el más inteligente de los dos. Aunque, por cierto, hubo algo extraño entre ellos, y no he podido desentrañarlo.

—¿Cómo lo sabes?

—¿Lo que hubo entre ellos? —pregunta, e intenta evadir a todo costo la incómoda posición en la que está.

—No, que son ellos los que te espían —dice ella mirándole directa a los ojos, mientras intenta comprender el complejo mundo de un oficial de inteligencia.

—Por las contramedidas que tomo cada cierto tiempo para conocer quién entra a mí despacho, quiénes escuchan mis llamadas, quiénes saben más de mis problemas con la mamá de mis hijas. Toda esa información, que se obtiene de manera accidental, sirve para conformar un expediente. Ese es el trabajo de la inteligencia. Evitar que esa información llegue a los malos es la contrainteligencia.

—Yo me permanezco fiel a la definición de Cabrera Infante.

—¿Quién?

—Guillermo Cabrera Infante. El escritor cubano exiliado que vive en Londres. El que escribió *Tres Tristes Tigres*.

—Creo que oí de él por ese libro.

—No sé cómo. Está prohibido en Cuba. La única copia que vi está en la Biblioteca de Casa de las Américas y no lo prestan. Si lo lees, tiene que ser sentado allí, en la sala de lectura. Pero, bueno, a donde vamos: Cabrera Infante dijo que la contrainteligencia era eso mismo. Contra la inteligencia.

—Jodedor el viejo ese.

—Sí, pero se considera el mejor escritor cubano vivo en este momento.

7

Bueno, Elizardo, has la propuesta a los hermanos —retoma Leonel la reunión e invita al político a plantear al público lo que hace pocos minutos comentó en el patio trasero.

A Leonel no le desagrada la idea de que un grupo de compañeros asesore al proyecto. Pero eso puede crear fricciones entre quienes llevan más tiempo y fueron elegidos para dirigir las diferentes Comisiones. Sin embargo, la creación de un grupo asesor les da una categoría jerárquica a sus miembros por encima de la estructura creada y podría marcar derroteros de trabajo por su conexión con el liderazgo. Un Grupo de Apoyo a Concilio sería en realidad un grupo de intervención en las discusiones, tal y como el Comandante tiene su Grupo de Apoyo formado por juvenazos incondicionales que funcionan como un súper gabinete, violan de esa forma la institucionalidad del Estado. En este caso, la Ley de Herodes sería aplicada a Concilio.

—Caballeros —comienza Elizardo—, un grupo de hermanos ponemos a la disposición de Leonel y el proyecto nuestra experiencia internacional y de trabajo a lo largo, algunos de nosotros, de más de veinte años. Lo hacemos de forma desinteresada y con la intención de apoyar las ideas de los hermanos de las demás organizaciones que trabajan por este gran proyecto. Estamos dispuestos a participar en este grupo asesor, el hermano Bladimir, Héctor, Odilia y un servidor. Y nos ponemos desde este momento en función de apoyar en lo que haga falta.

—Señores —retoma la palabra Leonel—. El planteamiento de Elizardo tiene una lógica válida para nuestro desarrollo, mirando a futuro, por todos los retos que tenemos por delante. Así que les pido su opinión a favor o en contra para organizarnos mejor.

XXII
NOVIEMBRE 6, DEL 95

1

El asesinato de Yitzjak Rabin, hace dos días, conmueve al hombre del pulóver verde, un admirador del pueblo judío. Escucha la noticia en Radio Ciudad. El crimen sobre ese hombre le lleva a pensar en la política como martirologio. Así lo vio en Carlos Manuel de Céspedes, talentoso orador, poeta, articulista, trebejista y rico hacendado. Prefirió dejar los lujos propios de su inteligencia para entregar sus fuerzas y su riqueza al servicio público. A la independencia de su país.

El transito racional del apoyo a la causa islamista a la admiración al pueblo hebreo que ha vivido el hombre del pulóver verde pasa desde su tiempo de párvulo en el Círculo Infantil Amiguitos de Palestina, a ser castigado en su primera juventud para integrar un contingente militar e integrarse a ese conflicto. Según contó una vez a Chuchú, entraría vía aérea por Damasco, Siria, a reforzar un regimiento de tanques cubanos estacionado cerca de Kuneitra, frente a las Alturas del Golán.

El plan, del que tuvo conocimiento más tarde, lo llevaría a participar en una gran ofensiva pactada entre sirios, soviéticos e iraníes para ocupar el Líbano, islamizarlo y cerrar el cerco sobre Israel. Pero las tropas cubanas de refuerzo permanecieron en la isla por no se sabe cuál motivo.

Los israelíes se adelantaron e invadieron el Líbano con la Operación Paz de Galilea, que originó la Batalla de Beirut, la salida de la Organización para la Liberación de Palestina (OLP) del Líbano y luego la masacre de Sabra y Chatila, realizada por la Falange Libanesa. En esas circunstancias fue entonces enviado a Angola, al frente Este.

Luego de experimentar la guerra, el hombre del pulóver verde se refugió en la cultura de manera autodidacta y observó con más detenimiento los problemas del Medio Oriente. Percibió entonces que todo no era como le contaron. Descubrió los Kibutz y su importancia como un pensamiento de justicia social. La existencia de un estado laico en medio de estructuras religiosas medievales. Las oportunidades para las mujeres en una región donde son esclavizadas y obligadas a depender de los hombres. La democracia de la Kneset en medio de rígidas monarquías absolutas. De la eficiencia del Mossad y el Shin-Bet, el valor y la dignidad del Tzáhal. Un país donde la modernidad gana la batalla a la tradición o, mejor expresado, donde la civilización se impone sobre la barbarie.

La muerte de Rabin tras culminar un acto político en la Plaza de los Reyes de Israel, en Tel Aviv, con el eslogan, *¡Sí a la paz, no a la violencia!* fue una real antítesis. Allí dijo antes de morir: *"Fui un hombre de guerra durante 27 años. Mientras no había oportunidad para la paz, se desarrollaron múltiples guerras... La paz lleva intrínseca dolores y dificultades para poder conseguirla. Pero no hay camino sin dolores".*

Lo terrible en esa muerte, piensa el del pulóver verde, es que el asesino sea un judío, ortodoxo y extremista, de esos que ven en la paz con los palestinos la traición a su pueblo. Terrible. Un brillante militar, soldado en la guerra de independencia, la del Sinaí, y la de los seis días, General con solo treinta y un años, jefe del Tzáhal, Ministro de Defensa, héroe para sus compatriotas, asesinado por un estúpido extremista. Así fue con José Martí. ¿Cuál fue el estúpido soldado español que con su dedo índice apretó el gatillo y disparó la bala asesina de nuestro apóstol? ¿Quién lo sabe? ¿Importa eso ahora? ¿Importa quién es el esbirro de turno que tortura a un disidente en la Prisión de Boniato?, ¿quién ordena golpear a un activista de los derechos humanos?, ¿quién ordenó hundir el remolcador 13 de Marzo?, ¿quién encerró a cientos de miles de cubanos en el gulag de la Revolución? Sí importa. Como dijo Edmundo Desnoes, en *Memorias del subdesarrollo*. La característica del subdesarrollo es la falta de memoria, y tenemos que asegurarnos, como en la historia de Colonia Vela: no habrá más penas, ni olvidos.

2

—Debemos de estar listos —le dice René a Pablo separándose a una esquina de la pista de Opa Locka. Ambos observan y saludan el despegue de los Cessna Skymaster de Hermanos al Rescate y en algún lugar suena la música de "Material Girl", en la voz de Madonna.

—Tengo un mensaje de Bonsái —Para los espías, Bonsái es la jefatura en Cuba.

—¿A qué se refiere? —pregunta Pablo. Intenta saber lo máximo. En el último vuelo sobre la cayería norte de Santa Clara, cuando los Mig le pasaron rasantes y les hicieron fuego de señalización, sintió miedo. Eso, comprende, puede volver a pasar, y pronto.

—A lo que tú sabes —contesta René. Confía en él, pero a su vez duda de su valor personal para ejecutar esta operación al ver su comportamiento bajo fuego amigo—. ¡Oye bien, Pablo! Debemos estar listos para la orden de Bonsái. Pero sobre todo para controlar al "gavilán", que domina y da el visto bueno sobre los planes de vuelo. Según Bonsái —continua—, tienen información de que los vuelos son un test de cómo responde la defensa antiaérea a nuestras acciones. Para el mando, nuestros vuelos son una operación conjunta entre CIA y Pentágono. Pero no solo eso: Miden la cantidad de aceite en el motor, la capacidad de respuesta, y puede ser el preludio de una invasión, bajo el concepto de soberanía limitada. Y nosotros no podemos quedar mal en esa operación, para poder retirarnos con tranquilidad al regresar a Cuba.

—René, ¿y tú piensas regresar a Cuba después de la misión? —pregunta Pablo con la vista puesta en la pista desde donde acaban de despegar los aviones y, tanto como la conversación, le molesta la musiquita de Madonna, por superficial y estúpida.

—A mí me gustaría permanecer sembrado aquí. Pero extraño a Cuba, a la familia, a mis socios, a las jevitas de allá. Es de madre singarse a una americana y no estoy pa putas. "Manuela" me tiene seco —Y se mira la mano derecha—. Por suerte, ya autorizaron a Olguita y a las niñas a venir para acá. Porque desde que me ordenaron llevarme la avioneta del aeropuerto de San Nicolás hasta hoy pasaron cuatro años. Y sin poder mirar pa' tras, mi socio, y siempre está la vigilancia de los federales.

—¿A quién? —pregunta Pablo sin mirar a su interlocutor.

—A Olga, mi esposa. Ya el mando autorizó que venga para acá con las niñas. Cuando ella esté aquí, uno se establece a más largo tiempo. La verdad, eso allá está malo. Mi hermano trabaja en Consultoría Jurídica Internacional. Un buen trabajo. Da su viajecito al exterior, fundamentalmente a Panamá, de vez en cuando, y coge hasta su poquito de divisa. Pero dice que eso está allá en candela. Menos mal que ya te casaste con una americana. Gracias a eso, de aquí no te saca nadie. A ti tienen que darte candela, como al Macao —Y sonríe.

—No creas —Se mantiene imperturbable el piloto—. Si me mandan a buscar, voy. Así sea para hacer el paripé, y después te vuelvan a mandar para acá. Piensa bien. ¿Qué hacemos nosotros allá si regresamos? Nada. Volver a la oficina. A coger guagua. Vivir de la libreta, el apagón y raspar lo que se pegue. Allá no hay nada más. Yo, coger el polaquito del viejo para alquilarlo o botear. Y así hasta que te manden a otra misión. Si tenemos suerte, vamos de diplomáticos a Londres, Madrid o Viena, pues aquí, al yuma, ni pensarlo. Aquí no podemos regresar a nada, ni de nada.

—Tú eres un poco apocalíptico y tremendista, ¿no crees?

—¡Ah!, no jodas, chico. Pon los pies en tierra que nos conviene.

3

El hombre vestido de blanco mira desde su ventana en el séptimo piso a la Plaza de la Revolución y su conjunto escultórico. La torre, popularmente conocida como La Raspadura, con sus tiñosas dando vueltas en semicírculos como una corona móvil. En su base, la inmensa escultura del apóstol tallada en mármol blanco por Sicre tiene como modelo *El Pensador*, de Rodin. Más abajo, la calle por donde pasan bandadas de ciclistas. Es mediodía y es fácil ver el esfuerzo de ese grupo de hombres y mujeres desplazándose a no se sabe dónde bajo el calor agotador. Les comprende. Se debe poseer una gran voluntad para pedalear a esa hora. Observa el panorama mientras escucha en una reproductora de cinta la *Tannhäuser*, de Wagner.

Aprecia a Richard Wagner desde sus visitas a Alemania comunista, cuando acompañaba al camarada Erich Mielke, jefe de la Stasi, a la *Berliner Philharmonie*. El viejo, como le dice, es maestro y amigo. Le enseñó mucho más que el trabajo de inteligencia y seguridad. Le aportó parte importante de la cultura del arte que posee. Por suerte, ya salió de la cárcel a donde lo llevaron los revanchistas de Alemania Occidental. Ya sabía él que esa reunificación no sería nada bueno.

Pasa revista a la operación en ciernes, mientras escucha el aria de **Wartburg**. Toma nota de las posibilidades reales de una concertación de la contrarrevolución interna con el exilio. Ya ordenó a sus oficiales explorar la posibilidad de implosionar los dos puntales de ese puente para derribarlo de la manera más estrepitosa posible. Se debe evitar no solo la posibilidad del desarrollo. Además, debe ser una señal clara de que no se permitirán vuelos sobre la isla, ni concertaciones opositoras que pongan en peligro la soberanía del Estado. No quiere pasar por la misma situación del camarada Mielke… Pero también tiene otra opinión.

El Primer Oficial de la Octava Dirección cree existen otras posibilidades operativas en el caso de las avionetas. Fuego de artillería antiaérea. No derriba los aviones, pero les advierte, y evita el incidente internacional. De todas maneras, eso está en manos del Comandante. En el caso de la reunión contrarrevolucionaria, es permitirla y cooptarla desde el interior con los agentes de campo.

La otra propuesta en esa misma dirección es contraponerla a las reuniones Nación y Emigración, donde se puede utilizar a los exiliados con posiciones o intereses favorables a la Revolución. Para llevar este trabajo a fondo están los compañeros de la Dirección de Inteligencia y de la Cancillería.

4

— *"Oye como va, mi ritmo, bueno pa gozar, ¡mulata!"* —canta para sus adentros el hombre del pulóver verde mientras escucha la canción de Carlos Santana durante tantos años prohibida en Cuba. En Perú tampoco fue bien vista. El dictador Juan Velazco Alvarado impidió al músico chicano entrar al país de los Incas por ser un hippie imperialista. Radio Ciudad es una emisora que, desde su salida al aire en 1978, marca la diferencia por su énfasis cultural y la promoción de la melomanía. Ahí están Camilo Egaña, Juanito Camacho, Xavier Rodríguez, Bladimir Zamora, tipos que le dan a la música en la misma costura. Esa es la razón por la que el hombre del pulóver verde sintoniza esa emisora. No es la única. Entre sus preferidas están Radio Martí y la Voz del Cid. Pero, a diferencia de Radio Ciudad, estas tienen un contenido informativo que les permite romper la censura y el dogmatismo de las emisoras cubanas controladas por el Gobierno. Radio Martí se escucha por onda media y tiene un alto índice de noticias y, por eso, de popularidad en la población. Por esa emisora escuchó en agosto del 91 la derrota del golpe de estado de los comunistas rusos contra la perestroika de Misha Gorbachov. Esa fue una gran noticia. Dio esperanzas a muchos cubanos en la isla. Sin embargo, en honor a la verdad, la mayor audiencia la conquistó con la radionovela *Esmeralda*. La voz del CID se escucha en onda corta, también está marcada por los informativos y la interferencia del gobierno. En ella disfruta la frase de uno de sus comentaristas. *"Los perdedores dejan que las cosas pasen. Los ganadores hacen que las cosas pasen"*. O esta otra que lo emociona mucho: *"¡Cuba hoy! ¡Cuba mañana! ¡Cuba siempre!"*.

Entretenido está cuando llegan cuatro de sus compañeros de la oposición y tocan a su puerta. ¿Quién será?, se pregunta y se dirige a la entrada y, al abrirla, se encuentra con Pedro Margulles, Iraida Montalvo, Lucas Garve y Monzón Oviedo, este último un exmilitar marcado por la perestroika soviética y convencido, al igual que sus acompañantes, de la importancia de la democratización.

—¿Apareciste, Camilo? —se dirige el hombre de verde al exmilitar, en referencia a Camilo Cienfuegos, el líder revolucionario asesinado por el Caudillo al principio de su gobierno por envidia a su popularidad. Lo desaparecieron en el aire y el mismo Comandante instituyó ese día como fecha patria y obligó a todos los cubanos a echar flores al mar, como símbolo de respeto al desaparecido.

—No exageres, mi socio. Solo que tú nunca estás en casa.

—¡Ah!, ahora soy yo, quien no está en casa. Qué clase de tipo eres. Dale, pasen, que no tengo café, pero sí agua fría.

—¿Ves?, esa es una buena idea —le responde Iraida mientras le da un beso y se sienta en la sala precedida por Margulles, más discreto, pero igual de afectivo al estrecharle la mano. Por último, Lucas, respetuoso y protocolar, traspasa el umbral.

—¿Qué les hizo subir seis pisos aquí en Alamar? —pregunta el anfitrión al estar todos están sentados y mientras beben agua fresca.

—Tenemos dos preocupaciones y deseamos saber tu opinión. Si está a tu alcance, ayúdanos a comprender mejor lo que sucede…

—¡A ver, dispara! —interrumpe, con desenfado, esperando conocer cuál es la preocupación de sus amigos, personas en las que tiene gran confianza, pues dos de ellos estuvieron en Villa Marista junto a él durante la represión—. Pero antes, Lucas, ¿en qué quedó el tema de los reportes de la represión y las violaciones de derechos humanos para *Cubanet*?

—¡Te portas mal! ¿Tienes Alzheimer? —La simpatía de Lucas se impone en cualquier escenario, y hoy no es excepción—. Hablamos la ultima vez del trabajo de Fara Armenteros, en coordinación con Rosa Berre allá en Miami. *Cubanet* se comprometió en enviarnos un fax por una ruta que no te voy a explicar por que no la sé y que seguro se concreta con el envio del dinero para comprarlo aquí. El equipo lo pondremos en casa de Fara, en Lawton.

—¡Esta bien! ¡No te pongas bravo, compadre!

—No estoy bravo, solo aclaro, para que no haya confusiones, diversiones, frustraciones, ni otros ones, en este escenario. ¡Estás muy joven para estar tan enfermo! Y cámbiate ese pulóver verde, chico, ¿no tienes de otro color para regalarte uno? —Lucas vira el rostro, se pone la mano en el mentón y gesticula como si estuviera molesto.

—Un día te voy a hacer el cuento de por qué no necesito tu pulóver —riposta el anfitrión.

—Señores, vamos a concentrarnos. Lucas, no seas tan jodedor. Ante todo —continua el perestroiko—, tenemos preocupación sobre el tema de la coordinación con el exilio de la proclamación de Concilio. ¿Por qué? Sencillo. Sabemos que el gobierno reprime, pues es su naturaleza. Pero este acuerdo de apoyo con nuestros hermanos del exterior en este momento puede aumentar la represión y coartar la posibilidad de la reunión. Segundo, vemos como preocupante la creación del famoso Grupo de Apoyo. En nuestra opinión, es una forma de controlar a Concilio desde arriba.

—Muy bien, ¿y ustedes qué proponen? —se adelanta el anfitrión y retoma el cauce del interes de la visita. Sus puntos de vista coinciden con el de los visitantes, pero espera madurar los suyos con lo que le digan.

—Estamos conscientes de la importancia de la participación de nuestros hermanos en Estados Unidos, y en cualquier otro lugar, en la construcción democrática —interviene Lucas—. No obstante, la preocupación es el momento en que deben incorporarse al trabajo. Ahora mismo, el solo nombrarlos provoca en el gobierno urticaria. Sería el argumento perfecto para fabricar un pretexto ficticio. O sea, en primer lugar, la "materia" a ser interpretada, la supuesta intervención norteamericana, los tres días de venganza de la contrarrevolución, y sobre esta ficción erigir una mentira verosímil: Fuimos a detener la invasión y la venganza. Esta idea, a través de sus medios de comunicación y bien instrumentada, manipula los sentimientos de soberanía nacional y de seguridad de la población y la llevaría a la abstención ante la represión, la inmovilidad ante nuestros objetivos y, en definitiva, al mantenimiento del *status quo*. En ese momento de inmovilidad, el gobierno tendrá las manos libres para aplicar la violencia. Y, sin lugar a dudas, la ejercerán sobre nosotros.

—Un ejemplo de manual es cómo se repite en la televisión la imagen de ese tal Frómeta, de los Comandos F-4, en los pantanos de los Everglades, con fusiles automáticos, diciendo que van a liberar la isla —interviene el exmilitar Monzón Oviedo—. ¿A quién sirve eso? Lo puedo decir muy claro: Al gobierno. A su policía política y a su maquinaria de propaganda política. Ella encuentra en las palabras de esa persona los argumentos suficientes para mantener el Estado de Sitio. Pero, además, y aquí voy a entrar en otras consideraciones, ¿alguien cree que ese payaso invadirá algún lugar? ¿Verdad que no? De ahí que a nosotros nos preocupe lo oportuno de reconsiderar esa relación, en este momento, con los hermanos del exilio.

La exposición de Lucas y de Monzón provoca un reflexivo silencio. Esa capacidad de Lucas para expresarse de manera culta y popular, su respeto por los demás y su solidaridad permite romper las barreras de muchos homófobos dentro y fuera de la oposición democrática. Como le dijo el del pulóver verde a su socio Chuchú el día que lo conoció: ¡Ese maricón es más hombre que muchos hombres!

—Muy bien. Esa es la primera parte… ¿y sobre el Grupo de Apoyo, grupo asesor, o como se llame? —Vuelve sobre el tema el anfitrión.

—Aquí tenemos dos problemas. Por definición, los asesores son expertos en diferentes materias, consultores por especialidad, la que sea: Comunicación, estrategia política, mercadotecnia, discursos, planificación estratégica, debido a que los grupos de trabajo especializados necesitan de los asesores, que son conocedores de un tema o, por lo menos, los que mejor lo explican. No importa si son miembros de Concilio o no, lo importante es el conocimiento que posean. Además, un grupo asesor es un equipo eventual. ¿O es para siempre? ¿Y qué tenemos en este famoso grupo? Muy buenos amigos, excelentes patriotas, pero ¿en qué nos van a asesorar? Eso no está claro aún, a no ser que nos quieran embridar. Ese el consenso.

—Muy bien, ¿y cuál es el otro punto?

—El tema es que los asesores, por lo general, no son elegidos por las bases. Pues, y estamos de acuerdo, deben gozar por sus conocimientos de la confianza de los líderes y las estructuras organizativas. Pero ¿deben ser nombrados a dedo o, por el contrario, se debe consultar a algún nivel sobre quiénes son y cuál es su propuesta? Tenemos esa duda. No es menos cierto que, a través de un "asesor", se puede colar un agente de influencia del G-2. Y de pronto, nos lleva al matadero.

—Lo de los infiltrados debemos tenerlo claro. Esa es una realidad siempre latente y debemos asumirlo sin paranoia porque puede costarnos más caro a nosotros que a los segurosos. Yo siempre pienso en el caso del poeta Roque Dalton, asesinado a manos de sus propios compañeros de la izquierda salvadoreña, por no sé qué estúpida apreciación. Así que, sobre ese tema, es mejor vivir con el conocimiento de que vamos a morir. Tú estuviste en África, tú sabes cómo es el mambo. Pero, por otra parte, ¿cuál sería su propuesta?

—Nuestra propuesta es que sean elegidos por el liderazgo de Concilio. Uno por uno, en base al conocimiento a aportar al proyecto, y esa propuesta debe ser aprobada además de por Leo y Lázaro, por los Comisionados por temáticas y por territorio, de modo que exista un amplio consenso de quienes serán y en qué forma apoyaran al trabajo del proyecto.

—¡Uhmmm! Eso está difícil. Creo que Leo tiene un fuerte compromiso con Elizardo, Bladimir y Odilia. ¿Vamos a ver qué hace? Pero, por lo pronto, yo se lo diré directo y claro, como ustedes lo expresaron. Si sucede otra cosa, la responsabilidad no será nuestra. ¿Me explico?

XXIII
Diciembre 8, del 95

1

En la discoteca del Hotel de Miramar se escucha al dúo *Kriss Kross* con su rítmico y balanceado hip hop *Warm it up*. La gente baila animada por el alcohol y las drogas. Las parejas se toman sus licencias. Una de ellas se separa del grupo, se acerca al baño de los varones para aprovechar y besarse de manera apasionada en la oscuridad. A las tres de la mañana a casi nadie le interesa lo que pasa al lado.

2

—¿Cuál es el plan operativo para desactivar Concilio? —pregunta el oficial al mando y enfoca directo la pregunta a García Álvarez?

—En opinión de nuestro equipo, existe control total sobre esa organización contrarrevolucionaria. La tenemos copada por varios puntos. Primero, tenemos un agente en el llamado Grupo de Apoyo a Concilio. Este tiene poder e influencia y tiene la misión de catalizar el discurso con una frase como, por ejemplo, "Concilio, nunca se suspende". De tal manera, al primero que diga por cualquier razón, llegado el momento, "se suspende", procede a la parálisis del grupo tras la verbalización de la idea. Tenemos conocimiento, a partir de la información cruzada de cuatro agentes que tenemos en el terreno que, tanto entre los comisionados temáticos como en los territoriales, la mayoría de los grupos componentes son de muy pocas personas y, en algunos casos, son grupos fantasmas creados por nuestros oficiales en algunos territorios para debilitar el liderazgo de algunos disidentes locales descontentos, y no tienen orientación clara, ni objetivos definidos.

Con esos elementos de juicio, sugerimos una simple maniobra de distracción y podemos salvar la situación. Además, existe un enfrentamiento entre los Comisionados y el Grupo de Apoyo, por lo que, articulando mecanismos de enfrentamiento entre ellos, podemos hasta crear una pelea física, manera de impedir el desarrollo de la reunión, para la fecha fijada. No obstante, llegado el caso, podemos activar un plan de aviso para la detención de algunos de los cabecillas contrarrevolucionarios, de manera tal que paralicemos su accionar. Entre esas acciones están la detención momentánea en sus provincias de residencia de los que deberán viajar a la capital. En el caso de los residentes aquí, tenemos un control permanente sobre ellos.

—¿Y con el tema de los aviones? —pregunta el Coronel.

—Jefe, con el caso de los aviones ya se argumentó que, con fuego de artillería antiaérea con cañones de KS-19 de cien milímetros, y AZP-S-60 de cincuenta y siete milímetros, ambos de tiro automático, tenemos potencia y alcance suficiente para advertirles de lo peligroso de su maniobra. Que los observamos y tenemos la oportunidad de derribarlos si es necesario.

El uso de los cañones antiaéreos evitaría cualquier incidente internacional, pues su alcance ubicaría las salvas en el rango de los veinte a veinticinco kilómetros de la costa. O sea, dentro de las 12 millas reconocidas internacionalmente. No recomendamos de forma expresa el uso de la aviación, ya que esto puede ser observado por cualquier testigo accidental internacional.

Alejandro se muestra inquieto en su asiento, sus gestos son observados por el Jefe, y le pregunta directo.

—¿Cuál es su opinión?

—Con respeto a la opinión del equipo, yo soy partidario de derribar las avionetas contrarrevolucionarias, realizar redadas y detener a todos los implicados en este movimiento contrarrevolucionario. En especial, a los cabecillas Leonel Morejón Almagro y Lázaro

González. A esos dos gusanos se les debe hacer juicio sumario y condenarlos de inmediato. A los demás, arrestarlos entre 48 y 96 horas, aislados o en grupo. Además, desplegar todo el abanico de opciones que permita crear la desconfianza y la rivalidad entre ellos. Algunos de ellos, incluyo algunas mujeres, deberán recibir en sus costillas la clara señal de la invencibilidad de la Revolución. Para eso contamos con los compañeros de la escuela de Karate-Do y sus maestros, podemos vestirlos como detenidos e introducirlos en los calabozos donde estarán —Se detuvo, tomo aire y esbozo una sonrisa de las que hielan la sangre. Pero no reía por lo que pasaría, sino recordando la cara del cobarde que no dio las órdenes cuando rompían el cerco en Kuito. Vuelve a sí mismo, y mira fijo y fiero al Coronel, al frente de la reunión—. De tal manera que el pánico y la indefensión se apoderen de ellos, como para que no puedan y no quieran volver a intentarlo.

3

—Mira, Leonel, tienes que tomar partido. O permites a los comisionados asumir sus funciones, y que comiencen a trabajar como está previsto, o le das todo el poder al Grupo de Apoyo para que tomen las decisiones. ¡Pero decide! —Es poco común ver a Cosano expresarse de manera tan determinante. Es un hombre medido, tolerante y enemigo de los dramatismos. Como viejo pedagogo y sindicalista, prefiere el proceso de comprensión a la hora de tomar decisiones.

—¿De qué hablas, Cosano? —pregunta el líder de Concilio a su compañero. Oculta no ya indecisión, sino el temor a expresar sus dudas, y el agotamiento producto de los últimos meses de intenso trabajo y la presión de La Pesada.

—Estas en el medio del "tira y jala" y no tomas una decisión sobre lo que vamos a hacer y cómo nos vamos a organizar —recalca Cosano, que no da síntomas de estar molesto. Todo lo contrario. Ahora baja la voz—. Se acerca la fecha. En dos meses debe estar todo organizado y la maquinaria en marcha. Y en estos momentos casi no se pueden realizar las reuniones de las comisiones, pues la policía política, con las brigadas de respuesta rápida, se presentan cada vez que nos vamos a reunir. Por eso conviene tomar decisiones, buenas o malas, pero decisiones.

—Leonel —participa, Pablo—. Compadre, concéntrate en esto. Ya hicimos lo más importante. Creamos las comisiones. Algunas de ellas, ya trabajan y entregan los primeros puntos de vista sobre los diferentes temas y tú no te animas a tomar las riendas del trabajo, dejándolo en manos de la gente del Grupo de Apoyo, que nadie eligió, e interfieren con sus puntos de vista en las reuniones y los documentos en preparación —Pablo hace silencio, pues una bulla viene del exterior de la casa donde están reunidos en Marianao, en Calle 59, esquina a 124.

—¡Pin pon fuera, abajo la gusanera! ¡Comandante, Comandante, que tienen los imperialistas que no pueden con el! ¡Machete, Machete, ¡son poquitos! ¡Que se vaya la gusanera! ¡Cuba sí, yanquis no! —Trescientas personas se aglomeran en el solar yermo frente a la casa y gritan consignas progubernamentales. Algunos hombres, sin camisa, portan palos y tubos de metal. Una piedra da contra la ventana y, detrás de ella, decenas se proyectan contra la pared. Algunas pesan hasta una libra y rompen varias persianas. Cosano, rápido, va a la parte de atrás y le dice a la dueña de la casa que se refugie en la cocina con los niños. Así como empezó de abrupta la lluvia de piedras, así terminó. Pasan un par de minutos y tocan a la puerta. El anfitrión la abre y cinco policías vestidos de uniforme están frente a él. Detrás de ellos, ocho policías vestidos de civil, con pistolas visibles en la cintura. Al fondo, cuatro carros patrulleros y varias motos. Y al final de todo eso, trescientas personas que, por arte de magia, dejaron de gritar para comenzar a chismear sobre lo que sucede.

—¿Quién es Leonel Morejón? —pregunta el oficial al mando. Un hombre blanco, de malas maneras, y corte de pelo a lo nazi.

—¡Yo! —responde Leonel y se acerca a la puerta con la convicción de ser arrestado de nuevo. Una más en las últimas semanas.

—¡Tenemos una denuncia de una reunión contrarrevolucionaria! ¡Acompáñanos! —El oficial al mando deja pasar a Leonel y uno de sus subordinados le esposa las manos en la espalda. Y con la mano señala a los opositores reunidos—. ¡Y ustedes también! ¡Identifíquense, arriba! —ordena—. ¡Todos! —ratifica—. Y arriba, para el carro. Espósenlos a todos. ¡Y duro!

4

—¿Cómo es posible que pienses así, Alejandro? ¿No piensas en los muertos? ¿No recuerdas lo del remolcador? Somos oficiales y estamos para proteger a la Revolución. No para meterla en otro problema como ese —Reymundo comprende el descomunal deseo de venganza de Alejandro. Su sed de sangre le lleva a posiciones cada vez más extremas e intolerantes en las diferentes tareas. Siente temor de un tipo como ese fuera de control.

—Mi misión fundamental es proteger a la Revolución. Esa blandenguería a donde único lleva es a que una mañana ondee la bandera norteamericana sobre la Plaza de la Revolución y los marines se paseen por el malecón buscando putas. Además, el Comandante y los Casas Regueiro apoyaron esa acción, y estoy seguro que la apoyaran ahora también. La Revolución no se defiende solo con consignas, ni con "inteligencia". Debemos imponer la fuerza, si es necesario. Utilizar la violencia revolucionaria, si es demandado. ¿Qué te hace pensar que el vuelo de las avionetas no es el preludio de una invasión norteamericana? ¿Por qué no piensas que algunos de los contrarrevolucionarios son manejados por la CIA o cualquier otro servicio de inteligencia, como los europeos o el brasilero? ¿Por qué no piensas eso?

—Pero existe otro problema —interrumpe García Álvarez, que se mantuvo observando la discusión, creada en cuanto regresaron al apartamento de seguridad, en el Vedado, donde tienen su cuartel general.

—¿Cuál? —pregunta desafiante, mientras García Álvarez saca un cigarrillo H Upman de la caja y comienza a golpearlo contra la esfera de su reloj. Toma tiempo. Saca la Zippo y enciende el cigarrillo. Exhala.

—Te fuiste por encima del grupo de trabajo —Habla despacio y con firmeza—. Nosotros llegamos a conclusiones. Conclusiones que fueron la suma de las opiniones de cada uno de nosotros y estamos obligados a respetar y apoyar. Porque lo expuesto allí no es la opinión de uno de nosotros; es la suma de las opiniones, la que se lleva a ese encuentro. Y te fuiste por encima de lo acordado, que es el consenso y el criterio de la verdad para nosotros. A lo anterior se suma el escenario poco común. Con ese Coronel, que no sabe de la misa la mitad. Eso le impide comprender cuales son las reglas de trabajo aquí en la Octava Dirección y en nuestro equipo en general.

García Álvarez quiere exponer la idea de que, independiente de la opinión del Comandante, su equipo de trabajo defiende sus opiniones como profesionales de la inteligencia. Pero sabe. Expresar tal pensamiento puede costar caro. El mismo Alejandro puede acusarlo de insubordinación y traición al Comandante cinco minutos después. Comprende que las ambiciones de poder le impiden mantenerse bajo su subordinación. Exhala el humo. Toma el cigarrillo con la punta de sus dedos, índice y medio, y lo apaga con fuerza contra el cenicero.

—Me veo obligado a pedir tu traslado a otro departamento. Si prefieres uno en especial, dámelo por escrito y lo haré saber. Por lo pronto, mantente fuera, descansa y reincorpórate dentro de dos días.

—¿Tú crees que eso es así, tan fácil, García Álvarez? —El Mayor aumenta el desafío mirando fijo a los ojos de su jefe. Por el espinazo de Taladrid pasa la corriente del mal presentimiento.

229

XXIV
ENERO 10, DEL 96

1

El aire del norte bate el malecón y con él las olas se estrellan contra el muro. Crean espectaculares columnas de agua y espuma, elevadas al cielo por diez, quince y hasta veinte metros. El preciado y hermoso espectáculo obliga el cierre del viaducto. La temperatura baja hasta los diecinueve grados centígrados. Agradable temperatura para un finlandés, pero una tortura para un antillano. Ante todo, un cubano auténtico, que le gusta la pelota y el domino, amigo de sus amigos y está enamorado de cuanta mujer le pase por al lado, aun y sea un palo de escoba, siempre o casi siempre, es friolento. Segundo, la alimentación, el vestuario, el estado de las casas, el ir en bicicleta a todos lados es más compatible con el verano que con el benigno invierno insular.

La ciudad es una suma de incomprensibles contradicciones. Apenas corren automotores, pero el tufo a gasolina impregna la ropa. Un discreto desvío crea un descomunal tranque, y así, cosas solo comprensibles para el observador avezado. Hoy no parece la cálida urbe de siempre. Más bien parece Bruselas. Las nubes bajas, la llovizna intermitente, el viento fuerte y frío recorre las esquinas y vuela el paraguas a cualquier despistado. Los ciclistas la pasan peor. El del pulóver verde recorre casi treinta kilómetros y llega por fin a la casa de una de las compañeras en Calzada de Vento, esquina a 10, en el sureño y periférico municipio Boyeros.

—Mijo, como te has mojado. Lo reciben en la puerta de una bonita residencia construida en la década del cincuenta cuando Vento se urbanizó como una graciosa comunidad pequeñoburguesa al estilo de los barrios de las afueras en los Estados Unidos, en especial, Miami.

—No me digas nada —devuelve el saludo—. Llueve desde Alamar hasta acá. Te imaginas la cantidad de fango y agua que cogí en el camino…, y el frío. La lluvia cortaba. Pero, bueno, ¿ya están todos? —responde, cansado, pero animoso, y le tiembla el torso del frío sufrido en el recorrido.

—Pasa. Recuesta la bicicleta a esa pared. Y ven para que te seques y te pongas un pulóver limpio, tomes una infusión de caña santa y te calientes —continúa el ama, con esa hospitalidad criolla, que roza lo maternal.

—Sí, pero el pulóver debe ser verde —bromea. Se quita la pieza sucia, húmeda, y se seca con una toalla limpia y olorosa. La mujer aprovecha y va al lavadero en la parte de atrás, le da un estregón al pulóver recién quitado y, luego de enjuagarlo, lo tiende en la parrilla del refrigerador soviético para secarlo rápido con el calor del radiador.

—Un día me harás el cuento de por qué siempre andas con ese pulóver —replica la broma la mujer, al regresar—. Pero no te preocupes por ahora, y le entrega un pulóver del mismo color, solo un poco más claro.

Con ropa seca y limpia, cambiado y caliente, el recién llegado se dirige a una sala interior donde se discuten distintos puntos de vista. Con su llegada, se hace un alto para el saludo protocolar.

—Caballero, ¿cuándo pasará por la casa a tomarse un café? —Se adelanta a saludar Elizardo, líder del Grupo de Apoyo.

—Pronto, no te preocupes —responde—. ¿Cómo van los preparativos para la reunión? —No se detiene el del pulóver verde, mientras saluda a cada uno de los presentes con una sonrisa sincera.

—Avanzan, pero tenemos problemas con los hermanos de Camagüey y Ciego de Ávila —dice Gladys, una maestra que perdió su trabajo por sus opiniones políticas, y vive de vender cucuruchos de maní y repasar a los niños con problemas de aprendizaje, de su comunidad, sin percibir salario.

—¿Qué sucede? —Vuelve a la carga. Se vira hacia Leonel, sentado en un balance a la izquierda, al lado de la puerta con vista a un jardín japonés.

—No han hecho el trabajo y eso los retrasa en sentido general. Sabíamos de los problemas que tendríamos, pues algunos grupos eran fantasmas, y otros asumieron compromisos imposibles de cumplir, según su estructura, membresía y objetivos. Así va la cosa —responde Leonel.

—¡Aclara, Leonel! —interrumpe Orosmán, el comisionado por Camagüey—. Eso pasó en Ciego. La gente de Femenías le cogió miedo al asunto y, al final, todo el mundo pasó de listo. Sobre todo, la gente de la iglesia protestante en Chambas y Florencia. En Morón, con la gente que yo contacté, tienen tremendo entusiasmo y mandan su trabajo cada vez que se le pide. Y en Camagüey, excepto en Santa Cruz del Sur, un panal de chivatos, las demás delegaciones en Guáimaro, Florida, Sibanicú y Nuevitas, esta última en casa del carajo, están dispuestas todo el tiempo, hasta ahora.

—Entonces, explícame que pasó, Orosmán —refuta Leonel y detiene el movimiento del balance, mientras ve como Lázaro lo observa.

—El famoso Grupo de Apoyo contactó con algunos de nuestros hermanos y dieron orientaciones contrarias a las nuestras y hubo confusión. Ahí está Elizardo, que responda él, ¿por qué se emitió desde aquí una indicación diferente? —De inmediato, todos se viran hacia el exprofesor de marxismo.

—Caballeros, nosotros, quizás en nuestro entusiasmo, quisimos apoyar el trabajo de los comisionados con nuevas ideas organizativas y quizás no se supo interpretar nuestra propuesta.

—Y los comisionados por tarea, ¿han presentado sus tesis? —pregunta Leonel al compañero en representación de Villa Clara.

—Sí, esa gente sí hizo la tarea. Desde que fue allá la gente de Concilio, se articuló el trabajo. Y si bien existen algunos pasacalles, locos por entrar en acción, entre nosotros se habla de trabajo político con los hermanos y la estructuración del trabajo por comisiones.

—Entonces, ¿como queda todo? —preguntó. Las palabras de Leonel van cargadas de decepción.

—¡Veremos! —dice Lázaro. A un lado, Elizardo respira aliviado de que el encuentro tome otro giro.

2

El auto va despacio por Biscayne Boulevard. René y Pablo regresan de un reservado restaurante chino en Miami donde se reunieron con Gerardo para puntualizar sobre la próxima misión de la "Red Avispa". No es común este tipo de encuentro, pero la oportunidad lo amerita. Bonsái está eufórico por el resultado de la escaramuza al Norte de Villa Clara y el vuelo sobre la capital, tirando octavillas contra el gobierno el primero de enero. Tanto Pablo como René volaron sobre el Vedado, mientras Basulto se mantenía sobre el mar a doce millas de la costa.

—Alguna que otra octavilla contrarrevolucionaria —comenta Gerardo—, cayó hasta en el cuartel de la inteligencia. Fue simpático ver algunos rostros de sorpresa. Rostros que iban desde el terror y el estupor, por incomprensión, hasta los que rieron al suponer la existencia de una operación en marcha.

La comida no fue extraordinaria, y el ambiente tampoco. El chino dueño de la fonda, de tacaño, se negó a poner la calefacción. La separación fue rápida.

—¿Cómo vamos hacer ahora? —pregunta René, con una desazón que no puede o no sabe expresar.

—Mantenemos la comunicación con Gerardo —responde seco y retraído el interlocutor

—¿Y esperamos el momento para volar? —Quiere interpretar qué le pasa a su compañero de tantos años. Qué sucede en su psiquis. La posición de Pablo tiene ahora mismo un alto valor para él, por ser su jefe y compañero. Implica la línea de acción a futuro.

—Ajustémonos a la rotación desde ahora para que coincida con nuestro descanso de vuelo del 24 de febrero. ¡Esa es la orden recibida de Bonsái!

233

—Pero, ¿y si de repente uno de los colombianos no puede volar? —La intriga aumenta.

—No te preocupes, si uno de nosotros vuela en la carreta, nos comunicamos con Cuba en directo para que sepan estamos en el aire. Eso, por una parte. Por la otra, tenemos claves para que en el Centro de Control de Vuelo sepan que estamos a bordo.

3

—¡Mayor, tiene teléfono! —llama la suboficial y secretaria del grupo operativo a Alejandro.

—¿Quién es? —pregunta, irresponsable, al salir abruptamente de sus pensamientos.

—Su esposa.

—Pásame la llamada —Su rostro cambia al saber que es la madre de sus hijos—. ¡Ordene! —Contesta, imperativo, para evadirla.

—¿Cómo estás? Hace varios días no vienes ¿Qué sucede, Alejandrito? Los niños preguntan por ti, ¿que cuando vendrás? —Alejandro mantiene silencio, no sabe cómo decir, ni quiere inventarlo. Se siente libre en las últimas semanas, y no quiere perder esa libertad. —Mira —continúa la madre de sus hijos—, tus papás quieren venir a almorzar el domingo. A mí me parece buena idea.

—Nada, estoy ocupado. Haré todo lo posible para estar allá con ustedes —Piensa en las diferentes noches pasadas con sus nuevos amigos del Parque de la Fraternidad y en su nueva y desenfrenada vida de ahora. También piensa, debe desacelerar ese comportamiento.

4

—Hermanos, a pesar de los problemas confrontados, tenemos conciencia de dar un gran paso adelante para acabar con la dictadura y construir la democracia, imperfecta, pero necesaria. Debo recordar, nada ni nadie puede suspender Concilio —Las palabras de Leonel, están llenas de emoción.

—¿Como que nada ni nadie puede detener Concilio? Eso me parece una exageración —interviene el delegado de Villa Clara—. Una falta de visión sobre los retos a los cuales nos enfrentamos. Creo se debe establecer un protocolo para saber en qué condiciones se suspendería Concilio. Y si viene otra tormenta del siglo, como la del noventa y tres, ¿qué sucede?

—¡Ahhh! —Surgen gestos de desaprobación y voces de inconformidad a las palabras del aguafiestas.

—En la arena movediza que nos movemos —no se deja amedrentar el orador—, es importante tener claro cada paso. ¿Qué pasa si nos detienen a todos y nos encarcelan? ¿Cómo sigue eso?

—Eso no va a pasar, pues vamos a tener el apoyo del exilio —interrumpe Bladimir y gesticula para imponer su opinión.

—Y vuelve con el exilio —Entra el del pulóver verde, que no es partidario, de momento, de la participacion de los cubanos residentes en el exterior en la organización de la estructura.

—El exilio complica este diseño. Caballeros, ustedes no comprenden cómo se enrarece y contamina a Concilio en las actuales circunstancias —interviene entonces el camagüeyano.

—Estás dudoso —lo encara Bladimir, con su natural zoquetería.

—¡Dudosa está tu madre! ¡Qué cojones te pasa a ti! So comemierda —Lo encara el guajiro.

—Caballeros, por favor, mantengan la calma —La intervención de los presentes, apartando a los polemistas, no relaja el ambiente.

5

—¿Qué tú dices? ¡Eres un pendejo! Lo supe desde Santa Clara, cuando los Mig-21 nos pasaron por arriba —reclama, iracundo, René.

—Compadre, ya uno no es un muchacho para morirse así como así. Tú y yo estuvimos en África cuando eramos jovenes y sabemos cómo es el mambo. Pero ahora somos personas maduras, tenemos familia, hijos, estabilidad, rutinas. ¿No creerás esa mierda de la *revolucion permanente?* —Se justifica Pablo.

—Eres una rata. Le voy a proponer a Gerardo que te mande pa' Cuba. Tú no tienes huevos para permanecer aquí haciendo lo que tenemos que hacer.

—Coño, René, no seas maricón. Aquí todos estamos para ayudarnos. Piensa: yo también llevo tiempo aquí, como tú, y el tiempo está pasando, y esto no es vida. Con los cuatro kilos que uno busca aquí por la izquierda no da para vivir de manera decente. Para que también te metan la presión de los aviones ametrallándote en el aire. Yo no quiero morir, ni como Tony Santiago, ni como Alberto Delgado, al final pasaron los años para saber que eran compañeros nuestros. ¡Ni en la familia lo sabían! Piensa en eso, mi hermano. Una cosa piensa el bodeguero y otra el borracho. Y recuerda. Si algún día nos sacrifican por la patria, nosotros lo haremos. Pero seremos nosotros los sacrificados, no Bonsái.

—¡Está bien! —Las razones de Pablo ponen a pensar a René. Obtuvo otro prisma de su misma preocupación—. Pero, de todas maneras —concluye—, esto tenemos que enfrentarlo como venga.

6

Cuelga el teléfono. Piensa en sus hijos. Cree es el momento para dejar atrás el desorden y la arrogancia. Le salió mal el desafío contra García Álvarez. No pudo entronizarse como jefe de grupo y convertirse en la reserva del Jefe de la Octava Dirección. El vestido de blanco no lo apoyó como esperaba. Salió de viaje a provincia en el momento en que necesitó su decisión, dando esa responsabilidad a su segundo, que prefiere mantenerse a raya en estas circunstancias. De todas maneras, es probable le den a él, por su propuesta, la operación sobre Concilio y las avionetas. Pero eso habría que verlo.

Solo falta un mes y todavía no se decidió cuál de las propuestas se asumirá. Eso tiene a todos los oficiales involucrados a la expectativa. Sobre la familia, ya es hora de detener el desorden y regresar al hogar. De todas maneras, ese es su bastión fundamental; sin él dejaría de ser oficial de inteligencia de inmediato. Aquí no se admiten locas. Aberrados que son. Total, una ama su trabajo. Digo, uno ama su trabajo. Se me fue. Bueno, como sea. Eso es lo importante. ¿Qué será de Yuli? Como me gusta ese mariconcito. Pero me hace daño. Es como Oscar Wilde y Lord Alfred Douglas. Debo separarme de él. ¡Hoy mismo!

7

La calma no llega a la reunión como el agua no escampa en el exterior de la casa. El dilema creado por las profundas divergencias y la falta de un liderazgo colectivo hace que el peso de la discusión, las enemistades personales, los intereses grupales, aprovechados por los agentes de penetración de la policía política, caigan sobre los hombros de Leonel, que se pasa la mano derecha por la sien. Intenta con ese gesto transmitir su duda sobre la decisión a tomar. Por lo pronto, identifica tres rivalidades: los que están a favor o en contra de la existencia del Grupo de Apoyo; los que están a favor o en contra de la participación del exilio y los que están a favor o en contra de mantener la premisa "nada ni nadie interrumpe Concilio". Y seguro otras que él ni se da cuenta en medio de la discusión.

Lázaro, toma la palabra.

—Mira, Leonel, esto es más fácil de lo que se piensa. No te devanes los sesos. Llevamos el tema a votación entre los presentes y se acaba la discusión. Y la decisión es la que se tome sobre esos tres puntos —La salomónica propuesta de Lázaro, parece ganar consenso, pero salta entonces la comisionado de Manzanillo, la Doctora Varela.

—Hermanos, por favor. Espero saber expresar mis ideas —Toma aire y mira al plenario—. ¿Quién nos empoderó para tomar decisiones de ese valor y trascendencia? En las actuales circunstancias, ¿no sería mejor convocar a una reunión general?

—¡De donde salió la satélite esta! —gruñe Bladimir, partidario de que el Grupo de Apoyo participe de manera directa en el proceso de toma de decisiones.

—Mire, Doctora, con el mayor respeto y mucha admiración —dice Cosano, y con salpiconería le guiña un ojo a la hermosa oriental—. No, en serio. Caballeros, no se equivoquen, yo amo a la Doctora. Pero eso no es motivo ahora —Y todos ríen de la picardía—. Mire, Doctora, usted tiene razón, pero tenemos el tsunami arriba y debemos tomar decisiones, preámbulo de la reunión del 24 de febrero.

—Me sumo a la propuesta de Cosano —dice el camagüeyano.

—Y yo también —dice el villaclareño, opuesto también a la presencia del grupo gestor, pero creen que lo mejor en estas circunstancias es darle agua al dominó, para no trancar el juego. Después, ya veremos qué pasa, piensan. Mientras, el del pulóver verde se pone de parte de la Doctora.

8

—René, yo creo que antes de hablar con Gerardo, tenemos que ponernos de acuerdo. Nosotros somos los que volaremos. Ellos estarán muy tranquilos aquí, cuando nosotros, y no lo quiero así, estemos volando el día veinticuatro.

—¿Qué piensas, Pablo? —René frunce el ceño—. ¿Debes tener o una muy buena idea, u otra tan estúpida como para que yo decida darte un tiro aquí y ahora? —dice y hace—. Toma la empuñadura de la pistola, la saca del cinto de su pantalón, la pone en la sien de su compañero y la rastrilla—. ¿Qué cojones tú piensas? ¿Entregarnos a los federales? —le grita.

—No, René, ¿tú eres comemierda?, ¿como voy a proponer eso? —dice Pablo mientras arrima el carro a la cuneta—. Y, coño, guarda la pistola esa, me va a pasar como en *Pulp Fiction.*

—¿Como? —pregunta, aunque mantiene el arma contra la cabeza del chofer.

—*Pulp Fiction* es una película de Tarantino. La estrenaron el año pasado. En una escena entre John Travolta y Samuel L. Jackson, uno de los dos conversa con la pistola en la mano, se le va un tiro y mata al que está atrás sin intención. Entonces tiene que llamar a Harvey Keitel para que le diga qué hacer.

—¿Y eso qué coño es, Pablo?

—Chico, pa' que sueltes la pistola 'e mierda esa. ¡Coño! ¿No te das cuenta? Si cogemos un bache, me vas a volar la tapa de los sesos, ¡cojones! —dice Pablo, alterado.

—¿Qué vas a hacer? —René sostiene la pregunta… y la pistola.

—Mira, según Bonsái, uno tiene que regresar a Cuba ese mismo día y ante las cámaras de televisión decir que Hermanos al Rescate, es terrorista y el otro se queda aquí. ¿Sí o no? Entonces, en vez de decidirlo ellos, podemos decidir nosotros quién hace cada cosa, como decidamos. Si tú quieres, lo hacemos hasta con una moneda.

—¡No hables tanta mierda, chico! Mejor vete tú. Yo me quedo. No voy a dejar a mi mujer y a las niñas solas aquí con el cartel de familia de un tipo del G-2 —Se vira hacia delante. Con el pulgar corre hacia delante el martillo de su Walter P-38. Y queda absorto, mirando al frente en lo que el carro reemprende la marcha.

9

Una patrulla de la policía militar junto a la policía revolucionaria hace una redada en las entrecalles de Monte y Cienfuegos. La esquina del pecado habanero en los noventa. Detiene a prostitutos y clientes. ¡Carné de identidad!, pide la policía a todos los residuales en esa zona. Alejandro se mueve rápido, trata de zafar de la situación, pero uno de los policías lo detiene y gira lo más rápido posible para encarar al oficial al mando, un pelirrojo alto con bigotes a lo Asterix, el galo. Le pide apartarse un momento del grupo. El homofóbico oficial, de un metro noventa de estatura, no se iba a dejar atrapar en una conversación con maricones delante de sus compañeros y dice de manera radical: "¡No!". Alejandro insiste, a todas estas sin presentar su documentación. El oficial mantiene su negativa. Tiene que juntarse con "el elemento".

Sin tener otra opción, va a sacar su identificación de Oficial del Ministerio del Interior, no tiene otra. El temible carnet del G-2 DSE se vuelve ahora como bumerang contra él. Es el momento propicio para la intervención de Yuli. Le pone la mano sobre su cartera para que la guarde y le dice confidencial: "¡Ay!, Alejandrito, guarda eso, muchacho Yo lo sé hace rato, y Asterix es amiguito mío". Aturdido, Alejandro mira a su alrededor con los ojos abiertos de forma descomunal. ¿Qué pasa? El oficial entiende la existencia de una anormalidad. Pide a Alejandro y al Yuli que lo acompañen. Se mueve unos pasos al costado, debajo de una bombilla. Antes, pide a uno de sus subordinados que le alcance la linterna del auto, un viejo y desguabinado todo terreno de fabricación soviética.

—¡Mayor Alejandro! —lee el nombre del oficial en la identificación. Mira al carnet y al sujeto varias veces.

—¡Sí! —Trata de mantener la calma, pero le tiembla la pierna izquierda, símbolo de su nerviosismo.

—¿Alguna explicación? —pregunta el Asterix tropical.

—¡No! —El bigotudo ha visto muchas cosas en estos operativos, pero esto va más allá de lo extraordinario. No obstante, él sabe el final de la historia.

—Mire, lo voy a dejar ir. El Yuli es colaborador nuestro para otros asuntos —Es el preciso momento en que un auto diplomático se detiene frente a ellos y se abre la puerta de atrás. El chofer baja la ventanilla y se dirige al Yuli.

—Vamos, mi amigo —También se dirige a Alejandro—. Usted también, si quiere. El oficial con bigotes de Asterix le hace una señal. Lo mejor es irse de la zona lo antes posible. Acepta la premisa. Es la manera de salir por el momento de ahí. Espera bajarse en la otra cuadra para tomar su coche. Abre la puerta y monta. En la penumbra, una mujer con un discreto vestido de mangas largas color gris le da la bienvenida en español con acento incomprensible. Intenta recular, pero es la milésima de segundo en que el Yuli, desde atrás le cierra la puerta. Caen los pestillos de seguridad de forma automática y el chofer echa a andar el auto por Cienfuegos, a buscar la Terminal de Trenes.

—Buenas noches —Se presenta la dama—. Mi nombre es Xuli y shoy la Agregada Cultural de la Embaxada do Brasil. ¿Cómo eshtá ushted, Alexandro? —Y le ofrece la mejor, más cálida y segura de sus sonrisas.

—Bien, ¿y cómo usted me conoce? —pregunta Alejandro mientras el auto llega a Factoría, pasea al lado de las líneas del ferrocarril y, al llegar a Monserrate, dobla izquierda.

—Shomos muy amigos de Xuli. Él nos ayudó contatar con voshe —responde la mujer sin perder la sonrisa y con una voz melodiosa y pausada.

—¿Y como usted sabe de mí? —Vuelve a preguntar. Se sabe entrampado y eso lo pone desafiante.

—Usted estuvo en Angola en 1982, en Luanda y Cuito. Allí usted tuvo un amigo en la FAPLA. El Capitán Mocamedes. ¿Lo recuerda? Es muy amigo mío. Lo conocí hace dos años en la embajada de mi país en Luanda. Por cierto, le envía saludos.

—¿Y qué hace el ahora? —pregunta y conoce la respuesta. Sabe de Mocamedes a través del jefe de la Estación de Inteligencia cubana en Luanda.

—Trabaja en el Ministerio de Seguridad del Estado, con rango de Coronel. Tiene una bonita familia igual que usted —El carro gira en Dragones para llegar a Prado y volver a pasar por el Parque de la Fraternidad. Allí, en la esquina de Someruelos, se detiene. Se levantan los pestillos de las puertas. Y la dama recomienza—. Fue un placer conocerlo, Mayor —dice y extiende la mano. Alejandro le toma de los dedos y asiente sin decir palabras. Abre la puerta, se baja del auto. Mira su reloj. ¿Cuánto tiempo pasó? La calle está desierta y un aire frío le sacude la conciencia.

XXV
Enero 28, del 96

1

—¿Qué posibilidad tiene usted de salir al exterior? —pregunta la Agregada Cultural de Brasil en una exposición sobre Arte Religioso Brasilero en el Convento de San Francisco de Asís, en la parte colonial de la ciudad, cerca del puerto.

—¡Ninguna! —responde Alejandro, que ese día acompaña a su esposa, funcionaria del Departamento de Relaciones Internacionales del Ministerio de Cultura.

—¿Cómo ninguna? —se cuestiona Yuli y aprovecha para pasear por los amplios pasillos del antiguo convento lleno de anchas columnas y pasillos, para un aparte.

—No, ninguna —ratifica Alejandro, y continúa—. Para los cubanos es difícil salir al extranjero. Tenemos toda una serie de regulaciones, como la Tarjeta Blanca, que dificultan el proceso. A partir de ahí, existen normas, como el tiempo de demora del permiso de salida, de al menos noventa días. Sin contar averiguaciones sobre quién eres, adónde vas, quiénes te invitan y cosas por el estilo. Tales trámites esconden que el permiso de salida lo autoriza solo una persona.

—Explíquese, por favor —La chica de Ipanema no encuentra recursos para comprender el laberinto burocrático insular. Pero, como reza el proverbio, si un extranjero comprende la realidad cubana es que se la explicaron mal. Así, se concentra en encontrar un camino, para llevarlo al exterior. Un lugar donde le pueda encontrar, con más libertad de conversar sobre diferentes temas de una agenda escrita por la ayudantía del Coronel Ariel de Couto, Jefe de la Agencia Brasilera de Inteligencia (ABIN).

El brasilero está preocupado por el triángulo afectivo entre el candidato presidencial Lula Da Silva, el Comandante y el Teniente

243

Coronel venezolano Hugo Chávez. Pero también por las relaciones de los servicios de inteligencia cubanos con José Dirceu, el financista del Partido de los Trabajadores, y Nicolás Maduro, su homólogo en el Movimiento Bolivariano 200.

Chávez, un oscuro Teniente Coronel venezolano, dirigió un golpe de Estado el 4 de febrero del 92 donde hubo más de cien muertos, y en diciembre del 94 fue recibido con honores de Jefe de Estado al pie de la escalerilla el avión, a su llegada a la isla.

—Llenas un formulario —continúa—, y a partir de ahí, la burocracia, como en cualquier otro país, controla el proceso —Concluye, con la mueca característica de...: "Que se va a hacer. Es nuestra realidad".

—¿Y...? —Estimula ella a su nuevo informador a buscar una solución al problema.

—Y, además, por ser militar, estas medidas restrictivas son más rigurosas. Incluyen no tener relaciones con extranjeros y, si existen, informar de inmediato al mando. La única posibilidad es salir por misión, o invitación oficial.

—¿Y usted va a comentar que conversa conmigo?

—Claro, otra cosa sería un absurdo. Aquí todos vigilan a todos. Yo debo saber justificar por qué hablo con usted.

—Y cómo funcionario del Estado... ¿puede viajar? —pregunta ella y parece haber encontrado la luz al final del túnel. Entrecierra los ojos, y mira fijo a su objetivo.

—Esa es una variable fuera de mi alcance —Alejandro se sorprende de la audacia y la capacidad de esa delgada señora con vestido a dos tonos, al igual que sus zapatos, para crear nuevos escenarios y le inquieta el nivel de recursos políticos a su alcance—. No está en mi rango. Depende de mis superiores.

—¿Y si el Ministerio de Seguridad del Estado de Angola le hace una invitación para una asesoría en Luanda? —Sonríe ella con picardía al comprender que dio en el blanco.

—Eso sería una idea interesante —responde él y esboza una sonrisa cómplice. Comprende el rango de los beneficios a obtener, que trascienden al viaje a Angola, y pueden llegar a una solvente economía financiera.

2

—A sere, habla con Leonel, esto se está yendo de las manos —encara el del pulóver verde a Lázaro González en el momento de pedir un jugo de caña en una guarapera improvisada por el gobierno en un viejo edificio de la entre calle 23 y 21, en el Vedado.

—¡Dame cinco guarapos! —Se adelanta un guaposo y marginal personaje, se acerca al mostrador y pide como si siempre hubiera estado ahí.

—Mi socio, mira, hay una cola —dice, cortés, Lázaro. Es hombre de pocos problemas y le indica al sedicioso con la mano el camino a seguir.

—¡Ah, qué cola de qué! Yo voy aquí porque llegué antes que tú —El recién llegado gesticula e indica con su dedo índice hacia el activista. Habla alto y abre su inmensa boca, donde resplandece un par de dientes de oro. Se mantiene parado en el lugar y le da la espalda a todo.

—¡Coge el guarapo! —dice el del pulóver verde con voz de pocos amigos, e inclinándose hacia arriba para tocar con la punta de sus dedos de la mano derecha el hombro del guaposo, molesto por la insolencia, sinvergüenzura e irrespeto a la civilidad de algunas personas. Momento en que los observadores del panorama dan un par de pasos atrás, ante la bronca anunciada—. ¡Si tú eres guapo, co-ge-el-gua-ra-po! —La convicción de su voz, sus palabras y su discurso extraverbal disuaden al insolente de su posición. Y se retira detrás de ellos.

3

Amor, ¿tú has oído hablar de una cosa llamada Concilio Cubano? —pregunta García Álvarez mientras caminan por la Rampa y cruzan la esquina de N.

—No. ¿Qué es eso? —Ana se siente sorprendida por la pregunta, pues es, como dicen sus alumnos, un sorbeto. Algo inesperado, sin conexión con la conversación, el monologo o la comunicación interna de un grupo—. ¿Por qué me preguntas?

—Concilio Cubano es un encuentro de contrarrevolucionarios. Se realizará el próximo 24 de febrero, aquí —comenta él, medio arrepentido de la pregunta hecha, por violar el secreto profesional. De inmediato se convence de no violar ninguna regla, pues es un hecho público, solo que, en la paranoia vivida a diario, todo puede ser indiscreción. Lo diferente sería el prisma del evaluador.

—¿De qué trata el asunto? —pregunta ella y lo mira fijo. Busca el motivo de una pregunta tan extraña, que no tiene que ver con ellos como pareja y puede incluirla en un nivel de información que no le interesa.

—De la unidad de esos grupos.

—Mientras sea de la unidad y no de otras cosas, a mí no me parece mal. ¿Me llama la atención que traigas un problema de tu trabajo acá?, pero, bueno, por algo lo harás. Por otra parte, aquí todo es problema. Como cuando reprimieron Paideia, un proyecto artístico alternativo compuesto por intelectuales. O la emprendieron contra los jóvenes pintores y no los dejaron exponer. A Marcia Leiseca la sacaron del Ministerio de Cultura después de curar una exposición de otros jóvenes artistas plásticos en el Castillo de la Fuerza. A la película *Alicia, en el pueblo de Maravilla*, de pronto, le aplicaron la censura, sin más ni más. Llenaron los cines de miembros del partido para que, al salir de la sala, hablaran de la mala calidad de la película. ¿Para qué? En otras circunstancias, la película no tendría la menor atención, pues es una obra compleja, con las cosas esas retorcidas de Eduardo del Llano, desde la época del grupo teatral Nosyotros. Yo espero algún día haga algo bueno con la idea

246

del personaje de Nicanor O'Donell. Te digo, aquí se vive con un sigilo y paranoia con cosas sin importancia. Pero bueno, yo solo planteo el problema. ¿Sabes?, a mí no me gusta la política. A mí búscame para mis alumnos y mis clases.

4

—OYe, mi hermano, qué vuele cogí con el abusador ese que se pretendía colar en la guarapera. Ahora estoy empalagao con el guarapo —comenta el del pulóver verde mientras camina por Calle 23, luego de tomarse un par de guarapos muy dulces.

—El guarapo de enero, febrero y marzo es el más dulce. Es el momento en que la caña de azúcar tiene más sacarosa. No llueve, y el clima seco por el día y frío por la noche, la concentra. Por eso las zafras se hacían antes en esa época.

—¿Inteligente la gente de antes? Comemierda, eso yo lo sé. ¿Tú piensas ser el único guajiro aquí?

—Socio, relájate. Ese no es el problema mayor. Mira… venden pizzas ahí en la esquina —recomienda Lázaro y señala con su brazo derecho una cola discreta frente a la ventana de una casa donde un cartel anuncia: *"Pizza ar momento / 7 peso"*.

—No tengo dinero, tú lo sabes —dice el del pulóver verde con cara de vergüenza.

—Tengo cinco pesos y, con dos más, compramos una pizza, la compartimos y resuelto el problema del día. Espero le echarán queso y no esas mierdas que se comentan por ahí. De todas maneras, vamos pálante, *lo que no mata, engorda*. Lázaro está contento, acaba de resolver el problema con el hambre que tiene.

Media hora después, en uno de los bancos de Avenida Paseo, devoran la pizza como perros hambrientos y retoman la conversación.

—Está dura la situación de Concilio. Me preocupa, por cuanto esa gente del grupo de apoyo sofoca a Leonel y lo tienen contra la pared. ¿Yo no entiendo la actitud de Leonel? ¿Por qué no se quita a esa gente de arriba? ¿Ya hablaste con él?

—Ya hablé con él en su casa sobre el tema —Lázaro está pensativo, mira al infinito. Luego mira al piso y retoma el dialogo—. Él dice que sí. Es consciente del tema. Pero también se debe comprender la existencia de gente presionando para coger la calle, y otros opuestos al romance con el exilio, pues calienta la pista. En definitiva, mucha gente tirando para muchos lados. Se han desatado unas fuerzas centrifugas dañinas al trabajo y pueden implosionar a Concilio desde adentro. Sin que los hijoeputas esos de La Pesada hagan nada. Claro, además de los dos o tres chivatos metidos en el potaje.

—El tema del exilio es difícil —Vuelve el del pulóver verde a uno de los temas expuestos por Lázaro, con la cara demacrada, como si hubiera envejecido de solo pensar en la posibilidad de la perdida de tanto esfuerzo, en la nada—. Allá en el exilio existen tres variables. A la que no le importa lo que pase aquí y por ende no son de interés, por ahora. La segunda, los interesados y respetuosos de las decisiones nacidas entre nosotros aquí; y la tercera variable, a esa le importa la realidad del país e intentan decidir, influir y controlar nuestras decisiones aquí.

Ninguna es mala en sí misma. Pero cada una tiene su complejidad. A mí me gusta la unidad con el exilio, como hacen ahora mismo los periodistas independientes. El exilio desarrolla diferentes páginas para difundir el mensaje de la oposición y las violaciones de los derechos humanos por parte del gobierno. Pero me preocupan quienes desde el exilio intentan dominar el comportamiento de la oposición interna en bases de sus intereses. Marcar el trabajo con sus agendas de desarrollo más cerca de su realidad que a la nuestra.

—Pero ¿debemos hacer otra cosa? Al final, para hacer una efectiva oposición política se debe buscar la unidad de todas las facciones.

—Esa es una cuerda floja, y debemos tomar decisiones, para bien o para mal.

5

En la oficina del séptimo piso con ventanal a la Plaza de la Revolución, el oficial vestido de blanco llama a su jefe de despacho. Los días pasan y todavía no se aprueba ninguna de las sugerencias hechas al ministro para atajar la reunión contrarrevolucionaria de Concilio y el posible vuelo de las avionetas de Hermanos al Rescate sobre la isla. Asunto de tal importancia rebasa la capacidad de decisión del Ministro del Interior y está en manos del Comandante y de su hermano, Ministro de Defensa y Jefe del Ejército. La espera es difícil. Para más, y sin consultarles, el canciller firmó hace solo unos días un convenio en el marco de las Naciones Unidas sobre la represión y el castigo de los delitos contra las personas internacionalmente protegidas. A ciencia cierta no sabe cómo pueden relacionarse estos tratados con el posible derribo de las avionetas o las detenciones a realizar dentro de muy poco.

Para el mando, el vínculo entre la contrarrevolución interna y el exilio es un problema de seguridad nacional. La inestabilidad derivada de la unidad opositora interna y externa puede traer ingobernabilidad. Además de la creación de un escenario internacional promotor de la intervención militar norteamericana, como fue en Panamá y Haití en menos de un lustro.

Claro, la realidad en ambos países del hemisferio es incompatible con la cubana. Aquí tenemos unidad del pueblo alrededor del Comandante, el Partido, y la doctrina de la Guerra de Todo el Pueblo. Eso hace inviable una invasión militar extranjera, por lo menos vista desde el exterior. Al interior, él sabe que la doctrina no funciona. El índice de deserción de soldados del servicio militar, oficiales del ejército y del Ministerio del Interior, en la crisis de los balseros fue de uno por cada siete de los lanzados al mar en esos días febriles. El tiempo necesario por la aviación norteamericana basificada en Florida es de solo siete minutos para levantar vuelo y atacar, mientras nuestra defensa aérea consume trece minutos solo en pasar la orden de abrir fuego desde el despegue del enemigo. La artillería antiaérea es obsoleta ante el desarrollo de la aviación. Y no se tienen tantos misiles, ni aviones como para sostener una defensa antiaérea firme durante un período medianamente prolongado.

Pero esos son datos bajo la más absoluta discreción del Ministerio de Defensa. Además, con la Guerra del Golfo el imperialismo norteamericano demostró capacidad de convocatoria internacional y de movilización de tropas y medios hacia un objetivo. La Revolución no puede darse el lujo, bajo ningún pretexto, de que los norteamericanos instrumenten una invasión contra el país. Pero ¿y si las medidas planificadas inclinan la balanza hacia el peor de los escenarios? ¿Qué decidirá el Comandante?...

—Jefe, acaban de llamar de la ayudantía del Ministro. Viene hacia acá —La voz de Senén por el intercomunicador lo saca del letargo. ¿Qué desea este ahora?, se pregunta. Mira el reloj y aprieta el intercomunicador—. ¿Ya comenzó el operativo de seguridad para apoyar la presencia del Comandante en la Marcha de las Antorchas?

—Verifico la información, jefe. Algunos oficiales ya están en el terreno, según tengo entendido. Pero es seguro. Los compañeros ya desplegaron el cordón de seguridad. De todas maneras, le confirmo en doce minutos.

—Muy bien Senén.

6

—¿No iras a la marcha de las Antorchas?

—¡Te atreves! —Te dice—. A mí no me gusta la política. Además, cómo llego a Miramar después de terminar la procesión, pues eso es una procesión de lealtad al Comandante. Eso es para gente joven y ya tengo treinta y ocho cumplidos. ¿Y tú?

—No, mejor te llevo a casa de tus padres. ¿O prefieres ir a tu casa en San Miguel?

—Esas ideas tuyas me acoquinan. Yo no sé si tú serás de la inteligencia, pero me tratas con mucha —Y sonríe a sabiendas del festín que se aproxima.

7

—¿Vas a la marcha de las antorchas? —pregunta Lázaro, socarrón.

—Mira que eres jodedor. ¿Qué voy a hacer yo allí? Te imaginas que para honrar a José Martí se hace una marcha de antorchas. Un acto de puro fascismo, remedo a la marcha de Mussolini sobre Roma, o el Desfile en Núremberg, de los partidarios de Hitler. Si alguien quiere saber sobre una marcha de antorchas debe ver un documental. Se llama *Triumph des Willens*, o *El triunfo de la voluntad*. Lo hizo una directora alemana. Leni Riefenstahl. Todavía está viva la vieja fascista esa. Ya tiene como cien años. Y no cumplió ni un día por todo el daño hecho a la humanidad con la promoción del nacional socialismo alemán.

Una marcha de antorchas es algo para atemorizar. Miles de antorchas moviéndose en la noche. ¿No te recuerdan también al Ku Klux Klan con sus antorchas? Y todo es espectáculo macabro para rendir "homenaje", y hace la seña de entrecomillado con las manos, a un tipo que era, según dicen, toda bondad. ¿A qué voy a ir ahí?

—Tienes la vitrola del carajo. Te eché cinco centavos y ya vas por cinco pesos —Ríe Lázaro de su ocurrencia.

8

—¿Que harás, Ale? —pregunta la esposa al salir del Convento de San Francisco de Asís, donde está el Museo de Arte Religioso.

—Voy a aprovechar para ir a la Marcha de las Antorchas —responde con frialdad. Cruza Avenida del Puerto. Lleva de las manos a cada uno de sus hijos, mientras deja atrás a su esposa. Monta el auto aparcado en el antiguo edificio de la Aduana. Le quita el seguro a la puerta cercana al asiento del copiloto, y cuando ella se sienta, continúa con la propuesta.

—¿Porque no nos vamos juntos? —pregunta ella, sumisa—. Y así llegas temprano a la casa. O, si te es mejor, damos una vuelta con los niños, aunque sea a tomar un helado.

—Sí. Nos vamos juntos. Los llevo a los tres a la casa y yo regreso. Recuerda, hoy estará el Comandante en la marcha, y casi todo está cerrado o paralizado. Así que es mejor dejarlos en la casa y yo seguir para el Monumento a Martí, en el Parque Central.

—¿Pero él hará la caminata?

—No creo. Tiene serios problemas de salud para caminar tanto. Te imaginas desde la escalinata hasta el Parque Central por San Lázaro y luego Prado. Son como tres kilómetros. El llegará para el comienzo del acto. Cerca de las once y media de la noche.

-¿Y tú que harás allí?

—Apoyar a los compañeros de la seguridad.

—Está bien.

—Positivo.

—¿Era interesante la conversación con la agregada cultural de Brasil?

—Sí. Fue interesante. Ella estuvo en Angola antes de venir para acá y conocemos a personas comunes.

XXVI
Febrero 10, del 96

1

–Compañeros oficiales, les cité con inmediatez, pues ya existe una decisión del Alto Mando sobre la provocación que grupúsculos contrarrevolucionarios preparan en coordinación con el exilio mafioso de Miami para el 24 de febrero. Según la información en nuestro poder, las dos actividades más importantes de la contrarrevolución serán una reunión aquí en la capital, y el vuelo a baja altura sobre la ciudad de las avionetas de Hermanos al Rescate. Además, habrá otras actividades, en coordinación con la reunión principal, en diferentes ciudades como Santiago de Cuba, Camagüey, Villa Clara y Manzanillo. Como comprenderán, tales acciones pueden traer aparejadas otras acciones para nosotros desconocidas. A partir de esta conclusión se pondrá en máxima alerta desde el día veinte de febrero a todas las unidades de la Policía Revolucionaria y, en especial, los municipios donde están previstas las reuniones contrarrevolucionarias. Ellas recibirán todo el apoyo de la Dirección General. Además, se activará la Dirección de Seguridad del Estado, el Departamento Técnico de Investigaciones y la Dirección de Prisiones. Se activarán también cuatro tribunales provinciales y dos de los de Delitos contra la Seguridad del Estado, la fiscalía civil y la militar.

Se pondrá a la Defensa Antiaérea en Posición Uno desde el día veinte, tanto a la aviación como a la artillería y los sistemas de misiles. Por si la provocación viene acompañada o pueda ser el preludio de una invasión del enemigo. A partir de esta información, todos los planes operativos se subordinan a esta misión, con el nombre a partir de ahora de…: Caso Cerrado.

2

—Hermanos, atiendan acá. Sobre la reunión de Concilio. La realizaremos de la siguiente manera. Nos reuniremos en el apartamento de Llanes Pelletier, en el Vedado. Es un apartamento amplio y permite al menos, treinta personas en una de sus habitaciones. Como alternativa está la de Leonel, en Santo Suarez, donde está previsto todo para la reunión. Los residentes aquí, en la Capital, irán directo a la primera dirección y en caso alternativo a la segunda. Los provenientes de provincia se reunirán desde el día anterior en casa de la hermana del Frente Femenino, en Lawton. La logística, estará a cargo de nuestro hermano Carlos Menéndez, encargado de prever lo necesario.

3

—Caballeros, Bonsái tiene toda la información de las diferentes fuentes para tomar las medidas necesarias. Pablo, tú viajaras a Cuba, según lo previsto el día veinticuatro, vía Bahamas. Llegarás el día 25, cuando los medios de comunicación estén más interesados por esta organización terrorista. En la escalerilla del avión te espera la prensa nacional y extranjera. Ahí dirás sobre las acciones que realiza este grupo terrorista y sus vínculos con la CIA, el FBI y el exilio más violento; sobre cómo sus actos sirven para desarrollar acciones contrarrevolucionarias y posibilitan los tejemanejes del gobierno norteamericano contra la Revolución, y de la relación de las organizaciones del exilio con las agencias de inteligencias yanquis.

4

—¿Qué tú crees?, ¿debo ir? o ¿debo enviar a otro? Acá en Santa Clara varias personas pueden ir a esa reunión. Un paso importante en la oposición democrática para crear un espacio de cambio en el país. Pero se debe estar claro, el G2 se va a tirar sobre el que vaya, de una manera u otra. Por eso debemos prepararnos para lo peor. Pueden meter preso a todo el mundo o a parte de los presentes allí. Recuerda, a ellos les gusta mucho el tic-tac-fo. O como a ellos se les ocurra. Debemos ser conscientes de que otra opción es enviar a sus matones a dar golpizas y dejar tirada a la gente en plena calle. ¡Sí!, mejor envío a otra persona y observo cómo suceden las cosas. No debo arriesgarme a ese punto, pues hay intereses más importantes en juego.

5

¿Ya está todo organizado, Héctor? Recuerda, tenemos tres lugares. El punto del Vedado en casa de Llanes Pelletier; el punto de Lawton en la casa del frente femenino; la casa de Leonel, en Santos Suárez. En cualquiera de ellas se reunirán los comisionados y debatirán los puntos planteados. Debemos garantizar almuerzo y café para los participantes: serán unos diecisiete. Además, habrá otras reuniones en otros lugares, pero esa estará en manos de los comisionados, por territorios, en especial de las ciudades de Santiago de Cuba, Camagüey y Manzanillo.

6

—La consulta esta congestionada de tantos pacientes, pero no te lamentes. No te imaginas cómo era este salón con la neuritis óptica. Por suerte, salimos de la tragedia poco a poco. Desde la liberalización del dólar, las cosas mejoraron un poco. Cierto, no para todos. Se debe tener una fuente de ingresos en divisas para poder vivir, así sean de los familiares en Estados Unidos. Ahora no está mal visto que la familia de Miami te mantenga. Te sabes el cuento, ¿no? Bueno, en el ochenta, cuando el Mariel, a Pepito se le va una prima como escoria y Pepito le gritaba "traidora, traidora". Pero ahora viene la prima y Pepito le pide diez dólares. La prima le reclama, "¿pero tú no me decías traidora?". Y Pepito le dice: "no, prima, yo gritaba, trae dólar, trae dólar".

Antes, nada te ayudaba. Ahora permiten poner publicidad en la televisión, poca y mala, pero la permiten. Está Radio Taíno, una radioemisora para el turismo. Y el Canal del Sol, también para el turismo. Casi sin noticias, como las demás emisoras llenas de ese discurso ideológico y confrontacional, de buenos y malos. También, los mercados libres campesinos son un alivio. ¡Caro!, pero alivio al fin. Tengo un amigo que estuvo en la Feria Internacional de Negocios y me habló del tremendo ambiente que había allí. Yo no sé nada de eso, pero por algo lo diría.

Los niños, te cuento, están bien. Ahora por lo menos se pueden comprar uniformes por la izquierda. Y le puedo comprar el par de tenis en la shopin. ¿Están caros?, es verdad. Pero es un paso de avance a como estábamos un tiempo atrás. Igual que las cosas en la bodega. No es para ir todos los días, pero bueno. Recuerda hace un año atrás, antes del Maleconazo. Estábamos peor.

7

—Ya tengo el pasaje para el día veintidós, en el tren. Sale a las seis de la tarde. Llega a las seis de la mañana. Sí, el que dicen llega a esa hora, pues puede llegar a otra. Lo importante, hermanos, es realizar el evento de aquí sobre la agenda prevista. La vamos a realizar en el Centro de Educación Cívica de Enramadas. Ahí está todo preparado. Es importante apoyar a los Ferrer en Palmarito de Cauto. Esa gente es guapa. Se debe tener cuidado con dos tipos de personas: los acelera'os, y los provocadores. Esos pueden llevar la reunión a un callejón sin salida que permita la intervención de La Pesada, con la Policía revolucionaria, y las Brigadas de Respuesta Rápida. Mucho cuidado con esa gente. De los chivatos, no te preocupes. No tenemos nada que esconder. Esto no es una conspiración. Queremos mejorar este país diciéndolo al mundo. Si ellos nos

reprimen, asunto de ellos. ¡Que se avergüence el amo!, dijo el apóstol José Martí.

8

–Nuestra empresa puede garantizarle el suministro completo
que usted necesita. Sí, todo lo relacionado con la harina, nosotros podemos garantizarlo. Tenemos proveedores excelentes y serios, y la última tecnología en la elaboración de panes, galletas y
repostería. Estaríamos dispuestos a establecer contrato lo antes posible. Preferimos sea en dólares, pues si lo facturamos en moneda
nacional, la cifra es mayor y aumenta el impuesto sobre nuestro
bruto. Claro, el diez por ciento de la facturación es suya, pues con
su salario no habrá forma de tomar tantas decisiones de manera satisfactoria. En especial, no creo que las auditorías de las empresas
con capital militar sean más exigentes. Al final, se debe saber cuál
es el camino para el éxito. Y siempre es el mismo: Tener en cuenta
al Auditor. Él es un hijo de vecino, como usted y como yo, y necesita vivir. A él, como a nosotros, el salario no le alcanza. Y la duali-
dad monetaria no ayuda mucho a cambiar ese estado de cosas. No,
no se puede cobrar en pesos por un trabajo profesional para el Estado, y pagar en dólares si vas a la tienda de ese mismo Estado a
comprar aceite para cocinar o jabón para bañarte.

9

–¿Tú crees en lo dicho por el jefe? Sí, ya sé. Ordenes son órdenes. Se cumplen y luego se discuten. Pero ese es el mismo
error de siempre. La respuesta asimétrica. ¿Cómo vas a atacar con
tanta fuerza a una reunión de cuatro gatos y unas tiñosas volando
sobre la ciudad? Es una respuesta desproporcionada. Traerá más
problemas que soluciones. Estamos de acuerdo. Son decisiones.
Pero el Alto Mando no escucha las opiniones y sugerencias hechas

por los especialistas. Entonces, ¿para qué estamos aquí? ¡Para que se laven el forro de los cojones con nuestro trabajo! ¡No jodas, chico! Quizás dentro de la isla la respuesta no tenga repercusión alguna y el incidente se olvide rápido. A no ser, que un comemierda escriba una novela sobre esto de aquí a que pasen veinte años. Pero el impacto internacional va a ser negativo y va a ver bronca en las Naciones Unidas. Eso se ve venir. Y los americanos, si no van a la agresión militar, van a aprobar la Ley Torricelli y la Helms-Burton, como si fuera una cadeneta. Una detrás de otra. Sí. Yo coincido contigo en que, en su visión, al Comandante le gustaría ahora morir de forma heroica. Que los yanquis aprieten más las clavijas para justificar su papel de víctima. ¿Para qué quiere tener él ese enemigo? En vez de tenerlo de aliado. El Mayor Mateo está en comisión de servicio con el Ministro. Salió ayer. Ese es otro cabo tirado por el jefe. Sí, eso es, "se conocen de atrás". ¡Ja, ja, ja! Sí, pero bien que no estuvo en la reunión de por la mañana. Ese cabeza de pinga es partidario de cualquier extremismo con tal de garantizar su ascenso. No tiene escrúpulos.

10

−Radio Reloj da la hora. Toc… Toc… Toc… Diez y diez minutos. El diario *Granma*, órgano oficial del Partido Comunista, informa que hoy llegó a la República Popular de Angola, el General de Cuerpo de Ejército, Abelardo Colomé Ibarra. El Ministro del Interior encabeza una delegación del Partido y el gobierno. La visita de trabajo fortalecerá los lazos de amistad y cooperación entre los pueblos, gobiernos y partidos de dos países hermanos. Recibió a la delegación cubana en el Aeropuerto 4 de Febrero de Luanda, el Teniente General Antonio Valeriano, Ministro del Interior. Está prevista que la delegación cubana se reúna con el Presidente Eduardo dos Santos. Radio Reloj da la hora. Toc... Toc… Toc… Diez once minutos, de hoy diez de febrero de 1996. Año del 37 Aniversario del Triunfo de la Revolución.

XXVII
Febrero 23, del 96

1

Al retirarse los ingleses de la mitad occidental del archipielago en 1762, la corona española convierte la ciudad en un sitio inexpugnable. Aprovecha las elevaciones que la rodean y construye sobre ellas fortalezas. La más importante se levanta sobre el promontorio La Cabaña y se nombra hasta hoy Fortaleza de San Carlos de La Cabaña. La segunda se levanta sobre la Loma de Aróstegui. La nombran Castillo del Príncipe. La tercera, en la Loma Soto, al fondo de la bahía. Es bautizada como Castillo de Santo Domingo de Atarés, aunque todos le dicen Atarés y le da nombre al barrio marginal levantado a sus faldas.

El Castillo de Atarés repite la arquitectura típica para las construcciones militares de la época. Está rodeado por un foso perimetral y emplea en su construcción los bloques de cantería. La planta tiene la forma de hexágono irregular, sin baluartes, y coronado en sus vértices por garitas, también de forma hexagonal. Un camino cubierto por frondosos árboles, terraplenado, cortado por seis travesaños distribuidos en la cercanía de los vértices, permite la entrada y el desplazamiento dentro de la fortaleza. El centro del edificio es una Plaza de Armas rodeada de diminutos espacios regulados, como bóvedas para dormitorios, almacenes, armería y otros servicios propios y readaptados a través del tiempo.

Desde la altura de la fortaleza se puede notar perfecto cómo "la llave" de la bahía se prolonga adelante con todo lo que es su paleta y al fondo de la cual descansa ella misma. Su vista sobre la ciudad y el puerto es hermosa. Y es radialmente cercana a toda la ciudad, pues se levanta muy cerca de los nudos comunicacionales, como Avenida del Puerto, Calle Monte, Calzada de Concha, Calzada de

Luyano, Calzada de 10 de octubre, la Vía Blanca y las extensiones de esas arterias.

Tal vez esto incidió en el hombre vestido de blanco para establecer aquí su cuartel general. O quizás porque en sus faldas se encuentra una de las unidades más importantes de la policía revolucionaria en el país, conocida por "Patrullas".

2

Cuando los viajeros del tren bajan al llegar a la Estación Central de Ferrocarril son las diez de la mañana. Uno tiene marcado en su horóscopo no llegar al lugar de destino.

Alegre y jaranero como todos los de su especie. No hizo un viaje muy malo en el llamado "tren francés", donde no hay agua, ni iluminación, los baños están sucios, y apestan. Tampoco expenden alimentos sanos, ni nutritivos. En realidad, ni alimentos. Pero cubano respetable, educado en la Era de los Van-Van, está preparado para cosas como esas y mucho más, sin quejarse, porque como dicen dijo José Martí, *"la queja prostituye el carácter"*.

La Estación Central está a tiro de piedra del Castillo de Atarés. Es un espléndido edificio ecléctico copia de elementos del renacimiento español. Fue diseñado y construido por arquitectos y contratistas norteamericanos que no perdieron la oportunidad para incorporarles elementos de modernidad. Fue terminado en 1912, el año del Levantamiento de los Independientes de Color, sobre el antiguo Arsenal Militar del ejército español. Sustituyó en cuanto a transporte a la Estación de Ferrocarriles de Villanueva, levantada en los terrenos donde hoy está el edificio del Capitolio, antigua sede del parlamento y cobijo hoy, ante el desmadre de la República, de la Academia de Ciencias de Cuba.

Los pasajeros del Tren # 02, Santiago-Habana descienden de los vagones a los andenes. Caminan hacia el edificio central donde existe una reja que delimita el perímetro, y en ella, un portón, por donde salen. Unos metros después de pasar la reja, un policía se le acerca al hombre y le pide su identificación.

—Sí, cómo no —responde seguro, calmo. Saca su billetera, de donde extrae el documento. El policía toma la identificación en sus manos y le indica que le acompañe. Camina el oriental seguido de otros dos policías. Otro hombre vestido de civil, detrás de todos, controla el secuestro.

El auto patrullero, estacionado a la salida del edificio, tiene las puertas abiertas. El detenido baja por la corta escalinata. Le introducen en el patrullero y el policía a cargo dice a sus compañeros: "Vamos la estación de Picota". La más cercana.

La detención es observada por Yamila, una activista opositora, trabajadora en la ayudantía del jefe de la terminal, un viejo retirado del ejército con grados de Coronel. Sin perder tiempo, busca un teléfono público y llama a su contacto: "Acaban de arrestar a uno de los hermanos proveniente de Santiago". Son sus palabras, y comprende que la represión acaba de comenzar.

Pero está equivocada. Lázaro González y Leonel Morejón fueron detenidos, más bien secuestrados, desde el día diecisiete en la mañana. Fueron sacados de su casa a la fuerza, sin orden de detención. Como en la Cuba revolucionaria no existe el Habeas Corpus, nadie sabe dónde están. Sus compañeros salieron de inmediato a buscarlos por las estaciones de la policía, pero no hubo noticias. Hoy ya se sabe, fueron juzgados al otro día, en juicio sumario, y condenados de manera expedita a dos años de prisión con internamiento por alteración del orden público. También están presos Héctor y varias de las hermanas del Frente Femenino, miembros de la Corriente Agramontista de abogados ven sitiadas sus casas por las Brigadas de Respuesta Rápida, asesorados por policías vestidos de civil y uno o dos carros patrulleros en las cercanías. El objetivo es no dejar salir de sus casas a los activistas.

3

Basulto reúne a sus compañeros en la pista cerca del hangar y sus aviones. Hombre de profunda fe religiosa, antes de levantar el vuelo siempre reúne a los pilotos y a los técnicos de tierra de su equipo para encomendarse al Supremo. Hoy es preludio de algo trascendente. Mañana se dará la reunión de Concilio y ellos volarán sobre la capital para que los patriotas en la isla sepan que no están solos. El exilio le apoya. Ya pasó el mensaje a Rosa Berre en *Cubanet* para publicar la noticia del vuelo de saludo que confirme que la unidad entre la oposición interna y el exilio es firme y tiene profunda raíz democrática y patriótica.

Culmina la oración. Los reunidos se dirigen a sus diferentes tareas. Basulto se acerca a Pablo y René, que revisan los aviones prestos a despegar.

—Amigos míos, mañana es un día especial. Hace falta se esmeren en la revisión de los aviones y el soporte logístico. Mañana deben estar en línea desde temprano. Tendremos invitada a una personalidad importante y prestigiosa en nuestra comunidad.

—¿A quién te refieres? —pregunta René con desinterés, pero oculta curiosidad y preocupación, pues un cambio de planes se vuelve un acontecimiento dramático.

—Un Senador Federal cubano americano hará el viaje con nosotros. Le interesa observar el trabajo realizado en la búsqueda y auxilio de balseros y náufragos. Además, si se da la oportunidad, echar una miradita a la ciudad. Estudió allí cuando niño y no la ha vuelto a ver desde su salida al exilio. Si su opinión es favorable, estoy convencido será así, tendremos asegurado presupuesto para los próximos doce meses, otras licencias y hasta nuevos y más aviones. —Basulto no podía ocultar su alagría—. Trabaja muy duro para ayudar a los demás y, en especial, para liberar a su isla amada.

—¡Ah!, qué bien —responden al unísono los espías, pero sus palabras no dejan de tener un sonido y un sabor a sarcasmo imposible de ocultar en las actuales circunstancias, donde los nervios, la moral y el pragmatismo batallan por tomar gradualmente el control de sus cerebros.

—Bueno, familia, por favor, ténganlo todo a punto. Sigo con los colombianos a preparar las condiciones. Hoy debe ser un vuelo corto —Se aleja Basulto sin comprender, o sin prestarle interés a la postura emocional de los espías infiltrados en su grupo. Es el momento en que Pablo y René vuelven a la realidad.

—Me parece que esta información debemos pasarla de inmediato a Bonsái —René, dinámico como siempre, toma la delantera en la apreciación de la situación—. Llama a Gerardo y pídele instrucciones de inmediato.

—¿Cómo voy a llamar a Gerardo si no tenemos ningún contacto previsto por ahora? —dice Pablo, en quien René ve cada día más defectos, algo impensable meses atrás.

—¡Pablo, hazlo y ya! —Sus palabras y gestos son los del líder ante la debilidad de su jefe—. Si ocurre lo previsto. Estaría en el aire la justificación esperada durante tantos años para la intervención norteamericana. Y si esa echa a andar, no la para nadie. Y todo lo que pensamos para nosotros, siempre será peor de lo esperado.

4

—¡Vamos!, muévanse, muévanse, militares —El oficial a cargo da orientaciones claras, precisas—. ¡Pérez! —se dirige a uno de sus oficiales—, ubica un par de francotiradores en esa azotea. Para controlar la situación. ¡No se dispara hasta no escuchar mi orden! —Sus hombres se mueven con seguridad—. El objetivo es un activista contrarrevolucionario con alto potencial y peligrosidad —Les explica a los ejecutantes de la detención—. Tiene alta convocatoria en esta comunidad de Mantilla. Eso, a pesar de ser maricón y degenerado. Sus afectos los gana con su forma de tratar a las personas. Por eso varios vecinos pueden salir a defenderlo e impedir sea arrestado. La detención debe ejecutarse con rapidez. Nadie debe hablar con él detenido.

—Jefe, ¿por qué no se trajo a las Brigadas de Respuesta Rápida? Digo, ellas servirían de amortiguador entre nosotros y los cómplices del gusano ese —pregunta un sargento corpulento.

—No, las Brigadas de Respuesta Rápida no. Se podría armar una bronca. En estos barrios nunca es recomendable un problema de ese tipo para el visitante. El plan es con militares armados para impedir cualquier intento de resistencia. Por eso cubrimos la entrada de su casa. Dos carros por la cuadra detrás y seis oficiales son la retaguardia. Se le saca por delante y va directo para los calabozos de la Estación de Infanta y Manglar. Allí existe un comité de recepción. Cuando procedan a la entrega, se comunican con el veintisiete. Allí recibirán instrucciones.

Los oficiales bajan por una escalera construida sobre la piedra. Van hasta el fondo, donde una choza de ladrillos y tejas levantada como por arte de magia. Llega el teniente encargado y toca con fuerza la puerta. Pam, Pam, Pam.

—¡Lucas Garve! —grita

—¡Vaaa! —Se oye una voz en el interior—. Ay, ¿quien será a esta hora? Quédate ahí, mi niño. Seguro es la vecina. Viene a traerme un poquito de café.

—¿Con esa voz? —dice su joven amante, asustado y aun desnudo.

—¡Ay, sí! A ellas les gusta hacerme esas bromas si saben que poseo un mangón en mi cama. Para ver si lo ven. Pero no te preocupes. Ellas son simpáticas —Lucas se pone su kimono de seda, las sandalias japonesas, y abre la puerta sonriente.

—¿Lucas Garve? —pregunta el oficial al abrirse la puerta—. Está detenido. Vístase. Aquí está la orden de registro y la orden de detención —dice el oficial. Con un gesto de desagrado mira al joven efebo, ya muy asustado antes de saber que era la policía revolucionaria, y comienza a llorar.

—¡Yo no he hecho nada! ¡No he hecho nada! —grita, asustado, y se baja de la cama para ponerse en posición fetal de rodillas, en el piso.

—¡No, so maricón! —El homófobo iracundo aprovecha para abusar con el cobarde. Le da una patada por las nalgas y lo lanza contra la pared—. ¡Dale, vístete, maricón! —Y escupe al juvenazo que, en el suelo, no encuentra alivio a su calvario.

—¡Ehhh!, ¿y por qué ese alboroto? —interrumpe Lucas—. ¡Yanko, compórtate! Somos maricones, pero no pájaras. Además, ¿qué van a pensar de nosotros tan apuestos caballeros? Vamos, compórtate —Se vira para el oficial, y firme y en voz baja le dice—. Primero, ¿puede evitar la violencia homofóbica contra mi amigo? Segundo, ¿se puede saber el motivo de esta alterada detención y el registro?

—¡Por escándalo público! Y publicar artículos contrarrevolucionarios en una página en internet que se llama *Cubanet* —dice el oficial con una tarea más grande que él mismo. Y no sabe, como el León de la Fábula de Esopo, salir de la trampa sin ayuda del ratón.

—Lo de mis artículos en *Cubanet*, sí, yo los escribí y lo mantengo. Pero ¿cuándo fue ese escándalo? Además del que usted, tan gentil, acaba de crear aquí.

—¡Yo cumplo órdenes, ciudadano! —La última palabra la pronuncia como si tuviera una cucaracha en su boca—. ¡Vístase! —Ordena.

—Sí, pero si usted me lo permite, lo voy a hacer en la intimidad del baño —Habla, Lucas. Y no pierde la compostura. Como si estuviera en la corte del Emperador Mutsuhito durante la Restauración Meiji

—¡No! ¡Aquí mismo! ¡Tome las cosas y vístase! —El oficial, lucha contra sí. No sabe de dónde proviene su exaltada irritación. De la situación con esos dos maricones, de los cuales detendrá solo a uno, a fuer de que el otro quiera unirse, se arme lo desagradable y el escándalo se salga de control. O del aviso de ayer de que será padre de un bebé no previsto, de su relación con una prostituta en Centro Habana.

—¡Ay, desnuda entre lobos! —dice Lucas sin perder su gracia, y los guardias comienzan a reír para sus adentros por simpatía con un gay, tan digno y valiente. Dos de los policías dentro de la casa encuentran incomprensible que ese maricón con tanto garbo y distinción sea detenido. Pero no están allí para discutir. Mala voluntad le cogieron al gritón, por pendejo y maricón. Pero de ese señor tan elegante, aunque estuviera en cueros, a ellos les gustaría ser su amigo. El teniente comprende el descenso de la moral de la tropa en picado. Y manda a salir a dos de ellos bajo el supuesto de impedir la entrada de algunas personas ahora aglomeradas frente a la puerta de la choza.

El contrarrevolucionario se pone de espalda, va a una esquina y se viste delante de los oficiales sin decir otra palabra. Ya a punto de salir, un oficial le indica que debe esposarlo. Lucas pone sus manos atrás, pero el sargento le propone ponérselas con las manos por delante, para menos incomodidad.

Al teniente le importa un bledo dónde le ponga las esposas. Desea, sobre todo, salir del tugurio de donde ya se fue el amante del detenido. Por suerte para él.

Salen al exterior bajo la atenta y silenciosa mirada de los vecinos. No aceptan lo que pasa. El profesor de francés indica a uno de los funcionarios tomar las llaves del bolsillo derecho de su pantalón para cerrar el candado de la puerta de su casa. El funcionario cumple el pedido del reo con incomodidad. Considera injusto lo que sucede. Cierra la puerta y le avisa a Lucas que la pondrá en el mismo lugar, y comienza el ascenso del escuadrón punitivo por la escalera, custodiado por varios policías para impedir a los vecinos acercarse a su héroe del día. Es el momento en que la muchedumbre, entristecida, decide animar a su vecino y comienzan a gritar mientras aplauden de forma acompasada: ¡El Francés! ¡El Francés! Agradecido, el convicto asciende por su calvario, dándole a su público su mejor sonrisa. Al llegar al patrullero, uno de los oficiales le protege la cabeza para montarlo en el carro. Ya sentado entre dos custodios, el profesor de francés mira con sentido agradecimiento a sus vecinos que rodean el patrullero y, sin que nadie lo espere, grita al chofer.

—¡Cochero! ¡A Palacio! —El auto arranca y sale del lugar despedido, en medio del aplauso de la muchedumbre enardecida por la audacia del humilde activista de derechos humanos. El coche de patrulla deja tras de sí una nube de polvo.

5

El hombre del pulóver verde se mueve con diligencia. Pasa por la bodega y compra keroseno para cocina y chismosa. Deja las botellas con el vecino de los bajos con el firme compromiso de regresar temprano en la noche a buscarlo. Sin embargo, él mismo no está seguro de dónde dormirá hoy. Un vecino de la Casa de Cultura de Alamar, simpatizante con la causa, pero a distancia, le comentó que Radio Martí habla de varios detenidos aquí y otras provincias como Santiago, Camagüey y Granma. Entre ellos, los líderes de Concilio Cubano, el abogado Leonel Morejón y su compañero Lázaro González.

Con esa información, toma su bicicleta y se va a Regla, a casa de Chuchú, El Aceitoso. Su ambia está de descanso, él lo sabe, y necesita moverse en un carro porque las distancias son largas. Media hora más tarde desciende por la Calzada. El aire fresco producido por el descenso de la bicicleta le golpea el rostro, y con él, el recuerdo de su china. Siempre lo mismo. Recuerdos que no le abandonan. Llega al Parque de la Mandarria. Allí, a la entrada de la casita de mampostería, está Lucinda, alegre de verlo. Le recomienda pasar al interior, donde está Chuchú. La puerta está abierta y el recién llegado llama. Su amigo sale a recibirlo.

—Coño, mi ambia, ¿desde cuándo no venías por acá? Llegas en buen momento. Estoy preparando carnecitas fritas para comprar un rifle Havana Club y pasar un día divino —La sonrisa de Chuchú es contagiosa. Así de bien se siente. Pero la visita no cambia la cara de sangripesao del hombre del pulóver verde.

—Mi hermano, eso lo podemos hacer después de hacer un par de cosas urgentes. ¡Estoy en llama con eso! —dice y mantiene el ceño fruncido.

—¡Dispara! Y con toda teatralidad declama unos versos recién aprendidos. Aquí está mi pecho, mujer/ya sé lo que lo herirás, /más grande debiera ser/ para que lo hirieses más. / Porque siento, alma torcida / que, en mi pecho milagroso, / mientras más grande es la herida /es mi canto más hermoso.

—¿De dónde pinga tu sacaste eso, broder? —dice en plena mofa.

—Una jeva que es un cromo. La tengo en el colimador. Y para que sepas... ¡Se va! Le estoy metiendo pá comer y pá llevar. Si no es hoy, es mañana. Pero… ¡Se vaaa! No tengas dudas. Pero dispara, socio, aquí está tu hermano —Y se golpea el pecho, en pleno alarde de poder, sin imaginar por donde va el asunto.

—Tengo un asunto para resolver con el carro y me hace falta me lleves —Plantea a boca de jarro.

—¿Cuál es el asunto? —Ahora el ceño fruncido es del anfitrión.

—Mi hermano, lo que se sabe, no se pregunta —El rostro del visitante no mejora. Es más, se oculta cabizbajo, apenado.

—¿Es sobre la disidencia?... Coño, mi ambieco, ¿qué pasó ahora? —Da una patada en el piso y mira al cielo e invoca a su santa patrona—. Virgen de la Caridad, ayuda a este pobre hombre —Y señala al del pulóver verde—. A él, no a mí. A ver si encuentra un camino sano y de prosperidad. Por Dios santo.

—Hay una pila de socios presos, y debo chequear varios lugares para saber cuál es la situación —Lo dice y le mira a la cara, escrutando respuesta.

—¿Cuántos?... ¿Cuantos lugares tenemos que visitar? —intenta concretar El Aceitoso.

—Tres. Uno en Centro Habana, por Carlos III e Infanta. Otro en Marianao, por la carretera de la Universidad Tecnológica. Y otro en Santo Suarez, cerca de Toyo.

—¿Nivel de riesgo? —Su pregunta es seria. Sabe ahí va en juego todo. Lo personal, lo profesional y lo familiar.

—Del uno al diez, donde diez es el máximo... Diez —responde sin dudar.

—Coño, asere, de pinga, y yo pensaba pasar un día tranquilo, en paz, y mira tú con el número que bajas a este itá —Chuchú se vira de espalda, pues no quiere escuchar lo que le pide. Por una parte, el peligro es alto. Pero la lealtad a su amigo de muchos años no se pone en duda en ninguna circunstancia.

—¿Juega o no? Si no sirve, no pasa nada —El desánimo cunde en su estructura mental. La quimera es una hombradía. Él lo sabe. Y teme haber abusado de la confianza del amigo, y lo reconoce—. Chuchú, tú eres mi hermano de todas maneras y respeto tu decisión —Se avergüenza el del pulóver verde de la situación de peligro en que puso a su amigo.

—Juega, pero con tres condiciones —Se arriesga el anfitrión—. Primero, yo siempre te voy a dejar a tres cuadras de donde tú vas. Segundo, siempre tienes que venirle de frente a Mayito.

—¿Quién es Mayito? —pregunta, asombrado, el del pulóver, pensando que alguien más iría con ellos. En ese caso, una irresponsabilidad por exponer a otra persona.

—La camioneta, consorte. Coño, te pones contra el tráfico —La tensión en Chuchú es visible y no entiende cómo su amigo puede estar para bromas en estas circunstancias.

—No sabía, compadre. Jajaja, estás de madre. ¿Así que Mayito?

—Atiende, que no termino. Tú siempre vienes de frente a donde yo esté desde dos cuadras antes, o más, para si te siguen, yo verlo primero. Y pirar de ahí. Mi tercera tercera condición... Si te van arriba, alguien tiene que salvarse para llevarte la jaba a prisión. Además, no puedo comprometer a mi familia. Este carro, tú sabes, es de mi empresa, y si yo caigo, ya bien sea por casualidad o por cualquier otra cosa, me van pa'arriba con todo. Y no vas a servir ni tú, ni yo, ni nadie. ¿Sirvió? —Y pone cara de satisfacción interna, como que le habló claro a su amigo y su lealtad se sostendrá por encima del tiempo.

269

—Sirvió, mi hermano. Gracias —El desánimo de unos minutos atrás se convierte en energía y, sin pensarlo dos veces, se dirige a su ecobio—. ¡Vamos a movernos socio! ¡Estoy atrasado!

—¡De pinga esto! Pedir favores con escopeta.

6

—¿Cómo que todavía no te has comunicado con Bonsái? —René no cabe dentro de sí. En las actuales circunstancias, la incomunicación entre Bonsái y la Red Avispa es el remedo del *Dr. Strangelove,* en versión tropical. No se destruirá la humanidad por el bombardeo nuclear, pero la gran Revolución del invencible Comandante finalizará de forma prosaica por un error de inteligencia.

—No, compadre. Trato de comunicar por las tres vías disponibles y no recibo respuesta.

—¿Y cuáles son esas?

—Tres teléfonos personales donde debo dejar un recado y desde donde me devolverán la llamada.

—¿Y nadie responde?

—Así es.

—¿Tú sabes? La historia futura de las relaciones entre Cuba y Estados Unidos, y quizás las hemisféricas, penden de esa comunicación. ¿Tú comprendes? En este mundo unipolar, nacido de la desintegración de la Unión Soviética y el derrumbe del Muro de Berlín, las opciones de la Revolución cubana y latinoamericana de sobrevivir es mínima en caso de un error nuestro. ¿Lo sabes?

—Lo sé, lo sé —Pablo, ya no sabe cómo sortear el asunto. Cualquier miedo anterior, ahora se multiplica por el infinito.

7

—¡Firmes! —El Jefe de Caso Cerrado, vestido de blanco, entra en la sala de control. Sus manos sudan copiosamente y las mantiene atrás para no hacer notar entre la oficialidad allí reunida su estado emocional.

—¡Descansen! —dice con su proverbial y teatral seguridad.

—¿Cómo va Caso cerrado? —pregunta al oficial al mando, el Mayor García Álvarez. El mayor había dejado de fumar en el momento de la entrada del Viceministro y toma calmo de nuevo el cigarrillo y lo lleva a sus labios. Aspira profundo, mira alrededor. Lleva el cigarrillo a la punta de los dedos y lo aplasta contra el cenicero más cercano. Fue el momento de contestar, ahora se siente más ligero. El radical de su equipo no está en estos días y puede evaluar con racionalidad cada acontecimiento que se le viene encima.

—Compañero Viceministro, el operativo se desarrolla según el protocolo establecido y aprobado por el Ministro. Los objetivos contrarrevolucionarios fueron detenidos según los escalones previstos y se espera para las veinticuatro cero cero, el cumplimiento de la tarea. Se reforzó el sistema de guardafronteras en el norte de Pinar del Río, desde la Bahía de Cabañas hasta Caibarién en el norte de Villa Clara. Se revisó el listado de los que no serán detenidos para, como está previsto en el ordeno, crear desconfianza entre los participantes. Así como incluir a nuestros agentes, tanto entre los detenidos en las diferentes estaciones de policía revolucionaria donde concentraremos nuestros puntos de interés como entre los participantes en la reunión de mañana.

—¿La coordinación con los antiaéreos? —El jefe mantiene sus manos atrás, sin mirar a García Álvarez. Sopesa y evalua todas, y cada una de sus respuestas.

—Mantenemos el canal abierto con los compañeros antiaéreos. Y no se reporta hasta ahora ningún tipo de actividad enemiga.

—¿Los primeros secretarios comunistas en las diferentes provincias involucradas?

—Se ubica desde hoy a las cero seiscientos un enlace con radio frecuencia, auto y chofer, a disposición de los puestos de mando provinciales involucrados.

—¿El Comandante y el General de Ejército?

—El Grupo de Apoyo al Comandante pidió un reporte cada cuatro horas hasta el día veinticuatro a las cero cuatrocientos. A partir de ahí, se abrirá un canal directo de comunicación. El General de Ejército precisó un nivel de orientaciones a cumplir en todos los casos. Los Generales Julio Casas y Ulises Rosales tienen indicaciones del tipo de respuesta ante las diferentes variables no registradas en nuestros protocolos.

—¿El Ministro?

—El radista de la Embajada tiene contacto cifrado y mantiene comunicación.

—¿Sobre nuestros agentes en el exterior?

—No se reporta ninguna anormalidad. Todo procede según lo planificado.

8

En Requena y Carlos III, en la esquina de la clínica veterinaria más famosa del país, el hombre del pulóver verde conversa con Carlos Menéndez sobre el aseguramiento de mañana.

—¿Qué pasa, Carlitos? Pregunta, inquisitivo. Carlos es para él un hombre honesto y lúcido. Hijo de uno de los paradigmas de la Revolución, y negro como noche, fue piloto de combate con algunas leyendas que él niega de manera enfática. Como muchos, comprendió tarde los fantasmas de su tiempo. Por la Revolución estuvo dispuesto a hacer casi cualquier cosa. Pero solo era el empoderamiento de un dictador sangriento yególatra, y una cuadrilla de cobardes oportunistas sin el valor para enfrentarlo, inteligencia para combatirlo o dignidad para eliminarlo.

—Tengo dudas sobre algunas cosas.

—Dudas, ¿cuáles?

—Un par de gentes…, que estuvieron en las reuniones, que a mí me provocan sospecha. Lo primero que delata a un chivato es la incoherencia. Dicen una cosa y hacen otra. Miran a un lado y caminan a otro.

—Carlos, ya no podemos echar para atrás esto. Seguiremos pa´lante y haremos como planificamos. Bueno, con esto ahora de las detenciones cambiaremos algunas cosas, pero seguimos en el trabajo. Te dejo. Ya estuve en Marianao, y donde Hugo. Hablé con Héctor, y confirma que Pelletier se echó para atrás en lo de utilizar su apartamento para la reunión. Debemos entonces asegurar la casa de Santos Suárez.

—¿Ves?, acabas de hablar de uno de los que me provoca urticaria —Carlos sonríe y se acaricia su negra barba.

—Dale, nos vemos mañana… Si llegamos. O, mejor dicho, si nos dejan llegar. Y se aleja caminando. Se incorpora a Carlos III en dirección al Hospital de Emergencia, una cuadra después del cual está ubicado Chuchú. Cruza Infanta entre una hemorragia de bicicletas chinas. Pasa el Cine Manzanares en la misma intersección. Continúa. Lo embriaga el olor a sirope de la fábrica de refresco. Una tremenda pelirroja pasa por delante de la camioneta y Chuchú parpadea los faros. ¡Qué jodedor este tipo! Con la tremenda mujer que tiene, piensa el activista. Además, con la otra, que como él dice ¡se va! Y todavía vacila a otras en la calle. La camioneta vuelve a parpadear los faros y comienza a avanzar. Menos mal. Se apiada de mí, y viene a recogerme. Piensa el ingenuo. La camioneta acelera y gira a toda velocidad en Hospital hacia el norte, y una moto se le viene encima junto con tres hombres a pie, que le dicen con voz firme, de mando: "¡Ciudadano!". La palabra, articulada por el más bajito y regordete de los cuatro, se acompaña con la presentación de una tenebrosa identificación, portada en su mano izquierda y mostrada de manera que no se lea el nombre del portador:

Departamento de Seguridad del Estado. G-2.

9

—¿No has contactado aún con Bonsái?

—Sí, ya contacté. Pero ellos todavía no llaman. Y hasta que no lo hagan, no se le puede pasar información, como está previsto. Pueden tener variantes

—Pablo, ¿tú estás seguro de lo que haces? Faltan menos de doce horas para el despegue de los aviones y esa gente no tiene la menor idea. ¿Te imaginas "bajar" el avión de Basulto y hacerlo aterrizar con el Representante Federal dentro? ¡Eso es un palo, muchacho! Podemos pedirles a los yumas, después de eso, lo que necesitemos.

—¿Y si lo derriban? ¿Qué pasará?

—Mira, nos atenemos a lo previsto. ¿A qué hora sale tu vuelo para Bahamas? ¿A las nueve de la noche? Pues vete y no mires atrás. Esto aquí se controlará rápido. Tu verás… Mi socio… suerte —René se acerca y le da un abrazo a su compañero—. A veces se me fue la mano, pero no es nada personal. Nos vemos en Cuba en un par de años.

—¿Estás seguro? ¿En un par de años? —Se dirige hacia el auto. Lo pone en marcha, levanta la mano por fuera de la ventanilla en señal de despedida, y se dirige directo al aeropuerto, sin pasar siquiera por su casa, donde lo espera su esposa.

10

No se dio cuenta del momento en que se nubló el día. Al llegar detenido a la estación de policía de Infanta y Manglar el día está encapotado. Nubes negras y bajas cruzan a velocidad por encima de los edificios. Un aire frío, húmedo y finas gotas de agua caen sobre asfalto, aceras, ciclistas. El auto patrullero lo conduce directo a la zona de los calabozos, en la parte trasera del edificio. Lo sacan a empellones del carro y lo suben por una escalera interior hacia la primera planta, donde lo esperan dos policías armados. Lo hacen sentar en un feo cubículo, en el que hay una mesa y dos sillas. Las tres piezas tienen sus patas enterradas en el piso para evitar la iniciativa a moverla de reos e interrogadores. Lógica absurda de tratar como loco a los cuerdos. Los oficiales, al recibirlo, le ordenan sentarse. Desde la detención, le dirigen la palabra solo para dar órdenes. ¡Deténgase ahí! ¡Muévase a la izquierda! ¡Camine! ¡Mire adelante! Le quitan las esposas. Le preguntan el nombre. Responde con serenidad.

—¿Usted sabe por qué está aquí? —pregunta el primero de los oficiales y se sienta frente a él. Mientras el otro, detrás, recostado a la pared, lo mira fijo y con desprecio.

—Sí, por activista de los derechos humanos —responde lo más sereno a su alcance en sus extraordinarias circunstancias.

—¡No! Estas aquí por contrarrevolucionario —El oficial toma un respiro para sembrar la duda en el detenido, y pregunta—. ¿Y por qué más?

—Por organizar una reunión de la sociedad civil alternativa para buscarle una solución a la crisis nacional —Esta vez, las ideas las pronuncia más coherente. Comprende la importancia del enfoque en uno de los dos esbirros y decide hacerlo sobre el que está de pie, para desconcentrar al interrogador, y que sienta disminuir la atención sobre él.

—¿Y? —pregunta el esbirro sentado. Intenta atraer su atención nuevamente. Síntoma de picar el anzuelo, como el pez goloso.

—No sé, dígalo usted. ¿No me trajo hasta aquí? —De pronto, toma una confianza para la cual él mismo no estaba preparado y se reprende por asumir esa actitud desafiante.

—Yo no lo traje hasta aquí. Fueron los compañeros de la policía —Arma el trabalenguas el interrogador para ponerlo a la defensiva y en el "dime que te diré" desconcertante.

—Muy bien. No creo esté en condiciones de discutir con usted ningún tema por mi condición de secuestrado —Retoma el pulso psicológico, detiene cualquier maniobra de distracción del interrogador y hace que al policía de pie se le dilaten las pupilas, parpadee, cambie su posición, y cruce los brazos sobre el pecho.

—¿Secuestrado? Ya me advirtieron sobre tu leguleyismo, pero superas mis expectativas —El duelo se mantiene y el Mayor Samper comprende que tendrá esforzarse más para salir airoso de la batalla.

—Secuestrado, sí, pues no hay orden de detención. Ni se presentan cargos. Esto es un secuestro hasta demostrar lo contrario —Su firmeza en la respuesta hace que el interrogador de pie salga al pasillo. Un mensaje… a su compañero.

—Tú eres quien tiene que demostrar no ser un agente CIA. Nosotros tenemos pruebas y te vamos a demostrar lo contrario. Pero no te preocupes, no vas a morir en el mar como tu novia —El oficial lanza un golpe bajo y desestabilizador dirigido a su zona sentimental, la de los recuerdos tristes. Lo quiere ubicar ahí para deprimirlo y fracturarlo—. Tú vas a morir enterrado vivo por traicionar al Comandante.

El hombre del pulóver verde llegó al final de un camino. A la encrucijada de las definiciones. Donde se es o no se es. Al *"To be, or not to be"* de Hamlet. Y repite en voz baja, lo más atractivo, del trascendental discurso de Shakespeare: *"Ser o no ser, esa es la cuestión… ¿Quién, si esto no fuese, aguantaría la lentitud de los tribunales, la insolencia de los empleados, las tropelías que recibe pacífico el mérito de los hombres más indignos, las angustias de un mal pagado amor, las injurias y quebrantos de la edad, la violencia de los tiranos, el desprecio de los soberbios? Cuando el que esto sufre, pudiera procurar su quietud con sólo un puñal…"*. Recuerda las anécdotas del presidio político histórico: el de los Hubert Matos, Mario Chanes de Armas, Ángel Cuadra, y tantos valientes que él nunca conocerá. Aquellos que no murieron en el momento dominante de sus vidas para ser enterrados vivos en la ergástula del Comandante y con lo cual sembró ese miedo entre sus compatriotas más que a la muerte heroica, a la inútil. Él, con su pulóver verde, sentado ahí en la Sexta Estación de la Policía Revolucionaria, que se levanta en Infanta y Manglar, desafiando al horóscopo, y a todos los santos, mientras por el pasillo alguien escucha a *Led Zeppelin*, interpretando, *The Battle of Evermore*.

XXVIII
FEBRERO 24, DEL 96

1

Amanece en el aeropuerto de Opa Locka. Reunidos frente al hangar de Hermanos al Rescate, pilotos, copilotos y el personal de tierra de la cofradía está en círculo tomados de las manos, rogando a Dios que los acompañe ese día en su tremenda tarea de salvar vidas en el Estrecho de la Florida. Termina la oración y cada uno de los miembros del operativo de salvamento sale a cumplir la tarea del día. Basulto se acerca a René, preocupado por la ausencia de Pablo, por si está enfermo o algo así, pues no saben nada de él. René da una evasiva en tono de "no se nada" y, antes de continuar hacia la torre de control, le pregunta a su interlocutor. —Pepe, ¿está confirmada la visita?

—Sí, mi hermano —Le pasa el brazo por arriba en señal de afecto—. Está confirmada para una hora antes del despegue. Le presentaremos al personal, los equipos, y habrá un discreto mitin donde ellos expondrán su visión sobre nuestro trabajo y su apoyo para continuar nuestra tarea.

—¿Tú crees que nos ayude a comprar otros aviones y a mantener las operaciones de vuelo?

—Te puedo decir… Está comprometido con nuestro esfuerzo y hará lo mejor posible para sacarlo adelante. No es gratuito que, con tanto trabajo en su agenda, reuniones, encuentros con sus electores, viajes a Washington, o por todo el Estado, nos acompañe hoy. En mi opinión, tiene un compromiso con la democracia en Cuba y esa es su forma de apoyo.

—Pero ¿montarse en el avión? Mira, eso puede ser peligroso. Recuerda lo que pasó hace un año, cuando los comunistas nos dispararon. Eso fue tremendo, y hasta yo sentí miedo —René trata de influir en el Presidente de Hermanos al Rescate.

—Él conoce cuales son los riesgos y quiere correrlo con nosotros. Yo trate de disuadirlo, con discreción, pero fue él quien me disuadió. Es lo que te puedo decir.

—Pero, mira, Pepe, estamos en un momento difícil. Esa gente allá trata de no dejarla pasar. Además, hoy es la reunión del Concilio Cubano ese y los comunistas estarán erizados. Y hasta la Unión Europea exige el respeto de los Derechos Humanos en Cuba. Este puede ser un viaje peligroso.

—Ya te dije. No pude disuadirlo, así que adelante con lo planificado. Recuerda, estarás en la pista de taxeo. Garantiza que todo esté bien.

—No te preocupes… Todo estará bien hoy.

—Gracias, mi hermano. Con patriotas como tú, Cuba será libre pronto.

2

A qué policía puede gustarle *Led Zeppelin*. Es como si pudieran disfrutar de los personajes de *Thelma & Louise*, en el filme de Ridley Scott. Un policía tiene que ver poco o nada con el pensamiento libertario. Son conservadores, retraídos, con pensamiento vertical y rural. Si no fueran así, serían psicólogos, Hermanas de la Caridad o Jueces de Paz. Ningún colegio enseña a ser policía. Policía se nace. Lo dice el proverbio. No hay nada peor… que un policía con iniciativa. Lo acuña el andaluz de Joaquín Sabina en una de sus canciones: "Cuando pelea el KGB contra la CIA / gana al final la policía". O sea, cuando se pelean las inteligencias, ganan... esos mismos.

El del pulóver verde es la imagen propia de la derrota. Enclaustrado en el habitáculo del interrogatorio. Parecería estar a merced de las circunstancias. La puerta permanece abierta al pasillo por donde conducen a los reos. Cavila, esta situación tiene tipo de trampa. Lo primero que hizo La Pesada durante la detención fue quitarle la identificación para impedirle el libre movimiento. Por eso permanece allí, sentado sin esposar, mirando la pared despintada. Levanta la mirada y ve pasar a un conocido. Un cuarto de hora después, otros dos. A las dos horas, ya pasan de veinte los activistas conducidos hacia los calabozos. La madrugada acoge un desfile singular. Sacados a la fuerza de sus casas, muchos en ropa de dormir. Algunos hasta sin sus característicos espejuelos, notable en la torpeza para caminar. Y él, sentado ahí, observado. ¿Qué piensan de mí? ¿Qué soy delator? ¿Por qué sigo sentado aquí? ¿Será el principio de interrogatorios? ¿Me llevarán a juicio sumario y a la cárcel, como a Leonel y Lázaro?

Pensando está cuando tres hombres se paran en la puerta del cubículo.

3

La policía política sabe algo. No lo sabe todo. Intenta dominar la reunión, pero se les va de las manos. Ella necesita los disidentes, como los médicos las vacunas, para inocular el miedo a la sociedad. Una dosis pequeña de elementos extraños y débiles fortalecen los anticuerpos e inmunizan al ser humano y a la sociedad. Esa es la fórmula para sembrar el terror en el país. Lo demás es sangre y fuego. Donde alguno que otro le sirve de chivato, por miedo a la vida. Ese, por lo general, es solitario e incoherente.

La sorpresa la llevan los gendarmes. El lugar confirmado por los chivatos como centro de reunión fue cambiada por los organizadores a otro lugar y tuvieron que mover todo el dispositivo a otra dirección. Además, en vez de ver a los siete previstos, sumaron a más de quince hombres y mujeres entrando al nuevo lugar. Una casa donde, por supuesto, no tuvieron tiempo para colocar técnicas de escucha, ni establecer filmación desde el exterior.

—Un desastre, un verdadero desastre —dice para sus adentros el Vicealmirante Quiñones Gómez—. ¿Cómo Juana no informó de esa variable?

4

Los tres aviones están en la pista, listos a elevarse. René retira los calzos al avión del líder y, ya separado del aparato, le desea buen viaje con las manos. Basulto suelta los frenos del avión y comienza el carreteo, seguido de los Gaviota 2 y 3. Se ubican al norte de la pista y se lanzan a la carrera para buscar altura. Se orientan a buscar directo a Cayo Hueso, para moverse más al oeste en dirección a Mariel. Cuando pasen el Paralelo 24, se orientarán al este y observaran ciudad desde el aire.

En un aeropuerto militar al sur de la capital, los planchetistas indican: —Ya están en el aire y se aproximan. El General Martínez Puente, jefe del operativo antiaéreo de Caso Cerrado, tiene clara las instrucciones dadas por el Jefe del Ejército y ordena al operador que los aviones de combate estén listos para levantar vuelo en cuanto lo ordene. Consulta con el oficial del Ministerio del Interior a cargo de acompañarle en el aeropuerto y este da su asentimiento. De inmediato, llama al Puesto de Mando, en el Castillo de Atarés, al hombre vestido de blanco.

—Las Gaviotas vuelan sobre el mar —El Vicealmirante se toma su tiempo para pasar el auricular a su ayudante, encargado de colgarlo. Se vira hacia García Álvarez y repite la frase. El mayor asiente mientras traga en seco. Sabe lo que va a pasar y no le gusta.

—¡Un momento! Dígale a Martínez Puente que mantenga los aviones en el aire, pero no ejecuten hasta no recibir la orden. Capitán Taladrid, acompáñeme. Vamos a Infanta y Manglar, a ver si le sacamos algo al detenido que tenemos allá.

5

—¿Lo conozco? —pregunta el del pulóver verde, en el mismo lugar desde ayer en la tarde. Le duelen nalgas y espalda de estar sentado en esa silla estúpida. Anoche sintió un escándalo en los calabozos, pero en su pesadilla no supo precisar qué pasó. Es casi medio día y cruza el umbral el hombre vestido de blanco. Llega escoltado por dos gorilas armados, vestidos de civil. Afuera, en el pasillo, está el Capitán. Escuchará la conversación sin incidir en el interrogatorio. Como un auditorio omnisciente, es la orden recibida del Vicealmirante.

—¡Detenido, soy yo el que pregunta! —Responde el recién llegado. Impone el silencio o, mejor dicho, intenta imponer el silencio, pues el reo vuelve a la carga.

—Discúlpeme, pero su cara me parece conocida.

—¡Detenido!

—Muy bien. No hablo más —El secuestrado saca una de sus armas más divertidas: el choteo y el sarcasmo, de donde suele salir casi siempre de manera airosa. ¿Casi siempre? ¿O casi nunca?

—Detenido, ¿cuál es el nivel de comunicación entre Concilio y las organizaciones contrarrevolucionarias en Miami? —Pregunta el oficial de forma severa. Está acostumbrado a que le respondan de forma expedita y concreta. Hoy no habrá excepción.

—No estoy al tanto de eso. Mi trabajo es organizar la estructura interna de Concilio. Por eso le puedo decir: no sé nada de eso. Además, lo que hice y hago es público. No creo pueda aportar algo nuevo o interesante —El hombre del pulóver verde tira el interrogatorio a relajo. Sigue concentrado en la imagen del oficial vestido de blanco delante de él. Su voz, su entonación, gestos, todos sus movimientos le dicen algo. Solo debe cambiarle el vestuario, o la escenografía, y sabrá quién es o, por lo menos, de dónde lo conoce.

—¿Qué sabes de la organización contrarrevolucionaria y anticubana Hermanos al Rescate? —pregunta el oficial. Y lo mira fijo a los ojos, trata de interpretar sus pensamientos. Momento justo en que el reo casi salta de la silla y los esbirros se abalanzan sobre él para sentarlo a la fuerza.

—¡Usted estuvo en Angola, en el cerco de Cuito! —El hombre del pulóver verde, ahora sembrado por la presión que sobre sus hombros y brazos ejercen los mastodontes, todavía tiene energía para señalar al policía con el dedo índice—. Eras el marido de la Cobra, la maestra, y la mandabas a buscar en el jeep con Ruperto Isidoro La Morú Valdivia. Era tu chófer, y mi amigo, pero está en coma desde el ochenta y siete. Por suerte para él, pues no ha vivido La Gran Crisis. Tú eras el jefe de la columna que salió a romper el cerco. Yo iba delante, en los carros de exploración, y a usted le viraron el BTR de un cohetazo. Yo, y el teniente de la contrainvento, lo sacamos aturdido, pues el chofer-mecánico y el radista estaban muertos. ¿No es así? —Al terminar el parlamento, ladea a derechas la cabeza y entrecierra los parpados. Busca la confirmación en el interrogador. Taladrid escucha el monologo subido de tono en una perpendicular de noventa grados. De un interrogatorio de tercer nivel, mal administrado, se pasa a un careo sobre la vida del jefe. El eufemismo del tercer nivel esconde el infligir dolor para obtener confesiones o declaraciones. Los caudillos megalómanos lo usan en sus purgas. Algunos todavía recuerdan al escritor Heberto Padilla, al General Arnaldo Ochoa o al Ministro José Abrantes, inculpándose de lo malo y lo peor ante las cámaras de televisión. Eso lo sabe y está encantado del nuevo escenario.

—¿Y cómo está usted, soldado? —La palabra contrainvento, dicha por el sujeto, ha vuelto a él por el mismo sujeto a quien se la oyó hace casi quince años. Aquel tipo de pulóver verde. Ojo, ¿será un *deja vu*? Por setenta y tres segundos siente simpatía hacia aquel hombre. Esa afinidad termina al comprender la imprudencia de presentarse personalmente al interrogatorio. Pero necesitaba información de primera mano para tomar la decisión final.

—Ya me ve, sigo en la pelea —responde, fresco como lechuga, quien hasta hace unas horas atrás sufría una fuerte depresión al saber su destino. Pero, mirándolo bien, su destino no cambia, lo que cambia es su posición ante él y esboza una sonrisa de seguridad en quién es, qué hace y hasta dónde va a llegar.

—Ya lo veo. Le deseo suerte —Termina sus palabras y sale del cuartucho seguido por sus guardaespaldas a paso doble. Mira al capitán de soslayo y continúa. Llega a la oficina del Jefe de la Estación, que le espera. No saluda, ni se despide, solo masculla: —El hombre del cubículo no puede ser liberado sin mi autorización escrita.

6

—Hermanos. Creo debemos comenzar la reunión de Concilio —Asume el liderazgo el profesor Cosano, quien se revela en este momento como líder natural del proyecto ante la ausencia de Leonel y Lázaro.

—¡Hola, por favor, atiendan acá! —interrumpe Orosmán, el delegado de Camagüey—. Es incomprensible pretender comenzar el encuentro sin los más importantes líderes de esta reunión. Presos en este momento. Esto sería traicionar a nuestros hermanos de lucha, que no están aquí con nosotros.

—Perdón. Pero estuvo claro desde el comienzo: Concilio no se suspendía bajo ningún concepto —interviene la Doctora Varela, que vino días antes desde Manzanillo y se hospedó en casa de unos parientes para no ser secuestrada por la policía en el trayecto.

—¿Y cómo vamos a desarrollar la reunión si faltan tantos compatriotas? —Fiel a sus maneras descompuestas, Odilia interrumpe el diálogo—. Faltan los comisionados de Santiago de Cuba, Pinar del Río, Matanzas y los de Villa Clara y Cienfuegos. Algunos sabemos están detenidos. Otros no sabemos. Entre los detenidos, algunos lo fueron en sus provincias de origen, y otros, al llegar aquí, como el de Santiago. Sobre ese compatriota recibimos el reporte de su detención al bajarse del tren. Además, aquí fueron detenidos Pablo, Moisés, Héctor, la hermana del grupo femenino, vecina de Lawton, entre otros muchos. Alguien sacó la cuenta hace un rato, y aproximadamente, iban por más de doscientos los detenidos.

—Debemos afrontar el problema, no a partir de los ausentes, sino de los presentes. Hemos llegado hasta aquí después de un largo esfuerzo —Vuelve a tomar la palabra Cosano—. Con el trabajo personal de muchos compatriotas, quienes se sacrifican para reunirnos hoy, y en representación de muchos otros quedados en sus casas, esperando por nuestras decisiones hoy. Por eso es de vital importancia, para nosotros y para nuestra patria, la realización de este encuentro. Suspender Concilio —concluye—, por una razón u otra, implica dejar de lado tanto esfuerzo y tanto sacrificio.

El encuentro se polariza entre los que apoyan la idea de continuarlo y sus oponentes. Cosano, partidario de la continuidad pactada, intenta construir consenso. Le llama la atención el cese de discusiones sobre la presencia del Grupo de Apoyo y la colaboración con el exilio, temas dominantes en muchas reuniones. El control sobre ese último tema por Leonel y otra persona, y ajeno al conocimiento de la mayoría de los comisionados, lo excluye de manera automática de la agenda por no existir información de cómo se realizaría.

—Caballeros —interviene Elizardo, luego de recibir la palabra de Cosano—. Coincido con quienes apoyan la idea de seguir el trabajo, si bien sea en las líneas mínimas; bueno, mínimas no es la palabra. Debiéramos decir, en los lineamientos principales. Los que puedan crear las bases para nuestro desarrollo.

7

San Antonio de los Baños es un pueblo al suroeste del archipiélago cerca del Sumidero de Batábano, desde donde salen las embarcaciones que comunican a la isla grande con Isla de Pinos. San Antonio es famoso por un río que se esconde debajo de una Ceiba y por la bucólica laguna de Ariguanabo. Fundado en 1794 tuvo la gracia de las vegas de tabaco, las maderas preciosas y las frutas tropicales, y surtía al emergente mercado de la capital; sin embargo, su vida cambio durante la Segunda Guerra Mundial, cuando el ejército de los Estados Unidos comprendió las posibilidades de una estrategica base aérea alternativa.

Con los guerrilleros en el poder, la base aérea se redimensionó y San Antonio pasó a ser un pueblo cautivo. Para vivir en él se debía tener permiso expreso de sus autoridades. Los afanes imperiales y militaristas del Caudillo modernizaron el aeropuerto y lo convirtieron en el principal del país, avalado por la presencia militar rusa. Con el fin de la guerra fría, perdió importancia estratégica internacional, pero mantuvo interes para los asuntos domésticos. Por esa razón, ese fresco día de febrero, dos aviones de combate se encuentran listos para despegar a la orden del Centro militar de control de vuelo.

Los pilotos, enfundados en sus trajes, están listos en las cabinas de sus respectivas máquinas de matar. Acaban de recibir orden de despegue, y comienzan el carreteo. Setenta y cinco kilómetros al norte, tres aviones Cessnas-337 vuelan hacia el sur sin saber que tienen una cita…

***   — — —   ***

—Centro Habana, estamos cruzando el paralelo veinticuatro en este momento. Aproximadamente vamos a mantenernos en esta área cinco horas —Habla uno de los diminutos aviones.

—Recibido. Verifica el código respondedor —Responde el Centro de Control de Vuelos, organizador de la zona de vuelos de los aviones civiles, por debajo del paralelo veinticuatro.

—Doce veinticuatro —Responde Gaviota tres.

—¿En qué zona va a realizar el trabajo? —pregunta el operador desde el aeropuerto José Martí.

—Esa información está en nuestro plan de vuelo. Estamos respondiendo al código doce veintidós y volamos a 500 pies o más —contesta Gaviota tres.

—He recibido —confirma el Centro. El protocolo del Gaviota uno, es seguido por sus compañeros en orden de formación.

—Para su información, Centro Habana —vuelve al éter Gaviota Uno—, el área de operaciones nuestra es al norte de La Habana en el día de hoy. Así que estaremos en su área y en contacto con usted. Un saludo cordial de Hermanos al Rescate y de su Presidente José Basulto, que les habla.

—Ok. Recibido —responde el controlador de vuelo y enseguida coacciona—. Le informo que la zona norte está activada y corre peligro al penetrar por debajo del veinticuatro norte.

—Estamos conscientes de que estamos en peligro cada vez que cruzamos el área al sur del Veinticuatro —impugna Basulto—, pero estamos dispuestos a hacerlo en nuestra condición de cubanos libres.

*** — *** — —

—Adelante, Cisne ocho. Aquí, Gavilán Trece —El mig-29 piloteado por el Mayor Alberto Pérez Pérez se identifica con el centro de control militar en la base aérea de San Antonio.

—Correcto. Rumbo trescientos treinta. Vamos a trabajar contra el objetivo —indica el controlador de vuelo sentado frente a una pantalla de radar y rodeado de altos oficiales de las Fuerza Aérea y el Ministerio del Interior, dirigidos por el General Martínez Puente, Jefe del Operativo y la Defensa Antiaérea.

—Trescientos treinta por la izquierda —repite el piloto del Mig.

—Correcto —ratifica el controlador.

—¡Hay un barco grandísimo ahí! —comenta Alberto a su hermano gemelo, que pilota un Mig-23 con el indicativo de Gavilán Siete.

—Sí, ya lo vi, adelante —confirma el Mayor Francisco.

—Aquí, Cisne ocho —La preocupación de los militares es una operación de ese tipo, con testigos indeseados, y ordena al Mig-29—. Gavilán Trece. Busquen por debajo de ustedes.

*** ***
— — —

—Gaviota uno —Llama el dos y toma de referencia para el registro de balseros un gran Crucero turístico navegando cerca de ellos.

—Dime, Gaviota dos.

—¿Ves ese barco delante de ti?

—Aun no —responde el aludido.

—A las once tienes un barco —Vuelve a señalar el dos.

—Sí, estoy sobrevolando el barco. OK.

—Aquí, Gaviota tres, el buque está en las coordenadas 23.28 y 82.29. ¿Quieres que te espere acá?

—Sí, por favor.

—Aquí, Gaviota dos. Tres se va a quedar alrededor de 82.30

*** ***
— — —

—¡Objetivo a la vista! ¡Objetivo a la vista! ¡Avioneta! ¡Es una avioneta! —Gavilán siete acaba de identificar su objetivo.

—¿Adelante, Gavilán Siete? —pregunta el Centro Militar.

—Aquí, Gavilán Siete. A la vista… el objetivo.

—Avioneta a la vista —repite Cisne 8.

—Aquí, Trece. ¡Es una avioneta! Es una avioneta. ¡Dame instrucciones!

—Aquí, Gavilán Trece. Lo tengo en captura. Lo tengo en captura.

—Basulto nos han mandado los migs. Nos han mandado los migs —La voz del piloto del Gaviota Dos advierte la inminencia del peligro, y se suma Tres, con una certeza mayor.

—Nos van a tirar. Nos van a disparar.

***   ***
— — —

—Es un Cessna 337 —grita el Trece al éter, y le acompaña su pareja en la euforia.

—Dale a esa, a esa —Se suma al aquelarre Trece y grita sin descanso a la torres de San Antonio—. ¡Autorízanos! ¡Autorízanos, cojones! —Luego de unos segundos se oye la voz del controlador

—Orden de fuego.

Un inmenso segundo y vuelve la orden, ahora más explícita.

—Gavilán Trece, autorizada la destrucción del objetivo —El piloto del Mig-29 quita el seguro de lanzamiento del misil aire-aire. No necesita concentrarse o preocuparse por apuntar al pequeño y lento avión de hélice, sabe que el sofisticado sistema irá directo al blanco. Mueve el interruptor rojo hacia delante y su aparato se estremece con el lanzamiento. Una estela blanca se le adelanta a velocidad del sonido, y… ¡Booms! Hace impacto claro, directo, en fracciones de segundos, en el pequeño e indefenso aparato, pulverizado ante el poder explosivo del misil.

—¡Le dimos! ¡Le dimos, cojones! —grita el piloto—. Le dimos —Vuelve a gritar—. ¡¡¡Singaos!!! —Sigue gritando.

—Marca el lugar donde lo retiramos —Habla esta vez su hermano desde el Mig-23—. ¡Este no jode más! —Se oye en el éter. Se establece un corto silencio, momento en que el General Martínez Puente, Jefe de la Operación Antiaérea, choca sus manos en señal de aprobación, con sus colegas. Se vira para el controlador de vuelo y le dice algo al oído. El controlador traga en seco y aprieta la pleca.

—¡Compañeros, felicitaciones del Comandante!

***　　***
－－－

—Gaviota Uno, hay un Mig en el aire. ¿Dónde tú estás? —Pregunta Dos en su intención de proteger a su líder.

—Aquí, Gaviota Uno —responde Basulto—. Los Migs están al norte de nosotros y lanzaron una bengala, probablemente para usarla de referencia.

—Gaviota Uno, ¿sabes algo de Tres?

—Negativo —responde Basulto, y comprende la cercanía de la muerte. Si derribaron uno, se pregunta, ¿derribaran a todos? ¿Saben a quién llevo de pasajero? Mantiene la calma y se vira hacia atrás y le dice en castellano: —Tenemos problemas.

***　　***
－－－

—Tenemos otra avioneta a la vista —Llama al éter el piloto del Mig-23. La fiesta de Ares no termina y los carroñeros sobrevuelan sobre su próxima víctima.

—Síguela. No la pierdas de vista —responde el Centro de Control de Vuelo.

—Está en la región donde cayó el primero. Tenemos avioneta a la vista —Repica el piloto del Mig-29.

***　　***
－－－

—Dos, ¿estás con nosotros? —pregunta Basulto e intenta saber lo que sucede en aquella hermosa tarde de febrero.

—¿Quieres que intente…? Olvídalo —Dos vio pulverizarse a Tres, y quizás pensó por un segundo que podría haber sobrevivientes, pero la realidad le hace retractarse. Sabe que, ante la superioridad de los Migs, ellos no pueden ni intentar escapar. Sería por gusto, pues no le daría tiempo.

—¿Ves ese humo a la izquierda? —pregunta Basulto.

—Ahora mismo no veo nada. Antes sí vi humo —responde Dos, con la mayor serenidad posible.

$$*** \quad ***$$
$$---$$

—¡Compañero, está en el lugar de los hechos! —afirma Alberto en el Mig-29 para influir en los operadores y que ratifiquen la orden de destruir al segundo avión que vuela sobre la zona del derribo para comprobar si existen restos de sus compañeros.

—¡Está donde cayó el primer objetivo! ¡Hace falta que nos autoricen! —Apoya el Mig-23 para ser parte de la orgía.

—No hace falta la búsqueda, fue pulverizada. No queda nada —Le dice Alberto a su hermano Francisco y pregunta al Centro.

—¿Está autorizada la otra? Cisne ocho. ¿Está autorizada la otra? —La orden llega tan rápido como se confirma la decisión.

—Correcto. Confirmado.

—¡Barbarooo! Vamos, Alberto —reclama Francisco desde su Mig-23.

$$*** \quad ***$$
$$---$$

—Dos, ¿viste el humo debajo del Mig? —pregunta Basulto a su compañero e intenta tener la esperanza de que ocurre otra cosa, ajena a la realidad.

—No, no lo vi. No vi el mig —responde el Dos, quizás supone, pero sin saber, que caerán sobre él antes de lo imaginado—. Vi el humo y una bengala —No termina esas palabras, Francisco siente el mismo estremecimiento en su aparato y sale disparado otro misil, ahora contra la segunda avioneta de Hermanos al Rescate.

¡Booms! Estalla en el aire el segundo Cessna. Y el avión de combate asciende para girar sobre un eje que le permita observar su obra.

—¡La otra destruida! ¡La otra destruida! ¡Patria o muerte, cojones! —grita ahora el piloto de Trece, mientras derrama su euforia como un violador o un sociópata y eyacula sobre su uniforme.

—La otra ha muerto también —dice ahora, agotado, y recibe orden de la base.

—Gavilán, Siete y Trece. Regresen a Cisne Ocho.

—A la orden. Misión cumplida —repiten a coro los pilotos revolucionarios y encienden los radiofaros para dirigirse a la Base.

*** — *** —

—Buscamos otra bengala y otra bola de humo —La voz de Basulto queda sola en el infinito azul del Estrecho de la Florida. No recibe respuesta. Él y sus acompañantes otean el horizonte con prismáticos. Se ve el mar azul, inmenso. El cielo. Las nubes. Claquea de nuevo—. Aquí, Gaviota Uno. Gaviota Dos, ¿estas ahí…? Gaviota Tres, ¿estas ahí? ¿Dónde están, Gaviota Dos…? ¿Tres…?

8

Lejos de la vista del pulóver verde, en los calabozos, los encuentros con la policía no fueron tan agradables. Así se lo hicieron saber sus hermanos de causa cuando después del interrogatorio con el alto oficial lo enviaron abajo, a las mazmorras. Lo primero que encontró en medio de la poca luz es humedad, frialdad y a varios de ellos con contusiones.

—Anoche fue del carajo esto —comenta uno de los más ensangrentados mientras le da un abrazo—. Metieron a un grupo de karatecas dentro de los calabozos y se armó una piñacera de madre.

—¿Cómo fue eso? —pregunta, avergonzado de que sus hermanos sufrieran una golpiza, mientras él estaba cómodamente sentado en una silla en el cubículo de arriba.

—Todo empezó por la paliza a nuestra hermana del grupo femenino. Le metieron una negrona en la celda y empezó a discutir por algo estúpido. Era la justificación para golpearla. Le partieron la nariz y tiene una herida en la sien. Se la hizo al chocar contra una de las camas de concreto. Claro, antes sacaron a las presas del calabozo, por eso cuando ellas regresan y la ven en esas condiciones, sangrando por todo el rostro y su camisa tinta en sangre, gritaron e hicieron sonar los barrotes.

Es ahí cuando nosotros nos enteramos y empezamos a gritar también y a hacer sonar todo lo sonable. No pasó cinco minutos. Abrieron la puerta los calaboceros y entra una turba como de diez negrones a dar golpes a diestra y siniestra, hasta Pablito, que dormía en una de las literas de abajo, cogió piñazo y trompá, y también los presos comunes. Armaron tremenda descojonación. Sacaron a los karatecas, y nosotros comenzamos a pedir auxilio médico. Como a las dos horas, vino un enfermero a evaluar, pero no dijo nada y se fue. De ahí para acá, nada. Fíjate, la gente no puede comer del dolor en la cara y en la boca. Esto se parece al muñequito de Elpidio Valdez, cuando Palmiche se faja con otro caballo karateca, y otro boxeador, y eso. Todos españoles. ¿Te acuerdas? Algo así. Pero no te preocupes. Aquí estamos, "descojonados, pero firmes". Como decía Hemingway.

—No, Hemingway escribió "derrotado, pero no vencido". En *El viejo y el Mar* —interrumpe el del pulóver verde.

—Mire que usted es comemierda. Eso es un juego de palabras, compadre. Como aquello de "La vida es una barca, dijo Calderón de la Mierda".

—No. "La vida es una mierda, dijo Calderón de la Barca" —corrige de nuevo el inoportuno.

—Da igual.

9

La práctica impuso su opinión. Allí reunidos, sitiados por policías de civil, los activistas prodemocráticos deciden seguir el trabajo. Dejar al lado las diferencias y seguir organizándose. Las dificultades están, y en eso coinciden todos, o casi todos, que no es lo mismo, pero es igual. Ante todo, la descapitalización social. Esta *peccata minuta* impide reunir los fondos necesarios para organizar el trabajo prodemocrático. La tendencia a huir del archipielago, demostrada durante la Crisis de los Balseros. La complicidad de la comunidad internacional con el gobierno. Pero, sobre todo, la descomunal ambición de poder del Comandante y su hermano. Tal defecto implica una mayor cuota de esfuerzo o sacrificio para hallar solución al hundimiento económico y social, pero sobre todo de valores.

10

La fría noche cae en la ciudad y el Estadio Latinoamericano está lleno completo. Industriales, el equipo capitalino, juega el partido decisivo contra el Villa Clara, en un tremendo duelo de lanzadores entre el Duque Hernández y Rolando Arroyo. Con el tercer out del noveno inning, ruge la plaza con la victoria del equipo local, y Pedro Medina, el director industrialista, estrecha la mano de Pedro Jova, su homólogo en el equipo Azucarero. La Capital es una fiesta.

Cerca de allí, en el Castillo de Atarés, está el Puesto de Mando de la Operación Caso Cerrado. El hombre vestido de blanco reúne a los oficiales, clases, soldados y trabajadores civiles. Se sube sobre una mesa y se dirige a todos con su reconocida sequedad.

—Compañeros, hoy es un día histórico para nuestro pueblo, nuestro Partido, y para nuestro invencible Comandante. Hemos derrotado los planes del imperialismo, la mafia corrupta de Miami y la gusanera interna, para desestabilizar nuestro proceso socialista. ¡Viva el Comandante! ¡Patria o muerte!

—¡Venceremos! —gritan los reunidos.

XXIX
Diciembre 5, del 96

1

Esta fría noche de diciembre el público sale del cine Charles Chaplin en el Vedado. La cinematografía cubana cae en un abismo desde el comienzo de La Gran Crisis. Primero, como dice Bulgakov en *Corazón de Perro*, la crisis va a la conciencia. Así, *Alicia en el pueblo de Maravillas,* con la actuación de Thais Valdés y Reynaldo Miravalles, fue un escándalo de censura. El inmovilismo del sistema llevó a la industria cinematográfica a perder sus socios comerciales y a un proceso difícil de coproducciones y autofinanciamiento. En los temas se continuó las líneas del realismo socialista, proveniente de la década del setenta, y postergó el cine histórico, con la excepción de *El siglo de las luces,* de Humberto Solás y *Hello Hemingway*, de Fernando Pérez, y comedias costumbristas como *Adorables Mentiras,* de Gerardo Chijona.

El resto de las producciones opta por el replanteamiento de utopías absurdas y psicoanalizadas, marcadas por el desencanto y el miedo a abordar temas como la emigración o la sobrevivencia en medio de La Gran Crisis, y provoca el rechazo del público al cine nacional, aunque la crítica le da el beneficio de la duda. El título de ese momento fue *Fresa y Chocolate.* Un discurso a favor de las tolerancias y contra el totalitarismo, que conmovió a la sociedad cubana.

El oasis en este desierto cinematográfico es el Festival del Nuevo Cine Latinoamericano. Un encuentro de cineastas izquierdosos. Se celebra todos los diciembres desde 1979. Es el evento cultural más importante del país. La presentación, luego de la premiación del concurso de los filmes ganadores, siempre se aprovecha por el público amante del buen cine.

2

—Coño, Cosano, cuánto tiempo sin verte, compadre —En el tumulto de gente que sale del cine, el hombre del pulóver verde se topa con su compañero de Concilio, acompañado de un joven con estampa de hippie.

—No me digas nada, mi hermano. ¿Cómo te va? —responde afectuoso al saludo de su compañero de activismo.

—Bien. Bien. Mira, Cosano ella es mi novia —Da un paso atrás el del pulóver verde para permitir a su compañera adelantarse y saludar a los amigos.

—¡Ah, qué bien! Mira, te presento a mi sobrino —Cosano trata de ser cortés, pero el juvenazo tiene poco interés por participar de la conversación

—¿Cómo te fue en Valle Grande? Me dijeron fue un infierno. Ni juicio te hicieron y, al final, te botaron y, si te he visto, no me acuerdo.

—Eso fue muy difícil, compadre. ¿Te imaginas? Uno cree estar listo para todo, pero no es así. Primero pasé como un mes, o más, rotando por las estaciones de la policía. Pasé por la Lisa, Marianao, Cotorro, y Zapata y C, en el Vedado. Puedo hacer una guía turística de ellas a quien lo quiera pagar. Puedo incluir cuáles son las más limpias, o mejor, las menos sucias. Las más ventiladas. Dónde la comida es menos mala. Dónde los calaboceros son menos abusadores o estúpidos, según el caso. Un verdadero tour carcelario, ¿te apuntas?

—No, deja eso, mi amigo. Como tú, estoy listo. Pero si se puede pasar de esa ficha, mejor es pasarse. Eso no lleva a ningún lugar —El grupo camina por veintitrés hacia Avenida Paseo. La noche es fresca e invita a caminar con una conversación agradable. A esa hora, y como se mantiene la ausencia de transporte público, cientos de personas salen del cine, caminan en una misma dirección. Van delante o detrás. Eso no amilana el dialogo.

—A principios de abril me mandaron para el depósito de Valle Grande. Allí estuve todo el tiempo. No te imaginas: hacinamiento, hambre, calor, falta de agua, maltrato de los guardias, palizas a los infelices comunes. Yo, desde que llegué, dije "soy político", y el apoyo de los otros presos impidió a los guardias tomar represalias, ni de reojo. También me hice respetar por todos. Ayude a todos. Lo tome como un sacerdocio. Pensé: "Yo estoy aquí para ayudar, para servir a esta gente". De todas maneras, fue una experiencia difícil.

—¿Y cuándo saliste?

—El 3 de octubre. Creo nunca olvidaré esa fecha. Pero, por cierto, ¿quien más cayó conmigo? Porque por allá no paso nadie de los de Concilio.

—La mayoría de la gente estuvo presa dos o tres días, a lo sumo. Tengo entendido que hubo gente presa en Matanzas y en Villa Clara. Pero no estoy seguro de esto. Fue poca gente la juzgada y condenada. Como, por ejemplo, tú. Nadie sabía tu paradero. Varios fuimos a las estaciones de policía a preguntar. En todas negaban tu existencia. Y como este gobierno abolió el Habeas Corpus, no hubo forma de dar contigo. Estabas desaparecido.

—Pero, dime, ¿qué pasó con Concilio? Traté de contactar con alguna gente después de salir de prisión y todo el mundo está retraído. No quieren hablar del tema. Parecen tener resentimiento con algo. No sé. La gente no quiere hablar del tema.

—Sí, sucedió eso. La gente se retrajo. Además, el derribo de las avionetas de Hermanos al Rescate, que venían a saludar la realización de Concilio, creó un escándalo internacional. Y eso que al otro día llego un chivato, solo recuerdo que se llama Pablo, bajó de la escalerilla del avión y allí mismo dio una conferencia de prensa acusando a Hermanos al Rescate de ser una organización terrorista y toda esa mentira. Pero aun así el gobierno se la sintió. La Unión Europea aplicó su Posición Común y los norteamericanos, las medidas para señalar al gobierno como violador de los derechos humanos. Pero dentro de Concilio se creó mucha desconfianza entre los compañeros. Al final, Lázaro y Leonel, con virtudes y defectos, los motores de Concilio estaban presos. No había institucionalidad para salvar la situación. Hubo muchas dificultades. Tú lo sabes: Caudillismo, falta de objetivos claros, visión unitaria. Eso sí, había mucho coraje, muchos deseos de hacer. Pero eso solo no es suficiente.

—¿Y qué va a pasar ahora?

—Tania Díaz Castro, la periodista, tiene una idea interesante. Como sabes, estuvo en la Comisión Cubana de Derechos Humanos. Ella propone promover un plebiscito entre la población para votar sobre la permanencia del actual gobierno. Se basa, para eso, en la propia constitución comunista. Por otra parte, está el caso de un tipo de apellido Bahamonde Massó. Ese hombre se atrevió a postularse por su circunscripción del Poder Popular en San Miguel del Padrón. Ganó tres veces y los comunistas amañaron las elecciones hasta que lo metieron preso por peligrosidad. Pero la idea de utilizar los mecanismos del gobierno para promover la democracia es al menos interesante, ¿no crees?

—Sí, me parece interesante. Hablamos el miércoles sobre el tema. Yo paso por Guanabo. Bueno, socio, nos vemos. Bajo por aquí por Paseo. La jevita vive cerca del Malecón.

3

—¡Hola!, gusto en verla. ¿Cómo está usted? —En el tumulto de gente que sale del cine, Alejandro, acompañado de su esposa, dobla hacia la izquierda en dirección a la Pizzería Cinecitá. Allí, delante de él, con un hermoso vestido azul y unos zapatos a dos tonos, azul y blanco, estaba ella. Como estuvo previsto, se topa de manera accidental con la encargada de negocios de la Embajada de Brasil.

—Tanto gusto, mire, este es mi esposo —Saluda la diplomática y presenta a su acompañante. Este tiende la mano al oficial de inteligencia y a su mujer.

—El gusto es mío. Alejandro —Aunque responde con agilidad, se demora en presentar su mano. Una indecisión calculada, por si alguien retrata la escena.

—¿Qué le parece la película? —Toma Yuli el mando de la conversación para poder comunicarse con el oficial de inteligencia.

—Excelente. Muy merecido el premio —La esposa interrumpe, pues desconoce la conexión entre esa mujer y su esposo. Aunque fue ella quien los presentó en una exposición sobre arte religioso brasilero.

—Sí, la dirección de Arturo Ripstein, como siempre, se hace notar, y la actuación de Daniel y Regina en los protagónicos es excelente —interviene entonces el esposo brasilero.

—¿Sabes?, creo se basa en una historia real. Un par de asesinos en serie de los Estados Unidos —Retoma el control de la conversación la brasilera, mientras cruzan Calle 12 por el semáforo, para recoger los autos en una explanada frente al antiguo restaurante Pekín.

—¿No me digas? Curioso —responde él.

—Por cierto, tengo entendido que obtuvo un ascenso. Felicidades, Teniente Coronel.

—Muchas gracias. Es muy amable. En Cuba se dice "sirvo a la Revolución Socialista".

—Original. También me comentaron los colegas ingleses de su entrenamiento con Scotland Yard, a partir de febrero.

—Sí, es un entrenamiento de un mes relacionado con labores de inteligencia en los grupos criminales, como el narcotráfico, la trata de personas y otras actividades del crimen organizado. Los ingleses se toman muy en serio ese tipo de entrenamientos. Es un entrenamiento supervisado por la recién fundada Europol y la Academia del FBI, en Quántico.

—Interesante. Espero con gusto su viaje a Brasilia.

—Seguro. Ese será un buen momento. Buenas noches a los dos.

—Buenas noches a ustedes también.

4

—¡Qué noche más agradable para caminar! —comenta el del pulóver verde a su pareja sentimental. Van de la mano y la brisa destapa el placer de andar en pareja. Sonríe, besa a su mujer, y caminan rumbo al mar de a poco, tomados del brazo. Son las doce de la noche. En el palacete art-decó de los Baró-Laza, en la frondosa Avenida Paseo, Fito Páez y Mercedes Sosa, cantan a capela: *Quién dice que todo está perdido/ yo vengo a ofrecer mi corazón. / Tanta sangre que se llevó el río, /yo vengo a ofrecer mi corazón.*

—Interesante lo que hicieron ustedes. No sabía nada de Concilio Cubano. Además, nunca me dijiste que estuviste preso.

—Para qué quieres que te lo diga. Eso no es un mérito.

—No sé, me parece importante decirnos las cosas, ¿no crees?

—Sí, claro.

—Curioso lo dicho por ese señor.

—Concilio Cubano fue un paso de avance en la organización de los opositores. Tuvo problemas internos: El protagonismo de alguna gente, las miserias humanas, la falta de creer en una institución. ¿Tú ves España?: llegó a la transición porque los franquistas tenían instituciones con quien negociar, como el Partido Socialista Obrero Español. Solo ese partido tenía millones de personas entre militantes y simpatizantes. Había con quien negociar. Pero, en Cuba, el caudillo dinamitó la sociedad civil. Por eso, la principal tarea es reconstruirla, pero no para las cámaras de televisión, ni los micrófonos, si no desde adentro. Desde el hombre y la mujer común. Crear partidos electorales. Para, llegado el momento, echar la pelea democrática y por métodos democráticos.

—Papi —dice ella con escepticismo—. ¿Pero eso me suena un poco romántico?

—Soy un poco como Rhett Butler, el protagonista de la película *Lo que el viento se llevó*. Butler dice en su último parlamento: "Yo soy un caballero que prefiere las causas perdidas".

Continuan el descenso por la avenida, mientras la canción, se apaga en la distancia. *Hablo de países y de esperanzas / hablo por la vida, hablo por la nada / hablo por cambiar esta nuestra casa, / de cambiarla, por cambiar no más / quién dijo que todo está perdido / yo vengo a ofrecer mi corazón.*

La Habana, septiembre 26, del 18.
La Habana-Jacksonville-Tampa-La Habana.
Entre el 5 de marzo y el 26 de septiembre de 2018.

ÍNDICE

En la colección Caribdis

Made in the USA
Las Vegas, NV
05 June 2025

23208648R00174